FLORIAN SCHIEL

B. A. f. H.

Buch

Deutsche Universitäten und ihre Belegschaften gelten gemeinhin als ziemlich humorlose Veranstaltungen – doch ein kleines Münchner Institut scheint diese Auffassung zu widerlegen, seit dort der »Bastard Assistant from Hell« sein Unwesen treibt. Mit viel Sarkasmus und bösartigem Witz macht er seinem Chef, seinen Kollegen und nicht zuletzt seinen Studenten das sonst oft so beschauliche akademische Alltagsleben zu einer privaten kleinen Hölle, in der nie etwas so funktioniert, wie es sollte, nie etwas einfach erledigt wird, wenn es auch kompliziert geht, und kein Tag vergeht, ohne das eine mittlere Katastrophe über den Lehrstuhl hereinbricht. Dazu kommt noch, dass B.A.f.H. das ganze Institut unerbittlich im Griff hält, weil nur er allein das Superuser-Passwort aller Institutsrechner kennt.

Autor

Florian Schiel arbeitet als wissenschaftlicher Mitarbeiter am Institut für Phonetik und Sprachliche Kommunikation der Universität München.

Florian Schiel

B. A. f. H.

Bastard Assistant from Hell

Roman

GOLDMANN

Umwelthinweis:
Alle bedruckten Materialien dieses Taschenbuches
sind chlorfrei und umweltschonend

Der Goldmann Verlag ist ein Unternehmen
der Verlagsgruppe Random House GmbH

Taschenbuchausgabe 12/2001
Copyright © 1997 by Schwarten Verlag, Nikolaus Schwarten
Umschlaggestaltung: Design Team München
Umschlagillustration: Manfred Fischer
Illustrationen im Innenteil: Manfred Fischer
Satz: DTP im Verlag
Druck: Elsnerdruck, Berlin
Verlagsnummer: 45160
V.B. · Herstellung: Sebastian Strohmaier
Made in Germany
ISBN 3-442-45160-4
www.goldmann-verlag.de

1 3 5 7 9 10 8 6 4 2

Vorwort

Siehe Epilog.

Der Herr:
Du darfst auch da nur frei erscheinen;
Ich habe deinesgleichen nie gehaßt.
Von allen Geistern, die verneinen,
Ist mir der Schalk am wenigsten zur Last.
Des Menschen Tätigkeit kann allzuleicht erschlaffen,
Er liebt sich bald die unbedingte Ruh;
Drum geb ich gern ihm den Gesellen zu,
der reizt und wirkt und muß als Teufel schaffen.

...

Mephistopheles (allein):
Von Zeit zu Zeit seh ich den Alten gern
Und hüte mich, mit ihm zu brechen.
Es ist gar hübsch von einem großen Herrn,
So menschlich mit dem Teufel selbst zu sprechen.

(Goethe: "Faust, Prolog im Himmel")

Grundverhaltensregeln für Assistenten:

(1). VERSTECKEN!
(2). Wenn sie dich finden, LÜGEN!!

(frei nach Simon Travaglia: The Bastard Operator from Hell, Kapitel 9)

Der deutsche Akademiker gilt als der humorloseste und trockenste der ganzen Welt. Zumindest für ein kleines technisches Institut scheint diese allgemeine Auffassung nicht zu stimmen, denn dort treibt der 'Bastard Assistant from Hell', kurz B.A.f.H., sein Unwesen.

Mit viel Sarkasmus und bösartigem Witz macht er seinem Chef, seinen Kollegen und nicht zuletzt seinen Studenten das sonst so beschauliche akademische Alltagsleben zu einer privaten kleinen Hölle, in der nie etwas so funktioniert, wie es sollte, nie etwas einfach erledigt wird, wenn es auch kompliziert geht, und kein Tag vergeht, ohne dass eine mittlere Katastrophe über den LEERstuhl hereinbricht. Dazu kommt noch, dass er das ganze Institut unerbittlich im Griff hält, weil nur er allein das Superuser-Passwort aller Institutsrechner kennt ...

Ursprünglich als wöchentliche Kolumne im INTERNET

konzipiert, hat sich der B.A.f.H. längst einen festen Platz in der deutschen INTERNET-Literatur erobert. Über das World-Wide-Web und über elektronische Mailing-Listen erhalten jede Woche Hunderte deutschsprachiger Hacker, Internet-Freaks, Studenten, Assistenten und Professoren die neuesten Abenteuer des B.A.f.H.

Woche 00

Ich werfe meinen Monitor an und schmeiße gleichzeitig die triefende Jacke in Richtung Regal. Die Jacke verfehlt wie immer den Pfosten und gleitet wie ein nasser Putzlumpen zu Boden, wo sich sofort eine Pfütze bildet. Ich lasse sie dort liegen. Sch...wetter! Weil es so kalt in meinem Büro ist und weil die Uni-Leitung offensichtlich zu geizig ist, mein Büro anständig zu heizen, schalte ich alle elektrischen Geräte an, die ich finden kann. Auch die, die nirgends angeschlossen sind, auch die, bei denen nur noch das Netzteil und der Lüfter funktionieren. Hauptsache, es kommt warme Luft heraus. Es wird sich hoffentlich auf die Stromrechnung auswirken. Geschieht ihnen recht!

Ich schaue im Kalender nach, was heute ansteht: Zwei Studenten haben sich für die Studienberatung angemeldet. Hm, na gut, was soll's! Es ist Freitagmorgen, und ich bin gut gelaunt. Ich schicke also ausnahmsweise nur dem am

Vormittag per mail eine Absage. Das gibt mir Zeit zum Frühstücken in der Kantine. Der Chef kommt erst in einer Stunde.

Als ich zurückkomme, hängt ein Zettel an meiner verschlossenen Türe. Sowas kann ich schon gar nicht ausstehen! Der Handschrift nach ist es der Chef. Jemand anders würde es auch nicht wagen. Ich klebe den Zettel, ohne ihn zu lesen, eine Tür weiter wieder an. Der Chef hat schon öfters bemerkt, dass er die gleichförmigen Türen in unserem Betonbunker nicht auseinanderhalten kann. Also bitte!

Dann fahre ich die Schutzschilde aus, mein bewährtes Pappschild mit der Aufschrift 'Versuch läuft – Bitte nicht eintreten', und schließe die Türe hinter mir. Früher war ich noch so naiv, ein Schild rauszuhängen mit 'Bitte nicht stören' drauf. Das Resultat war, dass die Sekretärinnen – wir haben zwei, eine junge Hübsche und ... aber lassen wir das – also die Sekretärinnen konnten dann erst recht nicht die Finger von der Klinke lassen. Wer weiß, was die sich in ihrer über-hitzten Phantasie ausgemalt haben. Jetzt bin ich schlauer geworden. JEDER, der hier schon länger als 7 Tage arbeitet, hat schon einmal einen wichtigen Versuch versaut, weil er einfach durch eine geschlossene Türe hereingeplatzt ist – und wurde daraufhin vom aufgebrachten Versuchsleiter fast um-gebracht. Ohne Psychologie kann man hier nicht überleben. Zumindest kann man nicht ANGENEHM überleben.

Ich bin gerade in der Newsgroup alt.startrek.sexual.embarrassment, als das Telefon läutet. Meiner Meinung nach gehören Telefone sowieso abgeschafft. Wo bleiben meine Grundrechte? 'BIG BROTHER IS WATCHING YOU', das ist mein Telefon! Nichts anderes! E-Mails kann man wenigstens zurückschicken, mit der Angabe: 'cannot deliver mail – user got killed'.

Ich lasse es viermal läuten, dann hebe ich ab.

„Vermittlung", sage ich gelangweilt.

Etwas schweigt verblüfft am anderen Ende. Ich lege auf. Zwölfeinhalb Sekunden später versuchen sie's noch einmal. Das ist immer so. In ihrer grenzenlosen Dummheit glauben sie, dass sie sich vertippt haben. Um sie in ihrem Glauben zu bestärken, melde ich mich diesmal mit:

„Fakultät 16, Dekanat."

„Äh..."

„Jaa?" Ganz zuckersüß.

„Ich glaube, ich habe mich verwählt ..."

„Was Sie nicht sagen! So früh am Morgen schon? Vielleicht probieren Sie es einfach noch einmal?" schlage ich vor, durch und durch hilfsbereit.

„Ah, ja", sagt sie erleichtert. Dann besinnt sie sich auf ihre gute Kinderstube. „Entschuldigen Sie bitte die Störung."

„Aber das macht doch nichts..."

Ich überlege, ob die Stimme für eine Einladung auf eine Tasse Kaffee sexy genug klingt. Aber dann lege ich doch auf. Keine Verabredungen mehr ohne vorheriges X-Picture, das habe ich mir geschworen.

Ich warte. Die Hand am Hörer. Als es läutet, reiße ich den Hörer von der Gabel und brülle, so laut und aggressiv ich kann:

„JA?!!!"

Es klickt fast sofort. Gut. Das dürfte eine Weile vorhalten.

In der Newsgroup ist gähnende Leere. Also gehe ich ins World-Wide-Web und lade mir die Bilder von zwei Doktoranden von uns herunter, denen gerüchteweise eine Beziehung nachgesagt wird. Mit Hilfe von PhotoShop und den Bildern bringe ich die endlose Zeit bis zum Mittagessen hinter mich. Das Ergebnis – etwas schlüpfrig, aber vom Inhalt gar nicht so unwahrscheinlich – linke ich unter dem

Stichwort 'Aktuelle Informationen zum Lehrangebot' in unsere Home Page und schicke eine Mitteilung an alle User, dass es wichtige neue Mitteilungen in der Home Page gibt.

Auf diese Weise wird der langweilige Inhalt etwas aufgepeppt.

Nach dem Mittagessen checke ich den Zugriffszähler auf unsere Home Page. Gar nicht schlecht. Eine Zunahme um 16 000 % in den letzten zwei Stunden. Gut für unsere Netz-Statistik. Der Chef wird sich freuen!

In der Workstation piept es zweimal, und ich entferne meinen Schutzschild von der Türe. 14 Uhr, da macht der Chef immer seine Runde. Ich aktiviere das 'Working Window' an meiner Workstation, ein Dummy-Schirm mit mindestens vierzig verschiedenen bunten Fenstern, die chaotisch übereinanderliegen. Die einfachste Methode, blutschwitzenden Hyperstress zu demonstrieren.

Pünktlich um 14 Uhr, 7 Minuten und 25 Sekunden reißt der Chef, wie üblich ohne anzuklopfen, die Türe auf. Obwohl ich damit gerechnet hatte, zucke ich zusammen. Das passiert mir jeden Tag, und ich bin es leid!

Gequält lächelnd, die Finger noch auf der Tastatur, drehe ich mich um und wische mir nicht vorhandenen Schweiß von der Stirn.

„Äh, guten Morgen, Herr Leisch ..., hrrrm. Äh, ich wollte nur fragen ... hrrrm: müssen wir heute noch etwas erledigen?"

Sein Blick irrt unsicher und beeindruckt über die vielen farbigen Windows auf meinem Schirm. Ich seufze ergeben, hole den TOPORDNER hervor, in dem unsere wichtigsten Termine und Aufgaben nach Dringlichkeit geordnet abgeheftet sind, blase die dicke Staubschicht weg und überfliege schnell mit gefurchter Stirne die verblichene Liste. Gott sei Dank! Nichts, was einen ruhigen frühen

Freitagnachmittag gefährden könnte. Bis auf den Beschwerdebrief der Univerwaltung vielleicht. Sie schreiben, dass der Bundesrechnungshof meine Gehaltsabrechnungen kritisiert hat. Sie seien zu hoch. Das muss man sich mal vorstellen! Der Brief datiert allerdings vom letzten Jahr. Ich ordne ihn unauffällig weiter hinten wieder ein. Vielleicht fällt er mal aus Versehen in den Reißwolf.

Der Chef schaut kurzsichtig über meine Schulter und atmet mir in den Nacken. Ich schüttele den Kopf.

„Nichts. Absolut nichts, was nicht auch bis Montag warten könnte."

Man beachte das Wörtchen 'könnte'. Ich habe nicht gesagt 'kann'! Dass zwei Projektberichte bereits überfällig sind, drei Briefe eigentlich schon Anfang der Woche hätten rausgehen müssen und dass seine Sekretärin – zum Glück die hässliche – gedroht hat zu kündigen, wenn er ihr nicht endlich eine Gehaltsaufbesserung besorgte, das alles würde dem Chef nur das Wochenende verderben.

„Ah! Das ist aber schön!" freut sich der Chef, und ich freue mich als loyaler Untergebener, dass der Chef sich freut, und fletsche pflichtbewusst die Zähne. „Dann … äh … kann ich ja zuhause noch an dem FGD-Gutachten arbeiten."

Ich denke, dass er denkt: „Dann kann ich ja heute nachmittag doch zum Tennisspielen gehen."

Und ich denke für mich ganz alleine: „Sobald du weg bist, bin ich auch weg!"

Schwierig, wenn man in seinem Job für andere mitdenken muss.

Ich will gerade gehen, als es zaghaft klopft. An meiner Türe! Freitagmittag!

Ich rufe ungläubig: „Herein!", und es erscheint ein blasses Jüngelchen mit verpickeltem Gesicht und strähnigem langen Haar in der Türöffnung.

„Äh", sagt es zögernd, „ich hatte mich angemeldet, zur Studienberatung ..."

Natürlich! Die Mail, die ich mir aus falscher Großmut heute Morgen verkniffen hatte. Jetzt habe ich den Salat!

Ich bitte das Jüngelchen herein und zu platzen. Es setzt sich ganz vorne auf die Kante und blickt beeindruckt auf die vielen Messgeräte und Rechner in meinem Büro.

Dann sage ich:

„Habt Ihr Euch sonst schon umgetan?"

„Häh? Umgetan?"

Ich beuge mich vor, fasse sein rechtes Knie und schaue ihm tief in die Augen.

„Erklärt Euch, eh Ihr weitergeht, was wählt Ihr für eine Fakultät?"

Das Jüngelchen betrachtet mich misstrauisch. Vielleicht geht ihm gerade auf, dass es doch keine so gute Idee war, am Freitagnachmittag zur Studienberatung zu gehen. Jedenfalls nicht bei mir.

„Err ... ich dachte ... eigentlich ... ich meine ..."

„Da seid ihr auf der rechten Spur", unterbreche ich den Studenten in spe. „Doch müsst Ihr Euch nicht zerstreuen lassen. Gebraucht der Zeit, sie geht so schnell von hinnen. Ach!"

Ich schließe die Augen, werfe den Kopf in den Nacken und führe den Handrücken theatralisch an die Stirne.

Als ich die Augen wieder öffne, hat das Jüngelchen bereits die Hand an der Türklinke.

„Err ... ich ... mir fällt gerade ein ... ich habe noch einen dringenden ... Entschuldigen Sie bitte ..."

Und draußen ist er. Wir wollen doch keine Studentenschwemme auslösen, oder?

Woche 0A

Ich überarbeite gerade die Fragen für die diesjährige Zwischenprüfung – ein paar unlösbare Aufgabenstellungen zeigen doch erst, was in den Studenten WIRKLICH steckt – als plötzlich ein ungewohntes Verlangen in mir aufsteigt.

Ich nehme die Finger von der Tastatur und überlege. Wieso möchte ich auf einmal aus heiterem Himmel den verschollen geglaubten Schlüssel zum Kaffeeraum zurückgeben?

Als Wissenschaftler bin ich es gewohnt, meinen spontanen Regungen nicht sofort nachzugeben, sondern diese zunächst gründlichst zu analysieren. Also gehe ich stracks in die Bibliothek und bewaffne mich mit einschlägiger Literatur. Zwei Stunden später steht die Sache fest: Ganz zweifellos leide ich an einem akuten Anfall von galoppierendem Altruismus in Verbindung mit beginnender Saulus-Paulus-Schizophrenie.

Die meisten Autoren warnen vor der Möglichkeit, dass die Sache chronisch bzw. irreparabel wird! Bedauerlicherweise wird kein Gegenmittel genannt. Ich muss also improvisieren.

Kurz darauf verlässt die Bibliothekarin den Raum, um mit ihren Kolleginnen im Sekretariat zu ratschen. Ich schnappe mir die fünf sorgfältig sortierten Karteikartenstapel auf ihrem Schreibtisch und hebe jeweils die obersten zehn Karten ab. Den Rest mische ich gründlich durch – ich hätte als Croupier Karriere machen sollen! – und verteile sie wieder auf die fünf Stapel. Oberflächlich betrachtet schaut noch alles ganz in Ordnung aus.

Ich räume noch in zwei Regalen die Bücher um, so dass die 'Reden Platons' jetzt unter 'Tensormathematik' zu finden sind, und verteile meinen ausgelutschten Kaugummi gleichmäßig über die Lesesessel.

Jetzt fühle ich mich etwas besser. Ich kann sogar am Sekretariat vorbeigehen, ohne an den Kaffeeraum-Schlüssel zu denken. Um ganz sicher zu gehen, drehe ich auf dem Rückweg in mein Büro jede dritte Leuchtstoffröhre in ihrem Sockel um 90 Grad, so dass sie erlischt. Es ist immer wieder ein Vergnügen, unseren kleinen dicken Hausmeister zu beobachten, wenn er schwitzend wie ein Affe auf seiner Aluleiter hockt und einen Wutanfall nach dem anderen bekommt.

Zurück in meinem Büro rufe ich die Haustechnik an und mache den Leuten Dampf. Ich weiß sowieso, dass die um diese Zeit nichts tun, als Kaffee zu trinken und die Abendzeitung von vorne bis hinten durchzulesen. Es sei ein Skandal, sage ich empört, hier oben müsse man sich im Dunkeln seinen Weg suchen. Ich knalle den Hörer auf die Gabel und wende mich wieder meiner eigentlichen Aufgabe heute zu. Die Prüfungsaufgaben brauchen noch den entscheidenden Touch. Ich füge noch folgenden Absatz ein:

Bastard Assistant from Hell

„Wichtiger Hinweis:

Da sich einige Aufgaben auf die Lösung anderer Teile der Prüfung beziehen, empfehlen wir folgendes Vorgehen bei der Bearbeitung:

Lösen Sie zunächst Aufgabe 1 a und d, anschließend 4 e, f und a. Durch geschickte Kombination der Ergebnisse aus 4 a und 1 d sowie von 1 a und 4 f können Sie bei der anschließenden Lösung von Aufgabe 2 sofort mit Teil c beginnen. Vorteilhaft ist dann, vor der Bearbeitung von 3 a, b und f die Aufgabe 1 b und c zu lösen. Die Ergebnisse letzterer werden zwar erst in 5 c benötigt, aber wegen der recht **knapp bemessenen Prüfungszeit sollten Sie nicht unnötig oft die Aufgabenstellung wechseln.** *Lösen Sie nun die restlichen Aufgaben in beliebiger Reihenfolge. Beachten Sie aber, dass 3 c auf keinen Fall vor 6 a, und 6 c idealerweise vor 4 a gelöst werden sollte.*

Viel Erfolg!"

Ich drucke die Prüfungsblätter aus und schicke sie gleich in den Kopierladen, damit der Chef sie vor der Prüfung nicht mehr zu Gesicht bekommt. Der Chef ist da viel zu lasch; nur geforderte Studenten können zeigen, was sie können!

Inzwischen ist es spät geworden, und ich schlendere hinüber in den Hörsaal. Dort warten bereits 30 Studenten seit einer halben Stunde auf mein Hauptseminar. Überlebensregel Nummer 14: Niemals pünktlich zu seinen Lehrveranstaltungen erscheinen. Dozenten, die pünktlich kommen, sind nicht WIRKLICH wichtige Leute. Das lernt jeder Student schon im ersten Semester. Während ich nach vorne zur Tafel gehe, spüre ich negative Schwingungen im Raum und höre gemurmelte Worte wie 'Zeitverschwendung' und 'immer zu spät'.

Ich drehe mich mit sorgenvoll gefurchter Stirne um und erkläre, dass ich gerade an den Aufgaben für die Zwischenprüfung arbeite. Die negativen Schwingungen lösen sich schlagartig in Wolken von Angstschweiß auf. 30 Augenpaare starren mich an, 30 Paar Ohren klappen sichtbar nach vorne, 30 zitternde Gestalten hängen an meinen Lippen.

„Ja, äh also … ich kann nur sagen …" , sage ich leise.

30 studentische Oberkörper beugen sich so weit nach vorne wie möglich.

„Äh … Sie sollten auf jeden Fall … ach nein, ich sage jetzt lieber nichts. Das würde Sie nur bei Ihrer Vorbereitung stören. Außerdem ist dann die ganze Spannung weg."

Allgemeines Stöhnen. In der zweiten Reihe sinkt eine Studentin entseelt auf die Bank. Ich merke mir rasch die Studenten, die am lautesten stöhnen, um sie nachher rigoros aufzurufen.

Da ich keine Lust hatte, mich vorzubereiten, werfe ich rasch einige Formeln auf die Tafel und murmele kaum hörbar etwas von:

„… trigonometrisches Konvergenzkriterium unter Annahme der Retrokontraktibilität der angegliederten Tensormatrix mit Pi hoch Theta gegen Null …"

Die Studenten pinseln eifrig mit, ohne ein Wort zu verstehen, weil es da gar nix zu verstehen gibt.

Als die Tafel halb voll ist, drehe ich mich um und frage mit scharfer Stimme, ob noch jemand zu diesem trivialen Thema eine Frage hat. Natürlich hat niemand. Dann rufe ich der Reihe nach die Störenfriede von vorhin auf. Keiner kann etwas dazu sagen. Als ich das Ende der Veranstaltung verkünde, ist die Hoffnungslosigkeit im Raum mit beiden Händen zu greifen.

Es ist drei Uhr. Beschwingt schließe ich mein Büro heute etwas früher ab als sonst.

Auf dem Weg nach draußen begegnet mir der Chef. Er schaut mich an; ich schaue ihn an. Statt zu sagen, es sei noch etwas früh am Tage, wünscht er mir ein schönes Wochenende. Der Kurs in angewandter Hypnosetechnik letztes Semester hat sich DOCH gelohnt!

Woche 0B

Auf dem Uni-Parkdeck schnappt mir ein kleiner weißer Fiat frech den letzten freien Platz auf dem unteren Parkdeck weg. Fluchend merke ich mir die Nummer und fahre zwei Ebenen weiter hinauf aufs Dach, bis ich endlich einen freien Platz für meinen Schlitten finde. Mit jeder Treppe, die ich hinuntersteigen muss, steigt meine Wut um 100 Grad Kelvin.

In meinem Büro logge ich mich sofort bei der Datenzentrale der deutschen Autoversicherer ein und suche nach dem weißen Fiat.

Aha, der Name kommt mir irgendwie bekannt vor. Ich suche in unseren Verwaltungsdateien danach, und siehe da: Es ist eine Angestellte in der Reisekostenstelle! Und noch dazu die Bearbeiterin meiner Reisekostenabrechnungen!

Die RkfH ('Reisekostenstelle from Heaven') ist sowieso ein erklärter Feind des Bastard Assistant from Hell, also mir;

daher fasse ich das Manöver des weißen Fiat von heute Morgen als das auf, was es ist: eine gezielte Provokation des BAfH durch die RkfH!

Ich suche die Reisekostenabrechnungen der letzten fünf Jahre heraus und brüte eine Stunde angestrengt über Bescheiden, Verordnungen und Abrechnungslisten. Dann wähle ich die Nummer der Sachbearbeiterin mit dem weißen Fiat. Zuerst geht niemand ran. Mit jedem Läuten steigert sich mein Blutdruck um 10 Millimeter Queck-silbersäule. Kurz bevor das Überdruckventil anspricht, nimmt jemand den Hörer ab.

„Reisekostenstelle, Mühlstein-Obergauer."

Die übliche Mischung aus vorgetäuschtem Stress und Empörung darüber, schon wieder gestört zu werden. Mit anderen Worten, sie hat sich gerade einen Kaffee geholt und sich zu einem gemütlichen Schwatz mit der Kollegin von der Amtskasse (die ich auch schon seit der unseligen Spesen-abrechnung von 1989 auf dem Kieker habe!) niedergelassen.

„Hier spricht Dr. Hannibald Kohl vom Institut für angewandte Idiosynkrasienforschung", sage ich mit empörter Stimme.

„Ja?" fragt sie vorsichtig.

Sie kennt den Namen natürlich nicht, weil es ihn gar nicht gibt. Aber weil sie so viele Anträge zu bearbeiten hat, ist sie sich nicht ganz sicher, ob sie den Namen nicht vielleicht kennen müsste. Außerdem zweifelt man besser nicht an einem Namen, wenn er so ähnlich wie Hannelore Kohl klingt – jedenfalls nicht in diesem unseren Lande.

„Ich habe hier seit sieben Monaten einen Reisekostenbescheid über 4000 Mark von Ihnen herumliegen", sage ich wütend, „in dem Sie mir endlich meine Dienstreise nach USA erstatten wollten. Seitdem ist keine müde Mark auf meinem Konto eingegangen!"

„Äh ... wie war nochmal Ihr Name? Ich hole dann sofort den Vorgang ..."

Ich buchstabiere ihr Hannibald Kohl. Sie schluckt den Namen, ohne mit der Wimper zu zucken. Naja, wenn man selber Mühlstein-Obergauer heißt ...

Drei Minuten später ist sie wieder am Telefon.

„Hören Sie bitte? Es tut mir leid. Ich kann keinen Vorgang unter Ihrem Namen finden ..."

„Das ist ja unglaublich!!!" Ich simuliere einen Erstickungsanfall. „Jetzt hören Sie mir mal gut zu: IHRE Unterschrift ist unter dem Bescheid und IHR Telefon ist hier angegeben. Und jetzt sagen SIE ... womöglich haben Sie auch noch alle Belege verschlampt?!"

„Könnten Sie mir den Bescheid und eine Kopie des Antrags herüberfaxen?" schlägt Frau Mühlstein-Obergauer verzweifelt als Ausweg vor.

„Faxen? Den Bescheid? Natürlich. Den Bescheid schon. Den Antrag habe ich doch schon vor Jahren an die Reisekostenstelle geschickt. Glauben Sie, ich hebe mir Kopien von jedem Kinkerlitzchen auf?!"

Natürlich glaubt Frau Mühlstein-Obergauer das nicht. Wir einigen uns darauf, dass ich nur den Bescheid faxe, und sie verspricht mir dafür schnellstmögliche Bearbeitung der Überweisung.

Ich scanne einen alten Bescheid über 134 Mark ein und ändere mit PhotoShop Namen und Reisedaten und natürlich die Summe. Dann faxe ich das Ganze an die RkfH, zu Händen Frau Mühlstein-Obergauer.

Ich wiederhole die ganze Prozedur im Laufe der nächsten Tage noch viermal unter den Namen Alois Stoiber, Hans Waigel und Ludwig Gauweiler.

Zwei Wochen später ruft mich mein 'Bastard Banker from Hell' an:

„Die Amtskasse der Uni versuchte heute, eine ziemlich hohe Summe auf Ihr Konto zu überweisen – allerdings unter vier verschiedenen Namen, die wir nicht kennen. Wir müssen die Überweisungen leider zurückschicken."

Der BBfH schweigt erwartungsvoll.

„Acht Prozent?" frage ich.

„Zehn."

„Gebongt. Sie können die nötigen Überweiser gleich zu mir schicken ..."

Am anderen Ende der Leitung klickert es heftig auf dem Tischrechner.

„Gratuliere. Sie sind soeben um 15124,- Mark reicher geworden", sagt er und legt auf.

Viel später erfahre ich aus verschiedenen Kanälen, dass in der RkfH seit langem mal wieder eine Beamtenstelle zu besetzen ist. Ich leite diese Information sofort anonym an den Bayerischen Rechnungshof weiter, mit dem Erfolg, dass die Planstelle im Zuge der allgemeinen Sparmaßnahmen bis auf Weiteres nicht mehr besetzt werden darf.

Ein weiterer Punkt für den BAfH.

Woche OC

Ich frisiere gerade die Ergebnisse der Zwischenprüfung, damit die Punkteverteilung exakt einer Gaußglocke gleicht, als das Telefon läutet. Ich sitze außer Reichweite, also überdenke ich zuerst gründlich, ob es sich lohnt, aufzustehen und abzuheben.

Wahrscheinlich nicht.

Nach meiner privaten Statistik bedeutet ein läutendes Telefon in den seltensten Fällen etwas Gutes. Genauer gesagt, handelt es sich in 93% aller Fälle um jemanden, der irgendetwas von einem will. 5% haben sich verwählt, 1.93% wollen nur wissen, ob man noch lebt und bei der Arbeit ist, und nur läppische 0.07% sind WIRKLICH gute Nachrichten – Lottogewinne zum Beispiel.

Extrapoliert man diese Statistik, führt das zur zwingenden Schlußfolgerung, dass es sich nur jedes tausendvierhundertzwanzigste Mal WIRKLICH lohnt, ans

Telefon zu gehen. Wissenschaft ist doch etwas Wundervolles, nicht?

Es bleibt nur noch das Problem herauszufinden, wann die statistischen Ausreißer passieren, wann man also WIRKLICH rangehen sollte. Bis jetzt konnte ich keinerlei Korrelationen feststellen. Leider.

Inzwischen hat der Anrufer aufgegeben und die schwierige Entscheidung hat sich erledigt.

Fünf Minuten später läutet es wieder. Ich stehe seufzend auf und hebe ab.

„Hallo", sage ich.

Niemand antwortet. Das habe ich gern! Ich will gerade auflegen, als ein kreischendes Quietschen mein Trommelfell zerreißt. Ein Faxgerät! Schon wieder!

Ich lege den Hörer auf den Tisch und renne rüber ins Sekretariat. Die Sekretärinnen sind, wie üblich, nicht da. Ich reiße die Stecker des Faxgeräts heraus – dabei werden zwar alle gespeicherten Daten gelöscht, aber ist es vielleicht meine Schuld, dass wir so ein veraltetes Gerät haben? – und renne mit dem Gerät unterm Arm zurück in mein Büro. Dort tausche ich rasch mein Telefon gegen das Fax und warte gespannt.

Seit ein paar Wochen schon terrorisiert irgendjemand den BAfH mit sinnlosen periodischen Faxanrufen. Wahrscheinlich hat der hirnlose Typ sein Faxgerät mit falschen Nummern gefüttert und ist zu blöd zu merken, dass sich das Fax nicht senden läßt. Und sein ebenso blödes Faxgerät versucht es alle fünf Minuten aufs Neue – bis ich vor Wut die Wände hochgehe.

Jetzt! Es läutet wieder. Mein Fax spuckt das erste Blatt aus. Oben in der Kopfzeile ist die Faxnummer des Absenders angegeben. Perfekt!

Ich besorge mir vier dunkelblaue Tonpapiere und klebe sie zu einem langen Band zusammen. Dann füttere ich das dunkle Papierband in mein Fax und wähle die Faxnummer des Hirnlosen. Als das Papier auf der anderen Seite herauskommt, klebe ich es mit Tesaband am Ende fest, so dass eine geschlossene Schleife entsteht. Dann hole ich mir einen Kaffee, setze mich gemütlich hin und beobachte zufrieden, wie nach und nach mehrere Kilometer schwarzes Papier übertragen werden. Das wird ihnen eine Lehre sein!

Während die Telekom und Faxpapierindustrie noch glänzende Geschäfte machen, wende ich mich wieder meiner eigentlichen Aufgabe heute zu. Die Notenverteilung schaut immer noch nicht nach einer Gaußglocke aus. Besonders bei 1.0 und 1.3 sind noch zwei statistische Ausreißer. Ich vervollständige die Korrekturen meiner Kollegen mit einigen weiteren schwungvollen roten Haken und Strichen und korrigiere die Punktzahlen nach unten. Auf diese Weise verlagern sich die statistischen Ausreißer irgendwo in die Nähe des Mittelwerts bei 3.7.

Zufrieden betrachte ich den Plot. Saubere Arbeit. Der Chef wird sich freuen. Der Chef freut sich immer über hübsche Graphiken. Um die Sache ganz deutlich zu machen, plotte ich in roter Farbe eine echte Gaußglocke über die Verteilung und mit Dunkelblau die Grenze zwischen 'Durchgefallen' und 'Bestanden'. Seeeehr schön!

Inzwischen wurde die Faxverbindung dreimal unterbrochen – wahrscheinlich hat der Empfänger aus Verzweiflung den Strom ausgeschaltet –, und ich habe ihn dreimal erneut angewählt. Nach meiner Rechnung ist mindestens eine Rolle Faxpapier bereits schwarz. Also lasse ich Gnade vor Recht ergehen und bringe das Faxgerät zurück ins Sekretariat.

Die Sekretärinnen sind mittlererweile wieder zurück und bejammern lauthals den Verlust ihres Faxgeräts. Als ich es nonchalant auf den Tisch fallen lasse, starren mich beide fassungslos an. Ich starre ohne zu blinzeln zurück, bis beide wegschauen müssen. Die Ausgabe für die gelb gefärbten Kontaktlinsen mit den senkrechten Pupillenschlitzen hat sich gelohnt. Keine wagt, etwas zu sagen. Sie wissen, dass sie gegen den BAfH keine Chance haben!

Beschwingt schlendere ich in mein Büro zurück. Unterwegs begegnet mir eine reichlich aufgedonnerte Lady mit Schoßhund, Typ indische Strandratte, auf dem Arm und geschwungener, mit Glitzersteinen besetzter Schmetterlings-brille. Sie reckt sich immer kurzsichtig zum Namensschild neben einer Bürotür, bevor sie kopfschüttelnd zur nächsten trippelt.

„Ach, entschuldigen Sie", sagt sie schmeichelnd zu mir, als ich sie höflich vorbeilassen will. Die Strandratte wittert in meine Richtung, dann knurrt sie leise und drohend.

Hunde haben eben einen guten Instinkt, das muss man ihnen lassen – auch wenn ich persönlich aus irgendwelchen Gründen Katzen vorziehe. Besonders schwarze.

„Ja?" sage ich, ganz Gentleman, und deute eine leichte Verbeugung an.

„Können Sie mir wohl sagen, wo ich das Zimmer von Herrn Dr. Oberschlau finde?" fragt sie und lächelt mich mit zwei Pfund Lippenstift vertrauensvoll an.

Ich gucke auf die Strandratte in ihrem Arm. Die versucht, sich in der Armbeuge zu verstecken, und beginnt leise zu winseln.

„Aber natürlich", sage ich. „Herr Dr. Oberschlau. Sie sind schon auf dem richtigen Wege. Sie gehen noch bis zum Ende dieses Flurs, dann rechts ein paar Stufen hinunter und durch die erste linke Türe. Klopfen Sie lieber nicht an. Herr Dr. Oberschlau ist leider schon etwas schwerhörig. Haha. Er ist es gewohnt, dass jeder einfach zu ihm hereinkommt."

Die Lady bedankt sich strahlend und stöckelt in der angegebenen Richtung davon.

Ich warte und überlege. Habe ich jetzt 'linke' oder 'rechte' Türe gesagt? Man kann sich so leicht vertun! Links, gegenüber von Oberschlau, residiert nämlich der Hausmeister und der besitzt eine ziemlich unangenehme ...

Aufruhr am Ende des Flures! Das tiefe kehlige Bellen der bissigen Hausmeisterdogge erschüttert die umliegenden Flure. Dazwischen hört man schwach die verzweifelten Hilferufe der aufgedonnerten Tussi und das quietschende Jaulen der Strandratte.

Was bin ich nur für ein Schussel!

Woche OD

Es ist 14 Uhr vorbei, und ich sitze wie jedermann um diese Zeit bei geöffneter Türe in meinem Büro und warte, dass der Chef seine Runde macht.

„Wir sind ein OFFENES Institut", pflegt er ausländischen Gästen gegenüber immer stolz zu betonen. Besonders Russen und Chinesen gegenüber.

„Bei uns gibt es keine Geheimnisse. Deshalb stehen unsere Bürotüren immer OFFEN."

Die ausländischen Gäste bewundern dann höflich lächelnd (die Chinesen) oder auch weniger höflich lächelnd (die Russen) unsere OFFENEN Türen und fragen sich, hinter welcher verdammten OFFENEN Türe es jetzt endlich was zu trinken gibt.

Sobald der Chef sich nach seinem Rundgang wieder in sein Büro verzogen hat, schließt jeder schleunigst seine OFFENE Türe hinter sich, damit er nicht andauernd die

Studenten sehen muss, die müßig in den Gängen herum-
lungern und rauchen, haschen oder was Studenten halt sonst
noch so den ganzen Tag machen.

Heute hat sich der Chef verspätet. Oder ...

Ich schaue gerade zur offenen Türe, als ein Traum von
einem absolut scharfen Mädchen vorüberschwebt. Eine
Wolke teueren Parfüms erreicht meine bebenden Nüstern.

Mit einem Satz bin ich an der Türe und ziehe an der roten
Schnur, die dort für solche Fälle bereithängt. Der Stapel
leerer Computerkartonagen, den ich kunstvoll auf einem der
Aktenschränke im Gang installiert habe, stürzt ein wie ein
gesprengtes Hochhaus. Genau dem schwebendem Traum vor
die hochhackig bewehrten Füße. Von hinten schaut sie in
ihren Hotpants fast noch besser aus als von vorne. Sie
quietscht erwartungsgemäß und macht erschrocken einen
Satz nach hinten – genau in meine starken (sic!) Arme!

Leider fällt sie nicht auch noch in Ohnmacht – diesmal
also keine Wiederbelebungsmaßnahmen.

„Himmel, müssen Sie sich erschreckt haben", sage ich
entsetzt. „Ich habe schon immer gesagt, diese Abfallstapel da
werden noch mal jemanden unter sich begraben."

Sie ist vor Schreck ganz bleich unter ihrem Makeup und
ihr ... äh ... Dekolleté (sic!) wogt aufgeregt auf und nieder.
Ich führe sie behutsam in mein Büro, setze sie auf meinen
Stuhl und bringe ihr ein Glas Wasser. Bevor sie sich noch von
dem Schrecken erholt hat, überrede ich sie, mir ihre
Telefonnummer zu überlassen, damit ich mich morgen
erkundigen kann, ob der Unfall auch keine Folgeschäden
bewirkt hat. Dann werden wir weitersehen ...

Als wir uns verabschieden, ist sie ganz von Dankbarkeit
erfüllt. Kaum ist sie weg, reißt mich das Telefon aus meinen
angenehmen Tagträumen. Ich bin so guter Laune; also hebe ich
ab.

„HABEN SIE EIN FAXGERÄT?!" brüllt es durch die Leitung.

Ich lege auf. Schlechte Manieren sind mir ein Greuel. Nicht mal 'Guten Tag' hat er gesagt.

Das Telefon klingelt wieder. Da sich meine gute Laune hartnäckig hält – ich wundere mich selber! – hebe ich noch einmal ab.

„SIE HABEN MIR 150 METER SCHWARZES PAPIER GEFAXT! LEUGNEN IST ZWECKLOS! GEBEN SIE ES ZU!"

„Sie sind mit dem Anschluß 897-5674 verbunden", sage ich mit monotoner Stimme. „Leider bin ich im Moment nicht erreichbar. Bitte hinterlassen Sie eine Nachricht nach dem Piepston. Ich rufe dann sobald als möglich zurück."

Ich drücke die Null für den Piepston und warte.

„Äh ... Hier spricht Leitner ... äh ... 897-2132. Hrrrm. Hören Sie gut zu! Diese Faxgeschichte von gestern wird noch ein Nachspiel haben! Das garantiere ich Ihnen!!" Der Hörer kracht auf die Gabel.

Leitner? Der Name kommt mir bekannt vor. Ich schaue in den Web-Server der Uni und suche nach Leitner.

Aha: Leitner, Prof. Dr. F., Kanzler. Sogar mit fortschrittlicher E-Mail-Adresse.

Der neue Kanzler also. Klar, der alte hätte sich so einen Anruf dreimal überlegt ...

Als kleinen Vorgeschmack schicke ich den Kernel meiner Workstation – immerhin 8 MB – 199mal über den anonymen E-Mail-Server in Finnland an die E-Mail-Adresse des Kanzlers. Außerdem starte ich einen Cronjob, der diese Prozedur in unregelmäßigen Abständen wiederholt.

Als Nächstes suche ich in der illegalen Autokennzeichen-Datenbasis im Internet nach 'Leitner F'. Der gute Mann hat drei (sic!!) Wagen angemeldet. Der Mercedes 600 ist

wahrscheinlich sein Dienstwagen. Ich rufe bei der
Abschleppfirma an, die regelmäßig die illegalen Dauerparker
in unserer Tiefgarage entsorgt, und gebe denen die
Autonummer durch. Der Mann am anderen Ende
entschuldigt sich, dass sie erst in einer Stunde kommen
können. Ich versichere ihm, dass das noch dicke reicht.

Dann schicke ich ein hübsches kleines Skript per *remote
shell* auf die Reise, das den altersschwachen Verwaltungs-
rechner der RkfH ('Reisekostenstelle from Heaven' – das war
aber jetzt das letzte Mal. In Zukunft wissen Sie Bescheid,
ok?) zuverlässig in die Knie zwingt. Während die alte
PRIME schnaufend wieder hochfährt, logge ich mich über
einen Service-Account dort ein und gehe stracks in die
Reisekostenabrechnungen von unserem neuen Kanzler. In
den letzten sechs Abrechnungen, die alle noch nicht
angewiesen sind (der RkfH sei Dank!), korrigiere ich die
Spesenabrechnungen jeweils um zwei Größenordnungen
nach oben. Sodann schreibe ich einen knappen, aber
aussagekräftigen anonymen Brief an den bayerischen Rechnungshof, mit genauen Angaben, wo sie die Abrechnungen
eines bestimmten Spitzenbeamten mal etwas genauer unter
die Lupe nehmen sollten.

Zu guter Letzt vertausche ich im Telefoncomputer der
Uni meine Nummer mit der des Sekretariats vom Rektor. Es
war sowieso mal wieder an der Zeit, meine Nummer zu
ändern.

Viel zu viele Anrufe in der letzten Zeit ...

Woche OE

Ich sitze mit meinem neuen, absolut unfähigen Hiwi Xaver in der Cafeteria, und wir versuchen erfolglos, die Zeit bis zum Mittagessen totzuschlagen. Es ist Montagmorgen, der Dreizehnte, draußen nieselt es und hier drinnen ist absolut nichts los, was meine Laune bessern könnte. Falls sich jemand wundern sollte, warum ich mit einem absolut unfähigen Hiwi in der Cafeteria herumsitze: es ist immer noch besser, sein hirnloses Gebrabbel über mich ergehen zu lassen, als zu beobachten, wie er mein sorgfältig verschachteltes Filesystem im Workstation-Cluster ruiniert.

Der Chef hat ihn mir aufs Auge gedrückt. Mit der Begründung, mich 'zu entlasten'. In Wirklichkeit hofft er immer noch, dass jemand es schafft, die ganzen Bugs aus dem Betriebssystem herauszubekommen, die ich in mühsamer Kleinarbeit hineinprogrammiert habe.

Plötzlich fahren die Lider über Xavers gelangweilten

Schlafzimmerblick um mindestens zwei Etagen nach oben, und seine Augen leuchten auf wie in der Osram-Werbung. Ich drehe mich erwartungsvoll um – jede Abwechslung an einem totlangweiligen Montagmorgen ist ein Geschenk der Hölle – aber es ist lediglich Franky am Eingang der Cafeteria.

Ich sehe an Xavers Augen, dass Franky eine Neuigkeit für ihn ist. Ihm bleibt buchstäblich die Spucke weg. Es ist allerdings auch ein einigermaßen atemberaubender Anblick für jemanden, der Franky noch nie zu Gesicht bekommen hat. Noch dazu für einen, der von der TU kommt. Wo man sich die paar Ingenieursstudentinnen mit 500 anderen Ingenieursstudenten teilen muss.

Franky zeigt heute die absolute Topfigur in einem mehr als großzügig ausgeschnittenen, schulterfreien Top und bis zu den Hüften geschlitztem Maxi-Rock. Alle Klamotten sind schneeweiß und allerbeste Sahne, inklusive die weißen Cowboystiefel, in denen die schlanken tiefbraunen Beine enden. Dazu die wallende goldene Mähne und der typisch leicht entrückte Blick, passend zu den sinnlich halb geöffneten kirschroten Lippen.

Die anderen, erfahreneren männlichen Gäste der Cafeteria reagieren einigermaßen relaxed, wogegen die anwesenden Mädels giftsprühende Blicke in Richtung Eingang verschießen.

„Mein Gott! Was für ein Häschen", flüstert Xaver und schluckt mühsam. „Kennst du die?"

„Aber klar", sage ich gelangweilt. „Absolut scharfe Nummer. Soll ich … ?" Ich mache eine auffordernde Handbewegung.

„Meinst du, du könntest uns miteinander bekannt machen?" fragte mein Hiwi aufgeregt. Man sieht, dass ihm schon allein der Gedanke den Mund wässrig macht. Ich betrachte ihn kritisch. Vielleicht sollte ich wirklich ein Exempel statuieren. Zumindest würde das mein Laune etwas aufbessern ...

Inzwischen hat man sich Kaffee besorgt und läßt nun den strahlend blauen Laserblick suchend durch die Cafeteria schweifen. Ich winke heftig, und man schwebt strahlend lächelnd an unseren Tisch.

Ich erspare mir die Darstellung der absolut entwürdigenden Erniedrigung, die mein Hiwi Xaver innerhalb der nächsten halben Stunde an den Tag legt. Schließlich lässt sich Franky huldvoll (und errötend!) dazu herbei, die Telefonnummer herauszurücken, und die beiden verabreden sich auch noch für heute abend zum Essen.

„Geschieht ihm recht", denke ich grimmig, während Xaver wie in Ekstase zurück an seinen Arbeitsplatz eilt. „Mangelnde Menschenkenntnis muss bestraft werden!"

Zurück in meinem Büro entwerfe ich rasch einen Brief an die zentrale Personalverwaltung der Uni, mit der Bitte, Xavers Hiwi-Vertrag fristlos und außerordentlich zu kündigen. Als Begründung schreibe ich, dass sein weiteres Verbleiben an unserem Institut aus moralischen Gründen kaum noch vertretbar sei. Insbesondere sei es als bedenkliches Vorbild für die jüngeren Semester zu werten, dass ein Hilfswissenschaftler des Instituts öffentlich Umgang mit einem stadtbekannten Transvestiten pflege.

Den Brief adressiere ich zu Händen eines der wenigen Sachbearbeiter, die noch aus nostalgischen Gründen ihr CSU-Parteibuch pflegen. Außerdem weiß ich zufällig, dass er Mitglied in der Liga 'Für ein sauberes München' ist und schon seit 27 Jahren als stellvertretender dritter Kassenwart im 'Verein katholischer Maiburschen Untermenzing' fungiert. Bei ihm ist mein Brief gewiss an der richtigen Adresse.

Woche 0F

WERBUNG (gesungen)

Haben Sie auch manchmal das Gefühl, dass ALLES irgendwie SINNLOS ist? Fühlen Sie sich SCHLAPP und ABGESPANNT und sind immer MÜDE? Geht die ARBEIT nicht mehr leicht von der Hand?

Es KÖNNTE natürlich am Wetter liegen. ODER vielleicht sind Sie allergisch gegen das neue Haarspray?

ES KÖNNTE ABER AUCH SEIN, DASS IHRE FESTPLATTE EINE UNWUCHT HAT!

ALARMSIGNAL. Festplatten mit Unwucht erzeugen beim Rotieren starke niederfrequente Schwingungen, die sich unbemerkt über den Tisch oder den Fußboden bis in Ihren Körper hin fortpflanzen können. Solche schädlichen mechanischen Schwingungen beeinträchtigen die Funktion der vorderen Hirnlappen, die für das logische Denken, das Treffen von Entscheidungen und konzentriertes Arbeiten zuständig sind.

Die Folge: Niedergeschlagenheit, Müdigkeit und
Konzentrationsschwäche.
LASSEN SIE ES NICHT SO WEIT KOMMEN!
Unwuchten auf Festplatten entstehen durch ungleiche
Verteilung der Bytes auf der Oberfläche der Platte.
Herkömmliche Festplatten-Controler ordnen die Bytes in
möglichst großen zusammenhängenden Blöcken an. Die
logische Folge: Auf einer Seite der Festplatte entsteht ein
Übergewicht an Bytes; die Platte bekommt eine Unwucht!
Helfen Sie dem ab!
Der neue unwuchtsfreie B.A.f.H. Festplatten-Controler mit
randomisierter FAT und GVBK ('gaußverteilter
Blockungskontrolle') verhindert zuverlässig jegliche Unwucht
auf Ihren Festplatten.
Genießen Sie schon wenige Minuten nach Installation die
schwingungsfreie Atmosphäre in Ihrem Büro. Ihre Kollegen
werden Sie beneiden!
Besorgen Sie sich noch heute den neuen unwuchtsfreien
B.A.f.H Festplatten-Controler!

(Fanfare)
<snip>

Gerade schalte ich den Fernseher aus, da kommt der Chef
herein und teilt mir mit, dass unsere Sekretärin (die hässliche)
endlich gekündigt hat.

Insgeheim registriere ich erfreut, dass persistentes
Stänkertum und permanente Quengelei auch heute noch
zuverlässige Wirkungen zeigen. Man muss nur am Ball
bleiben und nicht so schnell aufgeben.

„Ich möchte gerne, dass Sie mir bei der Anstellung einer
neuen Sekretärin behilflich sind", sagt der Chef.

„Ich?"

„Nun ja, ich glaube, dass es keinen Sinn mehr hat, jemanden einzustellen, mit dem Sie nicht auskommen können", sagt der Chef ironisch.

Sollte ihm etwa aufgefallen sein, dass wir innerhalb von fünf Jahren sieben verschiedene Sekretärinnen hatten?

„Wir werden also die übliche Ausschreibung machen", fährt der Chef fort, „und Sie schauen sich die Bewerberinnen genau an. Ich verlasse mich ganz auf Sie."

Schon eine Woche später sitzt die erste Kandidatin auf meinem Besuchersessel. Auf dem ersten Blick gefällt sie mir nicht gerade: viel zu begeistert und engagiert.

„Sie würden also gerne in unserem Sekretariat arbeiten", eröffne ich leutselig das Interview.

Die Kandidatin nickt begeistert.

Ich registriere den ersten Minuspunkt: Weiß nicht, wovon sie redet, stimmt aber dem Vorgesetzten in spe bedingungslos zu. Kein vernünftig denkender Mensch würde gerne bei uns arbeiten. Schon gar nicht für das mickrige Gehalt, das der Staat zahlt. Es sei denn, man hat andere Gründe ...

Ich frage die Kandidatin nach den Gründen. Als Antwort erhalte ich nur Platitüden. Ich bringe das Interview zu einem raschen Ende.

„Sie hören sehr bald von uns", sage ich zum Abschied.

Die beiden nächsten Kandidatinnen sind keinen Deut besser.

„Was machen Sie, wenn der Chef Ihnen einen Auftrag gibt, der absolut unsinnig ist, vielleicht sogar eine Katastrophe heraufbeschwören könnte?" frage ich beide.

Beide antworten mutig, dass Sie in diesem Falle auf eigene Verantwortung das Richtige unternehmen würden. Unfassbar!

Resigniert lasse ich eine vierte Kandidatin hereinkommen. Schon auf den ersten Blick registriere ich den Unterschied.

Sie ist deutlich älter als die bisherigen Bewerberinnen, hat funkelnde schwarze Augen hinter blitzenden Brillengläsern, die mich mit Röntgenblick taxieren. Fast habe ich das Gefühl, dass sie mit dieser Brille durch meine Kleider schauen kann. Meine Nackenhaare stellen sich begeistert auf. Nicht schlecht!

Ihr tiefschwarzes Haar trägt sie in einem strengen Knoten, und ihre dünnen blutleeren Lippen biegen sich an den Mundwinkeln zu einem höhnisch-verächtlichen Zug nach unten. Absolut unauffällige graue Kleidung, schwarze hoch-hackige Schuhe mit dolchartigen Absätzen. Bewaffnet ist sie mit einer riesigen schwarzen Arzttasche und einem verhäng-ten Vogelkäfig, den sie sorgfältig hinter dem Besuchersessel deponiert.

„Frau ... äh ... Bezelmann. Sie würden also gerne für uns arbeiten. Haben Sie denn schon Erfahrung im Umgang mit Studenten?" eröffne ich wie üblich das Interview.

Sie schaut mich an, als ob ich sie beleidigt hätte.

„Ich tue seit 15 Jahren nichts anderes", raunzt sie mit knarrender Stimme, die etwa so angenehm klingt wie eine schlecht geölte Kellertüre. Faszinierend! Ein leises Knistern liegt in der Luft, seit sie mein Büro betreten hat. Oder geht das von dem Vogelkäfig aus?

„Was machen Sie, wenn der Chef Ihnen einen Auftrag gibt, der absolut unsinnig ist, vielleicht sogar eine Katastrophe heraufbeschwören könnte?" frage ich erwartungsvoll.

Frau Bezelmann lächelt grausam.

„Bin ich etwa für die Entscheidungen meines Chefs verant-wortlich?" fragt sie zurück. Ich sehe an ihren Augen, dass sie am liebsten hinzugefügt hätte: „Wenn ungestraft möglich, gie-ße ich noch Öl ins Feuer, damit sich endlich was rührt hier!"

Ich bekomme immer mehr das Gefühl, dass ich hier die neue 'Bastard Secretary from Hell' vor mir habe.

„Darf ich fragen, was Sie in dem Käfig da haben?" frage ich gegen Ende des Interviews.

Sie zieht den dunklen Schleier herunter. In dem altmodischen Messingkäfig sitzt ein alter, zerzauster und tiefschwarzer Rabe und starrt mich mit gelben Augen an.

„Das ist Nero", erklärt die neue BSfH streng. „Ich stelle als Bedingung, dass ich ihn mit in mein Büro bringen darf. Er langweilt sich so zu Hause."

Kann ich mir gut vorstellen. Der Rabe blinzelt mir zu, und ich blinzele zurück.

„Gratulation", sage ich. „Sie haben einen neuen Job."

Woche AO

Ich erledige die Post auf meine übliche Weise: Nach kurzem Durchblättern und nachdem ich sicher bin, dass wirklich kein Scheck dabei ist, lasse ich den ganzen Packen locker in den Reißwolf fallen. WIRKLICH wichtige Post kommt sowieso nach zwei Wochen noch einmal, mit dem roten Vermerk DRINGEND, oder so ähnlich. Wozu also sich selbst die Mühe machen herauszufinden, was wichtig ist?

Es ist essentiell, sich immer nur auf das Wesentliche zu beschränken, sage ich immer zu meinen Studenten. Sic est!

In meiner Mailbox finde ich drei Beschwerden von Studenten, dass im PC-Labor ein Virus sein Unwesen treibe. Zur Abwechslung mal eine erfreuliche Nachricht aus dem PC-Labor! Seit Leonardo da Vinci haben wir gar keinen Spaß mehr gehabt.

Wahrscheinlich hat die schwarze Game-Diskette, die letzte Woche plötzlich auf meinem Schreibtisch lag, doch ein

Viruslein draufgehabt. Ab und zu schicken die Kollegen aus dem fünften H-Kreis mir solche Spielsachen zum Testen. Komisch nur, dass diesmal kein Kommentar dabei war.

Ich hatte die Diskette stante pede ins PC-Labor hinübergelegt. Eine todsichere Methode, um herauszufinden, ob ein Virus drauf ist oder nicht. Besser als jeder Virenscanner. Irgendein Idiot findet sich immer, der das Ding in seinen PC steckt ...

Mein eigener Rechner ist, da er niemals unter DOS läuft (das überlasse ich dem plebs) und ich prinzipiell keine Disketten verwende (was kann man schon in 1,4 MB speichern, frage ich?), relativ virensicher.

Trotzdem gehe ich runter, um mir den Spaß anzuschauen. Zu meiner Überraschung verhält sich der Virus aber ganz anders, als die Studenten es mir beschrieben haben. Schon während des Virenscans verschwindet plötzlich mein Homedirectory mit allem, was darin war. Dann passiert erstmal gar nichts mehr.

Wie langweilig!

Ich frage den Studenten neben mir, ob er auch Schwierigkeiten habe. Er zieht die Stirne kraus und verneint. Aber gestern sei hier die Hölle los gewesen, meint er. An allen PCs seien blöde Meldungen auf dem Display erschienen.

Ich stehe auf und verkünde mit autoritärer Stimme:

„Meine Herren! Mit dem Hacken ist für heute vorbei. Wir haben einen nicht identifizierten Virus in den Rechnern. Das PC-Labor wird bis auf weiteres geschlossen!"

Allgemeines Aufstöhnen der acht blassen Studenten, die schon seit Wochen an ihren geliebten PCs hängen, statt zu studieren. Ich grinse sardonisch-genüsslich.

„Beschweren Sie sich nicht bei mir, sondern bei Ihrem Kollegen, der den Virus eingeschleppt hat. Machen Sie das

Beste daraus: Gehen Sie in den Englischen Garten und lachen Sie sich ein hübsches Mädchen an. Cyber-Sex mag ja sehr fortschrittlich sein, aber wir wollen doch die Wirklichkeit nicht ganz aus den Augen verlieren."

Müdes Gegrinse und weiteres Stöhnen. Ich löse dem letzten Studenten mit sanfter Gewalt die verkrampften Finger von der Maus und schiebe ihn zur Türe hinaus. Dann verschließe ich sorgfältig das PC-Labor und hänge ein Schild an die Tür: 'Wegen Virenbefall bis auf weiteres geschlossen.'

Das dürfte die lästige Betreuungsarbeit fürs PC-Labor in den kommenden Monaten auf ein Minimum reduzieren.

Woche AA

Auf dem Weg in mein Büro vernehme ich im Labortrakt ein gedämpftes Rumpeln. Ich lokalisiere die Schallquelle nach einigem Suchen in unserem Tonstudio, genauer gesagt, im schalltoten Raum dahinter, dessen mächtige Schallschutztüre geschlossen ist. Ich stülpe mir in der Regie die Kopfhörer über und schalte den Monitor an – ein schwerer Fehler. Denn sofort pustet mir ein schlecht gehaltener Kammerton mit 120 dB fast beide Ohren weg. Ich reiße mir fluchend die Kopfhörer runter.

Kein Zweifel: Jemand übt im schalltoten Raum während der Mittagspause auf der Posaune. Ich dämpfe den Monitorkanal um 90 dB und lausche ein paar Sekunden den holprigen Tonleitern. Kann sich eigentlich nur um die Kollegin Marianne handeln. Wenn ich mich recht erinnere, war in ihrer persönlichen Mailbox in letzter Zeit ziemlich viel von Blasinstrumenten die Rede.

Posaunen sind mir schon seit meiner Kindheit zuwider. Liegt vielleicht daran, dass gewisse Kollegen aus den obersten Etagen dauernd damit herumfuchteln.

Ich schiebe dem Ganzen einen Riegel vor – nicht den Posaunentönen selber, nur der Türe zum schalltoten Raum – und schalte als fürsorglicher Angestellter vor dem Verlassen des Studios den Hauptstrom ab. Hat nicht der Chef erst letzte Woche per Rundschreiben jeden ermahnt, dass die technischen Räume beim Verlassen immer sorgfältig abzuschließen seien und dass vor allem darauf zu achten sei, dass der Strom abgeschaltet werde?

Na, bitte!

Außerdem ist es im Studio wieder einmal viel zu kühl für meinen Geschmack; deshalb drehe ich noch rasch die Klimaanlage auf Anschlag.

Kurz nach der Kaffeepause horche ich noch einmal ins Studio hinein. Aus dem Kopfhörer klingen jetzt keine schrägen Posaunentöne mehr. Statt dessen sind jetzt an der Türe langsame Klopfsignale zu hören. Viervierteltakt, wenn mich nicht alles täuscht.

Um den monotonen Rhythmus etwas aufzulockern, morse ich rasch 'Hallo, wie gehts?' gegen die Studiotüre. Die Reaktion ist prompt und eindeutig:

„HEE! ICH BIN HIER EINGESPERRT! MACHT DIE VERDAMMTE TÜRE AUF!"

Mariannes schrille Stimme dringt mühelos durch die 68 dB schallgedämmte Türe. Ich rechne kurz hoch, dass der Schalldruck im Inneren der Kabine bei ca. 115 dB liegen muss – ein durchaus rekordverdächtiger Wert. Wer hat gleich noch gesagt, dass der Mensch nur in extremen Situationen zu Höchstleistungen fähig sei?

Ich schiebe den Riegel zurück und reiße die schwere Tür auf. Angenehm heiße Tropenluft schlägt mir aus der

Dunkelheit entgegen. Marianne stolpert, rotglühend wie in der Sauna, nur mit Höschen und BH bekleidet aus dem dunklen, überheizten Loch und blinzelt mich mit irrem Blick an.

„JEMAND HAT MICH HIER EINGESPERRT, DAS LICHT AUSGESCHALTET UND DIE HEIZUNG AUFGEDREHT!"

„Tatsächlich", antworte ich sachlich und betrachte eingehend ihr Fast-Evas-Kostüm, bis sie womöglich noch um einige Nuancen röter im Gesicht wird. „Äh ... darf man fragen, was du da drin eigentlich ... äh ... ?"

Inzwischen haben sich, angelockt durch das Geschrei, einige Zaungäste in der offenen Studiotüre eingefunden, die die Szene interessiert verfolgen. Frau Bezelmann ist wie immer an vorderster Front dabei.

„Ich habe ... ", beginnt Marianne wütend, bricht dann aber abrupt ab und lässt ihren Blick über die zahlreichen Zuschauer streifen. Es wird ihr gerade klar, dass ihre gegenwärtige Erscheinung eine hausbackene Posaunen-übungsstunde nicht sehr glaubwürdig klingen lässt. Wutschnaubend zieht sie sich wieder in das heiße dunkle Loch zurück, um ihre Kleidung zu suchen, während ich den schwachen Versuch unternehme, die exponenziell anschwellende Zuschauerschaft zu zerstreuen.

Woche AB

Nach kurzem Heimaturlaub kehre ich erholt und voller Tatendrang an meinen Schreibtisch zurück. Als erstes öffne ich alle Fenster, damit sich der Schwefelgeruch aus meinen Kleidern besser verflüchtigt.

Kaum habe ich mich hingesetzt, läutet zur Begrüßung das Telefon. Es ist der Chef.

Vorsichtig fragt er, ob ich an den Abschlussbericht zum HARPO-Projekt gedacht habe. Er sei leider heute fällig.

„Selbstverständlich" antworte ich, „ich bringe ihn gleich vorbei."

Ich rufe mein hübsches kleines Programm gen_rep auf, und eine Maske erscheint am Bildschirm. Ich trage Titel, Sprache, ungefähres Fachgebiet, Anzahl der Seiten und vor allem die Dateien aller bereits für dieses Projekt geschriebenen Berichte (natürlich auch die der anderen Projektpartner!) in die Maske ein, klicke noch den Button

'Final Report' und starte den Generator. Nach nur 30 Sekunden kommt der Abschlussbericht fix und fertig aus dem Laserdrucker.

Natürlich enthält er nur zusammenhangloses Blabla, aber das tun die handgeschriebenen Berichte unserer Partner auch, und außerdem habe ich noch nie erlebt, dass so ein Bericht wirklich von jemandem gelesen wurde. Also, was soll's?

Irgendwannmuss ich das Programm mal patentieren lassen ...

Ich bringe den Bericht gleich ins Sekretariat und gebe ihn der BSfH. Sie überfliegt die erste Seite und zieht die Mundwinkel anerkennend nach unten. Zwar sagt sie nichts, aber Nero krächzt beifällig, als ich das Sekretariat verlasse.

Na ja, ich habe auch nicht behauptet, dass INTELLIGENTE Leute darauf hereinfallen.

Nach dieser morgendlichen Anstrengung fahre ich die Schutzschilde hoch und entspanne mich bei einer halben Stunde DooM, bis jemand es wagt, trotz des Schutzschilds an meine Tür zu klopfen. Ich wechsle in das 'Working Window', grabsche mir eine handvoll Messstrippen und rufe 'Herein!'".

Yogi Flop steht in der Tür. Ich lasse die Messstrippen wieder fallen.

Yogi Flop heißt eigentlich Gustav Vorderbauer und stammt aus dem tiefsten Chiemgau. Ursprünglich sollte er bei uns eine Arbeit über die Auswirkungen des Tunneleffekts bei sehr kurzen Adressleitungen in Speicherchips erstellen. Während seiner intensiven Beschäftigung mit der Quantenmechanikmuss er dann irgendwie in die Techno-Esoterik abgeglitten sein – vielleicht standen auch in der Bibliothek nur ein paar Bücher an der falschen Stelle.

Wie dem auch sei. Jedenfalls war er plötzlich überzeugt, das alte Problem des Dualismus von Welle und Teilchen gelöst zu haben. Dass ein Photon bei einem Doppelspaltversuch scheinbar zufallsverteilt mal durch den rechten, mal durch den linken Spalt wandere, sei nur eine Illusion, verkündete er. In Wirklichkeit würde das Photon von den geistigen Kräften des Beobachters beeinflusst. Weil das aber keiner wisse, unsere geistigen Kräfte also völlig ungesteuert und richtungslos seien, verhalte sich das Photon eben scheinbar zufallsverteilt.

Gustav verbrachte Wochen im Labor vor der Wilsonschen Nebelkammer und konzentrierte sich auf die einströmenden Elementarteilchen. Er wollte sie dazu bewegen, nur noch in einer Richtung zu fliegen. Natürlich lehnten es die ungebildeten Elementarteilchen ab, sich in irgendeiner Weise beeinflussen zu lassen – obwohl Gustav nebenher intensiv Yoga und autogenes Training studierte, um ihnen mit seinen geistigen Kräften auf die Sprünge zu helfen.

Es war der reinste Megaflop, also gaben wir ihm schließlich den Spitznamen Yogi Flop.

Der arme Kerl hat eben keine Ahnung, dass die ganze Sch … mit der Quantenmechanik nichts anderes ist als ein perfider übler Scherz aus der obersten Etage.

„Wissen Sie, was ich gestern entdeckt habe?" platzt Yogi Flop heraus und rückt mir dichter auf den Pelz, als meine kritische Distanz es erlaubt.

„Nein, aber ich bin sicher, dass ich es gleich wissen werde", sage ich überzeugt.

„Im fünften Geheimbuch der Kabbala steht, dass manche Rabbis es vermochten, mittels bestimmter Körperbewegungen die Materie selbst zu beeinflussen!"

Ich nicke beruhigend und weiche etwas weiter ins Zimmer zurück, um seiner feuchten Aussprache mehr Raum zu geben.

„Sicher", sage ich und gebe dem Drehstuhl einen Schubs, „so zum Beispiel."

Ohne meinen Einwurf zu beachten, fährt Yogi Flop begeistert fort:

„Stellen Sie sich das nur vor: Anstatt zu programmieren, werden wir in Zukunft die Programme nur noch denken, und sie materialisieren in Form von Bits und Bytes in den Speicherchips!"

Ich seufze.

„Vielleicht geben Sie mir mal eine kurze Demonstration, damit ich es besser verstehe …", sage ich.

Yogi Flop schaut mich unsicher an, dann blickt er sich suchend in meinem Büro um.

„Na gut. Versuchen kann ich es ja mal. Ich versuche, den Briefbeschwerer zu bewegen, ok?"

Ich nicke zustimmend und weiche noch weiter zurück; diesmal, damit er mir bei seinem wilden Schattenboxen nicht aus Versehen ins Gesicht langt.

Yogi Flop stellt sich in Positur und beginnt, konzentriert den Briefbeschwerer zu umtanzen. Der Briefbeschwerer bleibt davon völlig unbeeindruckt und rührt sich keinen Millimeter. Schweißperlen bilden sich auf Yogi Flops Stirne. Irgendwie kommt mir sein Gehampel aber bekannt vor. Woher kenne ich das bloß?

„Halt", sage ich, einer plötzlichen Eingebung folgend. Yogi Flop verharrt unsicher wackelnd auf einem Bein und schaut mich über die Schulter fragend an.

„Die letzte Geste war falsch", sage ich. „Den linken Arm höher über den Kopf und das Bein noch nicht abstellen … ja, genau. Jetzt weiter wie bisher. Machen Sie den letzten Zyklus noch einmal."

Yogi Flop gehorcht anstandslos. Nach der letzten Figur gibt es plötzlich ein lautes saugendes Geräusch, wie wenn man eine Packung Vakuumkaffee öffnet, und Yogi Flop verschwindet in einem grellen Lichtblitz.

Nur ein kleines weißes Wölkchen verflüchtigt sich langsam in der ruhigen Luft meines Büros.

Ich lächele anerkennend. Der alte babylonische Zugangskode zum siebten H-Kreis.

> '*Gleichwie die Frösche, um zu quaken, kehren*
> *Die Mäuler aus dem Wasser, was geschieht,*
> *Wenn schon die Bäurin träumt von reifen Ähren,*
> *So staken blau bis wo die Scham man sieht,*
> *Die schmerzenreichen Schatten in dem Eise;*
> *Die Zähne klapperten das Storchenlied.*'

Vielleicht habe ich Yogi Flop doch unterschätzt. Ob es ihm da unten allerdings gefallen wird, ist eine ganz andere Frage.

<snip!>

> *Wir unterbrechen hier die aktuelle Berichterstattung wie jeden Freitagnachmittag für unser allseits beliebtes B.A.f.H. RATESPIEL.*

(Fanfare)

> *Wie Sie alle wissen, geht es darum, die Herkunft eines Zitats zu erraten. Jawohl, des Zitats dort oben, ganz genau! Unsere heutige Frage lautet also :*
>
> *Wer hat diesen Unsinn wo gesagt/geschrieben/in die Brandung gebrüllt/in Fels gehauen/auf Papyrus gepinselt/in Schnüre geknüpft/etc.?*
> *WENN Sie die richtige Antwort zu wissen meinen, schreiben Sie unverzüglich eine E-mail mit der richtigen Antwort an folgende Adresse: satan@trash.circle10.hell.*

Unter den ersten 10 000 richtigen Antworten (Eile ist also geboten!) werden 12 alte Ölkannen (gefüllt) verlost.

(Fanfare)

Außerdem erhalten die ersten 200 Einsender die einmalige Chance, von einem unserer reizenden Telefoninquisitoren/innen mit neuen aktuellen Angeboten aus den Bereichen Versicherungswesen, Börsenspekulation, Immobilien, Anlageobjekte und Fußpflege belästigt zu werden. Vergessen Sie also keinesfalls, Ihre Telefonnummer anzugeben.
Wir wünschen Ihnen (ab hier im höllischen Chor) VIEL PECH!

<snip!>

Woche AC

Wenn ich morgens ins Büro komme, knallt schon die Sonne durch die Ostfenster und sorgt für eine angenehme Raumtemperatur von annähernd 40 Grad. Draußen zwitschern die Vöglein, die ersten Studentinnen mit Miniröcken tauchen auf, und die Angestellten der Cafeteria stellen im Hof unter meinem Fenster die Biertische und -bänke auf.

Es ist nicht zu übersehen: Es wird Frühling. Alles strotzt vor Tatendrang und frischem Mut – mich natürlich eingeschlossen.

Ich verbringe einen ruhigen Vormittag damit, die Klistierspritzen wieder an meinem Fensterbrett zu befestigen, mit denen ich auf Knopfdruck kleine Salven Joghurt auf die Studenten an den Biertischen verschießen kann. Der Effekt ist jedesmal wieder erheiternd – vor allem wenn gerade Möwen oder sonstiges Federvieh über dem Biergarten kreisen.

Dann leihe ich mir aus unserer Werkstatt den Akkuschrauber und löse bei allen Bänken die Halteschrauben der Füße. Nichts lockert einen heißen, langweiligen Sommernachmittag mehr auf, als eine unter der Last von sechs StudentInnen zusammenbrechende Bank.

Wohl ausgerüstet für den Sommer mache ich mich wieder an meine eigentliche Arbeit. Die EPROMs unserer Telefonanlage waren nicht leicht zu knacken, aber Beharrlichkeit führt bekanntlich zum Ziel. Gerade rechtzeitig für einen Test kommt der Chef in mein Büro.

„Herr Leisch ... äh, wir haben ganz vergessen: wir müssen ... äh ... unbedingt heute noch ..."

Ich drücke unauffällig auf den Fußschalter unter meinem Schreibtisch, den ich gestern in meiner Sparkasse habe mitgehen lassen. (Das wird übrigens auch so ein Gag, wenn die beim nächsten Banküberfall ins Leere treten!)

Augenblicklich läutet das Telefon. Mit einem entschuldigenden Lächeln hebe ich ab. Natürlich ist niemand dran, aber ich führe mit der geduldig schweigenden Telefonanlage eine längere und schwierige Diskussion über irgendein technisches Thema, das der Chef sowieso nicht versteht.

Der Chef wartet geduldig, bis ich fertig bin; dann nimmt er den Faden wieder auf:

„Äh ... also wie gesagt, auf dem Weg hierher ist mir eingefallen ... äh, wir müssen ..."

Das Telefon läutet wieder. Diesmal ist es sogar jemand aus USA, der dringend meine Hilfe braucht. Der Chef kann nicht erwarten, dass ich ein wichtiges Ferngespräch einfach so abwürge. Also wartet er wieder – allerdings nicht mehr ganz so geduldig – bis ich nach 5 Minuten wieder auflege.

„Errr ... wo war ich gleich? Ach ja ... hrrrm ... wir haben ganz vergessen, dass wir noch heute ..."

Das Telefon läutet. Neuseeland ist dran, mit ganz wichtigen Informationen für uns.

Nachdem auch noch Paris, Washington DC und der CIA angerufen haben, gibt es der Chef auf und geht mit seiner Aufgabe ein Büro weiter zum Kollegen O.

Ich aktiviere übers Netz das Mikrofon an Os Workstation, stülpe den Kopfhörer über und höre mir an, was der Chef eigentlich Unangenehmes von mir wollte.

„Äh … gut, dass ich Sie antreffe, Herr O. Eigentlich hatte ich ja Leisch versprochen … äh, aber ich fürchte, er wird sowieso viel zuviel zu tun haben, um die Sache in … err … Anspruch nehmen zu können. Es handelt sich um … äh … den Dingsda-Workshop in Sydney, an dem ich eigentlich selbst teilnehmen wollte. Leider habe ich jetzt einen dringenden anderen Termin, den ich wahrnehmen muss, und … äh … da habe ich gedacht …"

Sydney! Mein Wunschtraum! Ich muss sofort etwas unternehmen! Mit fliegenden Händen pipe ich den Kernel von O's Workstation mit voller Lautstärke auf seine Soundkarte. Glücklicherweise hat O. kräftige Aktiv-Boxen an seiner Maschine angeschlossen. Der Lärm erreicht sogar hier in meinem Büro noch locker die Schmerzgrenze. Ich höre, wie ein Basslautsprecher sich heulend verabschiedet. Macht nix! Hauptsache, das Gespräch wurde unterbrochen!

Ich mische mich in den Tumult vor O's Bürotüre und lotse den Chef unauffällig wieder in mein Zimmer. Nachdem ich das Gespräch wie zufällig auf Australien gebracht habe und mein Telefon nun beharrlich schweigt – ich habe zur Sicherheit den Stecker aus der Wand gerupft –, werden wir uns rasch einig, dass ich der einzige geeignete Mann für diesen Workshop bin. Beide Parteien trennen sich in höchster Befriedigung.

Kaum ist der Chef gegangen, rufe ich mein Spezialreisebüro an und lasse den für mich gebuchten Linienflug nach Sydney gegen ein Pauschal-Arrangement mit einer Woche Luxushotel am Barrier-Riff austauschen. Selbstverständlich wird dies auf der offiziellen Rechnung nicht erwähnt – ich will ja der RkfH keine Gewissenskonflikte bereiten. Nach dieser Transaktion bleibt sogar noch eine beträchtliche Summe übrig, die wir brüderlich zwischen mir und dem Reisebüro aufteilen. Die zusätzliche Woche in Australien begründe ich mit wichtigen Laborbesuchen an verschiedenen Universitäten der Ostküste.

„Man muss die Dinge nicht nehmen wie sie sind", hat unser Bastard Ausbilder immer betont, „sondern wie sie sein sollten."

Woche AD

Zu den weniger angenehmen Pflichten, denen sich auch ein BAfH nicht ganz entziehen kann, gehört die Korrektur von Diplomarbeiten. Gegenwärtig liegen drei dieser Dinger in verschieden ausgeprägten Stadien des natürlichen Zerfalls auf meinem überlasteten Schreibtisch. Ich nehme die unterste zur Hand und blase die Staubschicht weg, so dass ich den Titel lesen kann:

'Entwicklung eines Algorithmus zur phasensynchronisierten Re-Routing-Function innerhalb des dritten Layers des Iso-Schichten-Modells'

Ich verspüre einen vertrauten, leichten schmerzhaften Druck in der Stirn, genauer gesagt, in den kleinen Höckern etwas oberhalb der Schläfen.

Warum kann ich nicht Diplomarbeiten mit wirklich WICHTIGEN und WISSENSCHAFTLICH INTERESSANTEN Themen betreuen? Zum Beispiel:

'Verführung mit Hilfe eines Data Gloves' oder 'Die vielfältigen Einsatzmöglichkeiten von Kreditkartenlesern'.

Ich quäle mich durch die Zusammenfassung, die – der Hölle sei Dank! – von der Prüfungsordnung vorgeschrieben und auf eine Seite beschränkt ist. Dann verteile ich querbeet im ganzen Schinken etwa 100 unleserliche rote Schnörkel und grabe mich durch die Zusammenfassung am Ende. Nach dieser schier unmenschlichen Leistung schlage ich die Horoskopseite der Abendzeitung auf und übertrage das Tageshoroskop des Studenten als abschließende Beurteilung in roter Farbe auf die letzte Seite.

Ist Ihnen schon mal aufgefallen, dass die Beurteilungen von Lehrern und Dozenten immer so unleserlich sind? Das liegt nicht etwa daran, dass diese so viel zu tun haben und deshalb schnell schreiben müssen. Nein, vielmehr soll der nichtssagende Kommentar durch die Unleserlichkeit in den mystischen Rahmen eines Orakelspruchs erhoben und damit so unfehlbar werden wie der Papst, wenn er vor der Kongregation unverständlich ins Mikrofon mümmelt.

Ich hole meinen schwarzen Würfel aus der Schublade und werfe eine 4.

Na gut, denke ich, geben wir ihm noch einen Bonus dafür, dass die Arbeit unter 100 Seiten hat.

Ich male sorgfältig eine große rote 3 auf die erste Seite und lege den Schinken seufzend zur Seite. Für die anderen beiden habe ich jetzt natürlich keine Energie mehr. Also beschränke ich mich auf das Abschreiben des Horoskops und den Würfel. Der letzte bekommt noch einen Malus, weil er einen angeberischen roten Einband für sein Manuskript gewählt hat!

Apropos Einband: ich bemerke, dass ich keine Büroklammern mehr habe, mit denen ich immer die Schlösser der Büros im ersten Stock verstopfe, wenn ich zur

Bastard Assistant from Hell

Cafeteria hinuntergehe. Also gehe ich ins Sekretariat und, da es wie üblich leer steht, bediene ich mich selber aus dem Büromaterialschrank der Sekretärinnen. Plötzlich krächzt es einmal leise aber deutlich hinter meinem Rücken, und wie aus dem Nichts erscheint die neue Sekretärin. Sie wirft mir einen vernichtenden Blick zu und schließt, ohne ein Wort zu sagen, betont langsam den Materialschrank vor meiner Nase ab. Der Rabe in seinem messingfarbenen Käfig betrachtet mich hämisch, mit halb geöffnetem Schnabel.

Ich überlege einen Moment. Dann erkläre ich Frau Bezelmann und ihrem Raben, der interessiert den Kopf auf die Seite legt, was man mit einfachen Büroklammern alles machen kann. Die BSfH schaut mich einen Moment lang stumm an, dann verziehen sich ihre Mundwinkel noch eine Idee weiter nach unten, und sie sperrt den Schrank wieder auf.

Als ich mit den Taschen voller Büroklammern zu meinem Büro zurückkomme, werde ich bereits sehnlichst erwartet. Ein Diplomand tritt vor meiner Türe aufgeregt von einem Fuß auf den anderen. Das umfangreiche Paket unter seinem Arm läßt mich Böses ahnen.

„Oh. Herr Leisch. Ich komme, um Ihnen meine Diplomarbeit zur Korrektur abzugeben", sprudelt es aufgeregt aus ihm heraus, noch bevor ich meine Tür aufsperren kann.

„Sind Sie sicher, dass Sie sie jetzt schon abgeben wollen?" seufze ich. „Wollen Sie sich's nicht noch mal anschauen?"

Der Student schüttelt heftig den Kopf. Einer von der selbstsicheren Sorte also. Einer, der vielleicht schon seine Karriere bis zur Vorstandsetage geplant hat. Hah!

„Ich bin mir ganz sicher, dass ich nichts mehr verbessern kann."

Sein Tonfall lässt keinen Zweifel, dass er es auch sonst keinem Menschen zutraut. Dass also sowieso mit der besten

Note für sein epochemachendes Werk zu rechnen sei. Dass die Fachwelt aufhorchen wird etc. pp.

Ich nehme ihm den dicken Packen Papier aus den zitternden Händen und sage freundlich:

„Dann kommen Sie doch erst mal herein und nehmen Sie Platz."

Er folgt mir aufgeregt plappernd in mein Allerheiligstes. Während er sich hinsetzt, gelingt es mir unbemerkt, das umfangreiche Manuskript gegen einen ähnlich großen Packen Kopierpapier auszutauschen.

„Na, dann wollen wir mal sehen", sage ich und lasse mich in meinen Sessel fallen.

Ich öffne die Mappe und schaue scheinbar verblüfft auf die leeren Seiten. Ich blättere kurz durch den Stapel und meine lächelnd:

„Haben Sie sich etwa dem Nihilismus verschrieben, mein Bester? Oder glauben Sie, dass mich diese weißen Seiten dazu inspirieren sollen, Ihre tiefgründigen Gedanken per Telepathie zu erraten?"

„W-w-w-was?" blubbert er fassungslos.

Ich reiche ihm den Packen Kopierpapier herüber, und er beginnt mit flatternden Händen die Papiere auf der Suche nach der Schrift durchzublättern.

„Aber ... aber das verstehe ich nicht! Ich bin mir ganz sicher, dass ich ... ich meine ... das kann doch nicht sein ..."

„Für alles gibt es eine wissenschaftliche Erklärung", sage ich streng und lege konzentriert die Fingerspitzen aufeinander. „Sie haben das Manuskript erst heute ausgedruckt?"

„Gestern", sagt er und schluckt mühsam. „160 Seiten, auf meinem Laserdrucker ..."

„Aha, gestern sagen Sie? Ja, hören Sie denn kein Radio, mein Bester? Sagen Sie bloß, Sie haben nichts von den ver-

lagerten Nordlichtern gehört, die letzte Nacht in Mittel-
europa gesichtet worden sind?"

„Äh ..."

„Aber dass starke ionisierende Strahlung Pigmente
zersetzen kann, wissen Sie ja wohl noch aus Ihren
physikalischen Praktikum, nicht?"

„Äh, ja ..."

„So wie eine Zeitung in der Sonne innerhalb kürzester
Zeit ausbleicht, nicht wahr? Nur dass letzte Nacht die
ionisierte Korpuskelstrahlung der Sonne mindestens sechs
Größenordnungen stärker war als normales Sonnenlicht.
Sicher ist es Ihnen nicht aufgefallen, weil Sie so mit Ihrer
Arbeit beschäftigt waren, aber heute morgen sind keine
Zeitungen ausgeliefert worden, weil sich die
Druckerschwärze bei so starker Strahlung nur wenige
Stunden halten würde. Das Verschwinden Ihres Textes ist also
leicht erklärbar."

„Ah, ja", sagt er erleichtert. Wenn er wüsste, dass er soeben
um zwei Notenstufen abgesackt ist!

„Aber was viel schlimmer ist", fahre ich fort, „die
Korpuskelstrahlung wirkt sich auch negativ auf magnetisch
stationäre Felder aus. Daher auch die Empfehlungen der
Astrophysiker gestern, alle PCs mit absorbierenden
Stahlplatten zu belegen. Ich hoffe sehr, Sie haben das
beherzigt."

Ich beobachte, wie diese Information langsam in seinen
vorderen Kortex einsickert. Schlagartig weicht alle Farbe aus
seinem Gesicht.

„Sie meinen doch nicht ...", flüstert er mit schwacher
Stimme. Plötzlich springt er auf und verlässt Hals über Kopf
mein Büro.

Ich atme befreit auf. Wer hat gesagt, morgen ist auch noch
ein Tag? Ich mache für heute Schluss und hänge meinen

Schutzschild raus. Auf dem Weg nach draußen lasse ich das Manuskript unauffällig in den Reißwolf fallen.

Leider, denke ich melancholisch, leider nur mit aufschiebender Wirkung.

Woche AE

Ich habe mich kaum in meinem BAfH-Sessel mit integriertem Feuerlöscher (warum ich einen integrierten Feuerlöscher in meinem Sessel brauche, überlasse ich der Fantasie des geschätzten Lesers! Vorschläge bitte per E-mail an -4-G1WGLMIP15}}:@nohost.no-country schicken!) niedergelassen, als auch schon die BSfH neben mir aus dem Nichts materialisiert. Ihre Brillengläser blitzen angriffslustig. Im allgemeinen ist in diesem Falle irgendetwas besonders Gemeines im Gange.

Sie reicht mir die SZ von heute. Aufgeschlagen ist die Seite, wo die übliche Auswahl literarisch unbeholfener Ergüsse überengagierter Leser abgedruckt ist. Frau Bezelmann deutet mit ihrem nadelspitz zugefeilten Zeigefingernagel diskret auf einen der längeren Leserbriefe.

„PARANOIDER ASSISTENT TERRORISIERT STUDENTEN"lese ich in mittelfetten Buchstaben. Darunter folgt eine wutschäumende, reichlich tendenziöse Schilderung tatsächlicher oder erfundener kürzlicher Begebnisse 'an einem der wissenschaftlichen Institute der Universität'.

Wie überaus diskret, denke ich missmutig und überspringe ein paar Zeilen. Ah! Weiter unten war der Redakteur nicht so zurückhaltend (oder er hat es übersehen – was wahrscheinlicher ist!): da steht tatsächlich meine Telefonnummer abgedruckt!

Zufrieden lächelnd reiche ich die Zeitung an die BSfH zurück.

„Ausgezeichnet! Gute Arbeit. Sehr lebendig und provozierend geschrieben. Bereiten Sie bitte die üblichen Papiere vor."

Frau Bezelmann zieht geschmeichelt die Mundwinkel nach unten; ihre Brillengläser blitzen womöglich noch 1000 Lux stärker als sonst.

„50 %", sagt sie knarrend.

„30", erwidere ich kategorisch, „vergessen Sie nicht: die Idee war von mir!"

Auf ihrer Stirne bildet sich die übliche senkrechte Zornesfalte.

„Aber die ganze Papierarbeit bleibt an mir hängen ...", protestiert sie mit eisiger Stimme.

„... die Sie auf einem superteuren Macintosh erledigen, den ich für Sie illegal aus dem SPROUT-Projekt abgezweigt habe", kontere ich. „35%. Mehr ist nicht drin. Sonst schreibe ich die Artikel in Zukunft selber."

Murrend lenkt die BSfH ein.

„Übrigens", sage ich, als sie schon halb zur Türe hinaus ist, „Sie haben Talent. Warum schreiben Sie nicht öfters?"

Dann warte ich in aller Ruhe. Wie immer dauert es nicht lange. Das Telefon klingelt.

„Hallo?", melde ich mich freundlich.

„SIND SIE DER ASSISTENT?!" kommt es mit 100 dB durch die Leitung.

„Aber sicher doch", sage ich in möglichst arrogantem Tonfall und schalte den Kassettenrekorder ein.

Die folgenden fünf Minuten ergießt sich ein Schwall von Beleidigungen, anatomisch interessanten, aber nicht jugendfreien Bezeichnungen diverser Körperteile von mir, zoologische Vergleichsstudien und weitere Formen der verbalen Beschimpfung aus dem Telefonhörer und ins Mikrofon des Rekorders.

Ich notiere inzwischen in aller Ruhe die Telefonnummer des Anrufers von Display meines Komfort-ISDN-Telefons. Hat sich doch gelohnt, den Chef zu überzeugen, dass wir modernste Technik einfach BRAUCHEN. Wofür, ist ein ganz anderes Thema ...

Während mein erregter Anrufer um weitere Verbalfäkalien ringt, suche ich aus der Telefon-CD seinen Namen und Adresse heraus und notiere sie mir. Irgendwann geht ihm dann doch der Stoff (oder die Luft) aus und ich sage freundlich:

„Vielen Dank, Herr ... äh ... Dr. Kreutelmaier, wohnhaft in Straßlach, Fliederweg 17. Vielen Dank für diese bemerkenswerten Äußerungen."

Er schnappt hörbar nach Luft. Bevor er wieder von vorne beginnen kann, fahre ich rasch fort:

„Wie eingangs bereits erwähnt, war ich so frei, unser kleines anregendes Gespräch auf Band aufzuzeichnen. Mein Rechtsanwalt wird sich freudig des Materials annehmen und entsprechende Schritte gegen Sie einleiten."

2,3 Sekunden Stille. Ich schalte den Rekorder ab.

„Aber ... aber ich ... Sie haben doch gar nichts von Aufzeichnung gesagt", stammelt Dr. Kreutelmaier mit deutlich reduzierter Emphase.

„Tja, nun", antworte ich mit sorgenvoller Stimme. „Wer kann das heutzutage noch mit Sicherheit feststellen?" und lege auf.

Ich kopiere rasch die entsprechende Passage vor die Aufnahme, in der ich den Anrufer höflich aber bestimmt darauf hinweise, dass dieses Gespräch aufgezeichnet wird, und lege Kassette und Personalien zur weiteren Bearbeitung durch Frau Bezelmann bereit.

Gewöhnlich zahlen die Leute bereitwillig, noch bevor mein Anwalt überhaupt Klage einreicht. Hunde, die am lautesten bellen, sind oft am leichtesten zu verschrecken.

Die Ausbeute ist heute recht erfreulich: Bis zum Mittagessen habe ich fünf Anrufer im Kasten. Der sechste hat leider keinen Eintrag im Telefonbuch, aber mit einer gewissen Ausfallrate muss man in jeder Branche rechnen.

„Wissen Sie eigentlich, dass Sie keinen Eintrag im Telefonbuch haben?" unterbreche ich seine methodisch ausgearbeiteten Schimpftiraden.

Er schweigt verblüfft.

„Äh ... ja, aber ... "

„Ich schlage vor, dass Sie sich den Rest sparen. Es wiederholt sich sowieso von Anruf zu Anruf, und es langweilt mich. Wenn Sie meinen Rat befolgen, gewinnen Sie jetzt fünf Extraminuten, die nicht für Sie eingeplant waren. Die nutzen Sie am besten, indem Sie jetzt sofort bei der Telekom anrufen und veranlassen, dass Ihr Name ordentlich im Telefonbuch erscheint!"

„..."

„Wo kommen wir denn dahin, wenn das alle täten? Wo bleibt der gläserne Bürger, an dem wir alle so angestrengt arbeiten? Früher hätte es sowas nicht gegeben. Hah! Da waren alle ordentlich registriert und im Telefonbuch!"

„..."

„Nehmen Sie sich ein Beispiel an mir: ich bin schon seit meinem dritten Lebensjahr, als ich mein erstes Modem zu Weihnachten bekommen habe, ordentlich als Telefonteilnehmer registriert! Guten Tag!"

Ich knalle den Telefonhörer auf die Gabel. Keine dreieinhalb Sekunden später läutet es wieder. Ich bin die Sache leid. Außerdem fallen so viele Klagen wegen Beleidigung an einem Tag selbst dem dümmsten bayerischen Amtsrichter auf. Also spule ich das letzte Band zurück und speise mal zur Abwechslung die letzte Aufnahme in den Telefonhörer zurück.

Der Anrufer, genauer gesagt die Anruferin, denkt tatsächlich, dass ich da vor mich hin schäume, und wirft sich mit Feuereifer ins Gefecht. Eine Weile höre ich zu, aber als sich schließlich der Kassettenrekorder durchzusetzen scheint, beginnt mich die Sache zu langweilen. Ich unterbreche das Gespräch und leite meinen Telefonanschluss auf die Beschwerdeannahme der RkfH um.

Endlich ist es still.

Naja, fast still. Im Büro nebenan hört der Kollege O. mal wieder diese grässlichen Goldbergvariationen. Das Geklimper dringt nur leicht gedämpft durch die Pappwände. Wenn er wenigstens Glen Gould hören würde (die späte Fassung natürlich!), aber S. Richter?

Ich gehe nach vorne zum Sicherungskasten und lasse den Automaten von O's Zimmer herausschnappen. Dann schließe ich den Sicherungskasten ab und lege den kleinen Schlüssel oben drauf.

O. ist nur 1,65 hoch; er wird eine Weile brauchen, bis er den Schlüssel oder den Hausmeister findet.

Auf Umwegen gehe ich zurück zu seinem verwaisten Büro und krieche unter den Schreibtisch. Genau wie ich's mir vorgestellt habe: ein wirres Durcheinander von

Netzkabeln, Verteilerdosen und Staubmäusen. Ich suche mir die am schlechtesten erreichbare Verteilerdose heraus und stecke einen Kurzschlussbügel aus dem Labor in eine der Schukodosen. Das wird hoffentlich eine Weile vorhalten.

Um ganz sicher zu gehen, springe ich mit der Richter-CD schnell hinüber in die Teeküche und schiebe sie kurz bei voller Power in die Microwelle. Es funkt und britzelt etwas in der Röhre, aber die Microwelle hält das locker aus; weiß ich doch aus Erfahrung.

Zurück im Büro fahre ich die Schutzschilde hoch und entspanne mich in der Hängematte.

Endlich Ruhe.

Der hektische Alltag wird mich noch ins Grab bringen!

Woche AF

Ich brüte gerade mal wieder über meinem modifizierten Sendmail-Programm. Eigentlich soll es eintreffende E-mails nach bestimmten Schlüsselwörtern scannen, und wenn es welche findet, die mails an zufällig ausgewählte User weiterleiten. Was aber immer noch nicht hinhaut, ist der Zufallsgenerator. Die Liste der Schlüsselwörter ist dagegen schon lange fertig. Unter vielen anderen enthält sie die Wörter 'Liebe', 'Sex' (natürlich!), 'Domina', 'S&M', 'Leder', 'grüne Männchen', 'Kohl' und 'Broccoli'.

Letzteres geht auf die Anregung eines amerikanischen Kollegen zurück: Er behauptet, dass Mails, in denen die Wörter 'Kohl' und 'Broccoli' vorkommen, signifikant dämlicher sind als andere, in denen das Wort nicht vorkommt. Mal sehen ...

Nebenbei entfernt mein Sendmail-Programm auch noch alle Kommata, die vor 'dass' stehen, korrigiert 'nämlich' in 'nähmlich' (früher hatte ich da stehen 'dämlich', aber das war zu direkt!) und vertauscht paarweise die Return-Adressen.

Während ich noch mit dem Compiler ringe, höre ich, wie sich auf dem Gang lautes Keuchen und schleppende Schritte nähern. Bevor ich noch die Schutzschilde hochfahren kann, ist es auch schon zu spät: Kollege Rinzling steht ... nein ... hängt in meiner Tür. Resigniert starte ich das Aufnahme-Programm in meiner Workstation und drehe mich um. Manche Gottesprüfungen muss man einfach über sich ergehen lassen; da hilft gar nichts.

Kollege Rinzling bedenkt mich mit einem langen tieftraurigen Blick, der irgendwie gar nicht zu seinem frischen, rosigen Gesicht passen will, und schiebt seinen wohlgenährten untersetzten Corpus vollends in mein Büro. Erschöpft keuchend lehnt er sich an mein IKEA-Regal, das bedrohlich schwankt.

Ich sage nichts, um das Stimmen der Instrumente nicht durcheinanderzubringen. Sonst fängt er am Ende nochmal von vorne an.

„Ach, Leisch ... Leisch", eröffnet er mit zitternder Stimme die

Overture: 'Vanitas vanitatum et omnia vanitas'
(moderato ma non piano)

„Sie können sich gar nicht vorstellen, was ich letzte Nacht wieder durchgemacht habe. Wirklich, lange kann ich das nicht mehr ertragen, wissen Sie. Es ist einfach zu viel, zu viel für mich. Was für ein Leben ist das, frage ich Sie."

Kollege Rinzling läßt den letzten Ton dramatisch ein paar Takte ausschweben und schaut mich erwartungsvoll an. Wir warten beide ein, zwei Sekunden, bis der freundliche Applaus abschwillt. Dann gebe ich den Einsatz: „Was fehlt Ihnen denn heute?" zum

1. Satz: 'Auf morschen Säulen wankt die Welt!',
(adagio non troppo)

„Ach! Sie können sich das gar nicht vorstellen, Leisch, aber sobald ich mich hinlege, schwellen meine Fußgelenke dermaßen an, dass ich mich vor Schmerzen winden muss. Von dem entzündeten Nagelbett ganz zu schweigen. An Schlaf ist gar nicht mehr zu denken. Und wenn ich die Beine hochlege, wie es mein Hausarzt empfiehlt, werden sie mit der Zeit ganz dunkelblau und eiskalt. Heute morgen konnte ich beinahe nicht mehr aufstehen, so schwach waren meine Füße!"

Wieder geben wir dem ergriffenen Publikum kurz Gelegenheit, seiner Bewunderung Ausdruck zu geben. Dann greift Kollege Rinzling das Thema wieder auf, im

2. Satz: 'Oh Leib, vergehe in Schmerzen!',
(largo extremo piano)

„Das wäre ja noch gar nicht so schlimm, wenn ich nicht gleichzeitig immer noch so Schwierigkeiten mit meinen Nieren hätte."

Kollege Rinzling senkt seine Stimme zu einem fast unhörbaren Flüstern.

„Wenn ich die Beine hochlege, muss ich aber auf dem Rücken liegen, und dann bekomme ich schon nach ein, zwei Stunden entsetzliche Nierenschmerzen. Es heißt ja immer, wenn man was mit den Nieren hat, solle man viel Tee trinken. Aber können Sie sich vorstellen, was es bedeutet, dreimal in der Nacht aufgeweckt zu werden und abscheulichen Tee trinken zu müssen, obwohl man gar keinen Durst hat? Entsetzlich, sage ich Ihnen. Ich weiß bald gar nicht mehr ... Und dann der dauernde Druck auf der Blase ..."

Das Auditorium, obwohl schon etwas mitgenommen, honoriert auch diesen Satz mit verhaltenem Beifall. Allerdings kann man nicht ganz verhehlen, dass Kollege Rinzling den Einsatz der Blase diesmal nicht so gut gebracht hat wie sonst. Auch der Übergang vom Thema der Beine zu den Nieren war nicht ganz einwandfrei.

Kollege Rinzling bemerkt, dass ich die Stirne runzele, und wirft sich mit Impetus in den

3. Satz und Finale: 'Des Odems letzter Hauch'
(allegro bombastico, fortissimo et furioso)

„Das viele Trinken ist natürlich Gift für mein Asthma. Wenn ich dann hilflos auf dem Rücken liege, merke ich richtig, wie sich langsam meine Lungenflügel füllen. Immer mehr Lymphe und immer weniger Raum zum Atmen. Manchmal denke ich, dass mir ein zentnerschweres Gewicht den Brustkorb zerdrückt. Da hilft dann nur noch Euphilin, in hoher Dosierung. Bloß die Nebenwirkungen, ach schrecklich! Immer wenn ich Euphilin schlucke, habe ich genau 13 Minuten später die entsetzlichsten Kopfschmerzen, die Sie sich vorstellen können. Und aus dem Gehörgang des linken Ohres fließt dann immer Eiter ab – meine chronische Entzündung, Sie wissen ja, dass ich schon seit Jahren damit laboriere. Deshalb muss ich immer den Kopf auf die linke Seite legen, damit der Eiter ungehindert abfließen kann. Stellen Sie sich das mal vor! Wenn ich es nicht mache, habe ich am nächsten Morgen die tollste Mittelohrentzündung undmuss wieder Penicillin schlucken, wo mein Magen das doch gar nicht mehr verträgt. Aber das Schlimmste ist und bleibt die Migräne. Man hat das Gefühl, die Schädeldecke wird eingedrückt und gleichzeitig bohren sich glühende Stangen durch beide Schläfen!"

Bastard Assistant from Hell

Nach diesem letzten Paukenschlag ist es totenstill. Kollege Rinzling hängt nach Atem ringend am Podium (sprich meinem IKEA-Regal). Einen Moment lang ist es so ruhig, dass man eine flüchtige Stecknadel hören kann, die es geschafft hat, dem Nadelkissen zu entkommen.

Dann bricht der frenetische Applaus los. Kollege Rinzling hat im letzten Satz alles wieder wettgemacht!

Mit zitternden Fingern führt er seinen Dirigentenstab, sprich Zigarillo zum Mund und inhaliert einen tiefen befreienden Zug. Aus seiner linken Jackentasche fischt er sein Herztonikum – mit 40 % Alkohol – und stärkt sich nach dieser künstlerischen Leistung mit einem Stamperl.

Dann schlurft er weiter durch die Flure – ein wahrer Künstler auf der Suche nach neuem Publikum …

Ich stoppe die Aufnahme und schicke das komprimierte Soundfile per FTP hinüber zu den Kollegen von der medizinischen Fakultät, Abteilung für galoppierende Hypochondrie. Die sind immer ganz begeistert von Rinzlings Aufführungen. Was sie sonst mühsam aus den Patienten herausquetschen müssen, liefert Rinzling fast täglich frei Haus.

Im Gegenzug bekomme ich von den Docs Blanko-Krankschreibungen und ab und zu Einsicht in die Personaldateien der Schwesternschülerinnen.

Woche BO

O hne Vorwarnung stürzt Marianne in mein Zimmer. Ihre Augen funkeln wütend, und sie schwingt drohend ihren Posaunenkasten.

„WIE IST ES MÖGLICH, DASS EINE MAIL VON MIR IN ALLEN MÖGLICHEN ANDEREN MAILBOXEN LANDET?!"

„Oh, äh …", sage ich und weiche etwas zurück, „ja richtig: wir hatten heute morgen das komische Problem, dass der Sendmail-Daemon sich geweigert hat, deine Mails zu verarbeiten. Ähm … um den Fehler einzukreisen, habe ich ein paar Tests gemacht. Kann sein, dass dabei …"

„ICH GLAUBE DIR KEIN WORT MEHR", kreischt Marianne hysterisch. Warum müssen sich Frauen immer so leicht erregen? Obwohl, andererseits …

„VOR DREI WOCHEN WARS ANGEBLICH EIN VIRUS IM SYSTEM! LETZTE WOCHE DIE KOSMISCHE STRAHLUNG UND VORGESTERN HAST DU

BEHAUPTET, MEINE MAILS SEIEN EINFACH ZU LANG ODER ZU EMOTIONAL! DAS WAR EINE VERDAMMT KURZE PERSÖNLICHE MAIL HEUTE! UND ICH HAB WAS DAGEGEN, WENN SIE AN DIE FALSCHEN ADRESSATEN GELANGT!"

Ich weiche in letzter Sekunde dem Posaunenkasten aus und manövriere mich in eine strategisch günstigere Position hinter meinem Schreibtisch.

„Marianne! Sei vorsichtig mit deinem Kasten. Blechinstrumente sind ziemlich teuer, soweit ich weiß. Äh ... in welchen Mailboxen ist die Mail denn gelandet?"

„Woher soll ich das wissen?!" schnauzt sie mich an. „Ich merke es ja erst, wenn die Leute mit dem Finger auf mich zeigen ..."

„Ich meinte ja nur, dass wir die Mail vielleicht noch entfernen können, bevor die meisten sie lesen", rufe ich geduckt, in Erwartung des ultimativen Posaunenstoßes.

Nichts passiert. Ich luge vorsichtig um die Ecke des Schreibtischs. Marianne überdenkt mit zusammengezogenen Augenbrauen den Vorschlag.

„Also gut", sagt sie und stellt den Posaunenkasten bei Fuß, „aber keine Tricks!"

Erleichtert setze ich mich an meine Workstation. Erstschlag erfolgreich abgewehrt! Die Schirme haben gehalten! Photonentorpedos bereit! Fertigmachen zum Gegenschlag!

„Ok", sage ich. „Um deine E-Mail sicher in den Mailboxen zu finden, brauche ich einen eindeutigen Textteil. Was hast du denn geschrieben?"

Marianne schaut mich misstrauisch an, und ihr zorniges Gesicht überzieht sich erneut mit Purpur.

„Ähm ... wie wärs mit 'dich'?"

„Viel zu häufig", schüttele ich den Kopf.

„Dann 'Lieber'", schlägt Marianne trotzig vor.

„Auch zu häufig. Fast alle Mails beginnen mit 'Lieber Herr Soundso' ... "

„Verdammt!" tobt Marianne. „Dann nimm 'liebe'!"

„Groß oder klein geschrieben?"

„Klein!" zischt es zwischen Mariannes zusammengebissenen Zähnen.

Ich grepe rasch alle System-Mailboxen nach 'liebe' und der einzeilige und eindeutige Text von Mariannes E-Mail erscheint siebenmal auf dem Display. Ich lösche rasch alle gemeldeten Mails und sage:

„Na also. Erledigt. War doch gar nicht so schlimm, oder?"

Einen Moment lang befürchte ich, dass ich den Bogen überspannt habe. Aber Marianne wirft mir nur noch einen langen vernichtenden Blick zu, der jeden normalen Sterblichen auf der Stelle in die Psychiatrie gebracht hätte, und verlässt ohne ein weiteres Wort mein Büro. Ihre Mordwaffe nimmt sie mit sich.

Später ändere ich vorübergehend das Sendmail-Programm, damit Marianne in den nächsten paar Wochen nicht mehr allzu häufig drankommt.

Woche BA

Ich überprüfe gerade meinen Tricorder, als die Tür zum Turbolift aufrauscht. Es ist der Captain. „Err ... äh ... Leisch, wir haben heute nachmittag hohen Besuch vom Wissenschaftsministerium.

Ein Herr ... äh ... Butterhaupt und seine Kollegen. Herr Butterhaupt ist direkter Referent des ... err ... Ministers ... ähm ... "

Aha, Admiral Schmalzkopf und sein Stab möchten unsere neuesten Einrichtungen auf dem Maschinendeck inspizieren.

„Vielleicht können wir was vorführen?" schlägt der Captain hoffnungsvoll vor.

„Aye, Captain", sage ich gelassen.

Der Captain läßt seinen Blick über die Hauptkonsole des Warpkernelmodulators gleiten.

„Was machen Sie da gerade, Leisch?"

„Ich versuche, den isotonischen Tricorder so zu erweitern,

dass er bei einem Kanalwechsel automatisch den BSE–Faktor erfaßt", erkläre ich.

„BSE?" grübelt der Captain, „ist das diese Rinderseuche?"

„Nein, Captain. BSE bedeutet 'Besonders Schlechte Einschaltquote'.

Auf diese Weise vermeiden wir, dass unsere Leute auf den Außeneinsätzen aus Versehen in den miesen Kanälen hängen bleiben und dann von hinten überrascht werden."

Der Captain nickt verwirrt, aber anerkennend.

„Ah … äh … gut, gut, Leisch. Wir sehen uns dann am Nachmittag, nicht?"

Sternzeit 42345,6.

„Aye, Captain."

Keine 3 Sekunden später meldet sich der Computer:

„Notfall auf dem Mannschaftsdeck 5. Totalausfall der Kommunikation und Steuerungskontrollen."

Ich aktiviere meinen Kommunikator und rufe:

„Maschinenraum an Mannschaftsdeck 5. Was ist passiert?"

„Äh, es sieht so aus, als ob die Hausmeister mal wieder einen Netzknoten geliefert haben", meldet sich die resignierte Stimme einer Wissenschaftsoffizierin. „Können Sie kurz mal vorbeikommen?"

Diese Klingonen! Riesenköpfe und kein Gramm Hirn darin! Wahrscheinlich haben sie wieder mal gerauft.

„Ich bin unterwegs", rufe ich und schnappe mir den Reparaturkit.

Im Mannschaftsdeck 5 erwartet mich bereits die Wissenschaftsoffizierin, mit der ich gesprochen habe. Sie kniet vor dem betroffenen Netzknoten und betrachtet besorgt die Trümmer. Hinter ihr stehen die beiden Klingonen, beide in blauen Hausmeisterkitteln, und machen trotzig finstere Gesichter.

„Na, meine Herren? Was haben wir denn heute wieder

verbrochen?" sage ich lächelnd. Zu Klingonen spreche ich nur noch lächelnd, seitdem ich einmal … aber das ist eine andere Geschichte.

„Äh … ", sagt der eine.

Der andere knurrt nur drohend etwas in seinen Bart.

Mit einem Blick sehe ich, dass sie nur die Netzverteilerdose eingedrückt haben, und repariere den Schaden mit meinem Zauberstab.

„Alles in Ordnung", sage ich zur Wissenschaftsoffizierin, die mir besorgt über die Schulter geguckt hat, und sie eilt frohlockend zurück an ihren Arbeitsplatz. Die Klingonen stehen noch etwas betreten herum, dann verziehen sie sich wieder in ihren Glaskasten.

Ich bin wieder im Maschinenraum und teste gerade den reparierten Knoten, als plötzlich der Subraum-Ethawellen-Kommunikator aktiv wird. Eine Subraum-Anomalie im Warpkernel! Systemparameter werden kritisch! Waffensysteme ausgefallen!

Die Warnungen rauschen schneller durch, als ich sie lesen kann. Ich löse roten Alarm aus.

Warpkernel auf 30 % heruntergefahren! Gefahr des Warpkernelbruchs! Subraum-Neutrino-Aktivität überschreitet kritischen Bereich!

Die Brücke meldet sich:

„Äh … Herr Leisch? Haben wir ein Maschinenproblem? Ich kann meinen Cursor nicht mehr bewegen … "

„Wir arbeiten dran", schnappe ich und schalte den Interkom aus.

Lebenserhaltungssysteme nur noch auf Notenergie! Kaffeemaschine nur noch auf halber Kraft!

Es hilft nichts. Immer mehr Kontrollen sind einfach nicht mehr ansprechbar. Ich leite einen totalen Shutdown des Warpkernels ein. Die Warnungen flimmern über die

Anzeigen im ganzen Schiff. Zum Glück schaffe ich es. Es wird still im Maschinenraum.

Ein Wissenschaftsoffizier und ein Fähnrich tauchen in der Tür zum Turbolift auf.

„Ist Ihre Maschine auch abgestürzt?" fragte der Wissenschaftsoffizier.

Ich nicke nur und leite die Warpspulen-Initialzündung ein. Keine Zeit für Diskussionen. Langsam kommt die Energie wieder hoch. Der Warpkernel wird wieder stabil. Neutrino-Aktivität flacht ab.

Erleichtert atme ich auf. Wieder einmal wurde das Schiff durch meinen selbstlosen Einsatz vor der totalen Vernichtung bewahrt.

Ich schalte den Interkom wieder ein.

„Äh ... hallo?" quäkt die einsame Stimme des Captains aus dem Lautsprecher. „Kann mich jemand hören? Leisch ... sind Sie da?"

„Alles in Ordnung, Captain. In ein paar Sekunden haben Sie wieder die volle Kontrolle", sage ich.

„Ah? Ah ... ja. Sie haben recht, Leisch. Der Cursor lässt sich wieder bewegen. Danke ..."

Während ich noch auf die Schadensmeldungen warte, kommt schon wieder ein Notruf über Subraum-Etha.

Ich lausche konzentriert der aufgeregten Stimme.

Aha, auf dem Computerdeck hat ein flagellantischer Putzdrache mit seinem glühenden Schweif eine Energieleitung durchtrennt. Jetzt ist die Leistung des Bordcomputers in diesem Bereich nur noch auf 20 %. Nicht genug, um manövrierfähig zu bleiben. Ich sprinte los.

Der flagellantische Putzdrache ist noch am Tatort. Wie immer ist er unverletzt. Flagellantische Putzdrachen haben einen mehrfach abgesicherten Schutzengel-Reflex, der sie vor jeglichem Schaden bewahrt. Leider bewahrt er sie nicht davor, mit ihren diversen glühenden Schweifen, saugenden Schaufeln und bepelzten Mops ihre Umgebung zu verwüsten. Vor gar nicht langer Zeit hat ein flagellantischer Putzdrache einen halben Eimer mit dreckigem Putzwasser in einen Energieverteiler gekippt. Es gab eine Explosion, und der Raum wurde durch herumspritzendes Plasma vollständig zerstört. Der Putzdrache blieb unverletzt.

Diesem Putzdrachen ist die Sache überaus peinlich; er streicht verlegen mit einem Mop über die dunklen Computerkonsolen der Umgebung. Zum Glück ist es kein glühender Schweif.

Ich nähere mich langsam, um den ohnehin schon nervösen Putzdrachen nicht zu erschrecken und mache beruhigende Laute. Während ich rasch die durchtrennte Leitung flicke, jammert er in dem Putzdrachen eigentümlichen Dialekt vor sich hin:

„Jejejej … wenn ich machen sauber und immer soviel Leitungs auf die Boden. Das nich gutt. Immer hängen bleibt an Leitungen und Schnüren. Jejeje … auch nich gut wenn alles am Boden. nein, nein. Viel schneller wäre, wenn nur nich soville Leitungen auf die Boden, jejejej …"

Ich versichere dem flagellantischem Putzdrachen langsam, dass wirklich nichts Tragisches passiert sei, und er zieht jammernd mit seinen ganzen Schweifen, Mops und Schaufeln von dannen.

Auf dem Rückweg denke ich, dass sich die Sternenflotte ruhig mal ein besseres Putzkommando leisten könnte. Vielleicht die iridianischen Schlammsauger?

Als ich in den Maschinenraum zurückkomme, ist die Inspektion der Sternenflotte bereits vollzählig anwesend und verstopft die Zwischenräume um den Warpkernel.

Der Captain ist auch dabei und redet verzweifelt auf den Admiral ein:

„Ah ... äh ... da ist ja Herr Leisch. Darf ich vorstellen: Herr Leisch, Herr Butterhaupt ...“

Ich trete vor den Admiral und nehme Haltung an. Der Admiral zieht die ausgestreckte Hand zögernd zurück und betrachtet mich unsicher.

Ich weiß genau, wie man mit hohen Offizieren umgehenmuss; bloß keine Anbiederung, das können die nicht vertragen.

„Ja ... äh ... vielleicht erklären Sie uns ganz kurz, woran Sie hier gerade arbeiten ...“, sagt der Captain gönnerhaft lächelnd.

Ich hole tief Luft.

„Im Prinzip ist die Sache ganz einfach“, beginne ich.

Der ganze Stab von Admiral Schmalzkopf, lauter Typen im Rang eines Commanders, grinst erleichtert.

„Sie alle wissen, wie ein normaler Warp-Antrieb funktioniert, und dass wegen der hohen Neutrinodichte an der Spitze des Kerns Geschwindigkeiten oberhalb von 9,6 Warp unmöglich sind, weil dann die retro-perpendikulare Sensorphalanx, die wir zur Eindämmung des Warpkernelfeldes brauchen, unter der Shannonstrahlung schmelzen würde.“

Die ersten lächelnden Fassaden beginnen einzustürzen. Wartet nur, es kommt noch besser.

„Um die Neutrinoflussdichte zu verringern, platzieren wir knapp unterhalb des parabolischen Matrix-Tensors, also dort, wo sich die Gravitationskrümmung am stärksten auswirkt, eine künstliche Subraumanomalie, die den größten Teil der Neutrinos in ein anderes Parallel-Universum ableitet. Natürlich wissen Sie alle, dass sich so eine Subraum-Anomalie nicht aufrechterhalten lässt, weil nach dem Konwalt-Lombard-Gesetz die Halbwertszeit der Anomalie umgekehrt proportional dem Cosinus-Hyperbolicus des Einfallswinkels der Tachionen ist.“

Der ganze Stab bemüht sich so auszusehen, als ob ihnen das schon als Kadetten in der Akademie der Sternenflotte aufgefallen sei.

„Aber jetzt kommt unser kleiner Trick: wir unterwerfen den Tachionen-Strom einem zirkular instabilen Tensorfeld, welches bewirkt, dass die Zeit für diese Tachionen schneller verläuft als für den Rest des Raums. Und da jeder weiß, dass Tachionen bei Zeitbeschleunigung einem orthogonalen Kraftvektor unterliegen, wird der Einfallswinkel zu Null und die Halbwertszeit der Anomalie geht gegen unendlich."

Admiral Schmalzkopf starrt mich an, als ob ich ein plötzlich im Maschinenraum materialisierter jamkanischer Oktesel wäre. Der Stab beobachtet ihn verstohlen und wartet gespannt auf seine Reaktion. Dem Captain tropft der Schweiß von der Stirne.

„Aha", sagt der Admiral schließlich mit soviel Verzögerung, dass jedem klar wird, wie viel er mitbekommen hat, nämlich gar nichts. „Ausgezeichnet. Und der Gewinn ... ?"

„Der Gewinn liegt bei circa 250 % mehr Leistung", springe ich bereitwillig ein.

„Ah", freut sich der Admiral, und der Stab entspannt sich sichtlich. 250 % Leistung, damit kann er was anfangen. Er hat irgendwann mal gelernt, dass alles über 100 gut und alles darunter schlecht ist. Zumindest in den meisten Fällen. Manchmal auch umgekehrt.

„Phantastisch", sagt er strahlend. „Machen Sie nur weiter so."

Die Inspektion der Sternenflotte zieht weiter.

Wenig später schaut Kollege O. von der Waffentechnik herein.

„Wollen wir was Essen gehen?" fragt er.

„Ok", sage ich, „ins '10 Faune' oder ins 'Kworks'?"

„Wie bitte?"

„Vergiss es. Ich hab' eh keine Lust auf Ferengi-Küche. Holen wir uns ein klingonisches Sandwich."

Während wir den Korridor entlang gehen, fragt O.: „Und? Was hast du das Wochenende über getrieben?"

„Nur'n paar Startrek-Videos 'reingezogen."

Woche BB

Ich sitze in meinem Büro und warte zur Abwechslung mal darauf, dass das Telefon klingelt. Ich wünschte zwar, es würde das lassen, aber bis jetzt hat die Erfahrung gezeigt, dass solche Wünsche in den oberen Rängen meistens unberücksichtigt bleiben.

Vor allem, wenn sie von mir kommen.

Also habe ich beschlossen, heute den Spieß umzudrehen. Nach Murphy's Law klingelt ein Telefon mit höchster Wahrscheinlichkeit gerade dann, wenn man mitten in einer wichtigen Arbeit steckt oder gerade in der Badewanne sitzt. Das ist wie mit dem bekannten Milchtopf, der nicht kocht, solange man ihn bewacht. Folglich werde ich heute das Telefon bewachen, bis es wegen Nicht-Klingelns schwarz wird.

Keine drei Stunden später macht das Telefon alle meine Hoffnungen zunichte: Es läutet.

Ich lasse es dreimal läuten, dann hebe ich ab.

„Hallo?" sage ich. „ Ich hätte gerne ein große Pizza Nummer 5 mit extra Champignons, eine kleine Salami und eine kleine Pepperoni."

„W ... was?"

„Ist dort nicht die Pizza-Hotline?" frage ich ungnädig.

„Nein, ich ... "

„Dann habe ich mich wohl verwählt. Entschuldigen Sie bitte."

„Aber ... "

Ich lege auf.

In diesem Moment trabt das Doggen-Monstrum vom Hausmeister an meiner offenen Bürotüre vorbei. Das ist die Gelegenheit. Mit meinem Lunch-Sandwich locke ich das strohdumme Vieh in mein Büro. Gleich darauf klingelt wieder das Telefon. Ich hebe ab, schalte auf Mithören und halte der Dogge den Hörer hin.

„Hallo?" klingt es aus dem Lautsprecher. Er ist es wieder!

Die Dogge des Hausmeisters ist bekannt dafür, dass sie bei jeder Art von High-Tech großes Unbehagen empfindet. Unbehagen äußert sich bei ihr in Form von lautem Winseln oder Jaulen.

(Dabei fällt mir gerade auf, dass die Dogge in dieser Hinsicht große Ähnlichkeit mit unseren ökologisch angehauchten Studentengruppen hat. Vielleicht sollte ich sie mal zu einer Studenten-Hauptversammlung mitbringen.)

Der Dogge ist die körperlose Stimme aus dem Telefon-hörer schon High-Tech zuviel. Sie beginnt zu winseln.

„Wer ist da? Hallo? Ich wollte Herrn Leisch ... "

Das Winseln steigert sich zum herzzerreißenden Fiepen.

„Ist da jemand? ... Geht es ... ich meine, fühlen Sie sich nicht wohl? ... Hallo ... "

Die Dogge des Hausmeisters wirft den Kopf in den Nacken und beginnt laut zu heulen.

„UM GOTTES WILLEN! WAS PASSIERT DENN DA?! HÖRT MICH DENN KEINER?!"

Ich lege auf und lasse die erleichterte Dogge in den Gang hinaus. Dann lenke ich meinen Anschluss auf die Nebenstelle der RkfH um.

Als ich von einem ausgedehnten Snack in der Cafete zurückkomme, steht der riesige Kübelstaubsauger der Putzfrau vor meiner Bürotür.

Das missfällt mir.

Erstens kann ich das veraltete Ding sowieso nicht ausstehen, weil sein mittelalterliches Geheule mir regelmäßig Albträume während der Mittagspause verursacht. Hundertmal habe ich dem Chef schon vorgeschlagen, ein modernes schallgedämpftes Modell anzuschaffen, das dem fortschrittlichen Charakter unseres LEERstuhls angemessen ist.

Zweitens blockiert es, so wie es dasteht, den Zugang in mein Büro.

Die Putzfrau selber ist natürlich nirgends zu sehen; wahrscheinlich schwatzt sie mal wieder ausgiebig mit Frau Bezelmann.

Ich schnalle den verbeulten Deckel ab und entferne den Staubfilter vor dem Auslassstutzen. Dann platziere ich den Kübelstaubsauger gegenüber meiner offenen Bürotür, so dass ich ihn noch gut im Blickfeld habe.

Keine Stunde später höre ich den Chef seinen 14-Uhr-Rundgang beginnen. Während er den Gang herunterschreitet, unterhält er sich väterlich mit der Putzfrau. Der Chef gibt sich gern sozial gegenüber seinen subalternen Angestellten.

„Und ... äh ... wie befindet sich Ihre werte Familie?"

„Uh ... wann der Klainä nua mal mecht bessa wean mit sain Aschtma, necht? Un da Mann nua necht sovill trinken mecht. Un denn es de Tantä noch laida gstorm ...“

„Gut, gut, das freut mich aber ...“, sagt der Chef leutselig lächelnd.

Der Chef hat trotz ausgeprägten Sozialbewusstseins leichte Probleme mit der Sprache der Putzfrau. Das macht aber gar nichts, weil die Putzfrau die gleichen Probleme mit dem Chef hat.

Inzwischen sind sie beim Staubsauger angelangt, und die Putzfrau, die dem Chef zeigen möchte, wie ausgesprochen arbeitswütig sie heute wieder ist, setzt das heulende Ungetüm sofort in Gang. Durch den fehlenden Filter wird der staubige Inhalt des Kübels mit beträchtlicher Geschwindigkeit herausgepustet. Es entsteht eine Art Mini-Atompilz im Gang, der das Haupt des Chefs wie ein Glorienschein umwallt. Der Chef schnappt vor Schreck nach Luft und bekommt eine geballte Ladung Tschernobyl-Staub in die Lunge.

Die Putzfrau findet vor Aufregung den Schalter nicht und rüttelt hektisch an dem heulenden Kübel herum. Das erweist sich als Fehler, weil sich nun auch die schwereren Teile in Bewegung setzen und ihren Weg durch den Auslassstutzen finden. Es schneit Papierschnitzel und Zigarettenstummel über den Chef, der sich mitten in einem krampfhaften Hustenanfall befindet. Undefinierbare Metallstückchen schießen als bösartig surrende Querschläger durch den Gang und treffen beinahe Kollege O. und Marianne, die neugierig aus ihren Büros spähen. Endlich schafft es der Chef geistesgegenwärtig, sich in das Netzkabel zu verheddern und den Stecker aus der Wand zu ziehen. Wie ein auslaufendes Boeing-Triebwerk kommt der antike Kübelstaubsauger langsam zur Ruhe.

Die Putzfrau stotterte unzusammenhängendes Zeug; der

Chef versucht krampfhaft, sein Soziallächeln aufrechtzu-erhalten. Allerdings bröckelt es am linken Mundwinkel schon etwas.

Frau Bezelmann, die immer zur Stelle ist, wenn etwas Amüsantes außerhalb der üblichen Routine passiert, beginnt mit einem gelben Spüllappen die Glatze des Chefs abzustauben.

Der Blick des Chefs fällt auf mich. Einen winzigen Moment lang denke ich, dass er ... aber nein. Er sagt lediglich:

„Äh ... Leisch. Ich glaube, wir könnten einen neuen Staubsauger gebrauchen, meinen Sie nicht?"

Woche BC

Ich mache meine übliche Runde durch die Labors und Institutsräume, um zu sehen, ob alles seinen gewohnten Gang geht. In der Herrentoilette versenke ich in jedem Pissoir einen Tampon. Das sind ganz geniale Dinger: die quellen im Wasser blitzschnell auf und verstopfen todsicher den Abfluß.

Insgesamt scheinen mir in den Labors zuviele Rechner am Laufen zu sein; also lockere ich unauffällig zwei CheapWire-Verbindungen im Werkstudentenzimmer. Das CheapWire oder ThinWire ist eine großartige Erfindung: nicht nur dass die unzähligen BNC-Verbindungsstücke die Quelle ebenso unzähliger Fehlfunktionen sein können, darüber hinaus ist es unmöglich, eine Fehlfunktion einfach zu lokalisieren. Man muss das Netz Stück für Stück auftrennen und den Fehler langsam einkreisen. In der Praxis bedeutet dies, unter den Schreibtischen und in den staubigsten Ecken herumzukriechen und die Steckverbinder aufzuschrauben.

Ganz unmöglich wird die Fehlersuche, wenn das Netz an ZWEI Stellen unterbrochen ist, weil man dann praktisch nur durch Zufall die Fehlerstellen finden kann.

Die Studenten sollten mir dankbar sein. Schließlich bekommen die Dauerhacker wenigstens auf diese Weise ein bisschen Bewegung.

Im Nichtraucherzimmer der Diplomanden schnuppere ich prüfend in der Luft. Nichts. Nicht die Spur eines Zigarettenrauchs.

Mist!

Das bedeutet, dass mein genialer GlimmoMat wieder mal ausgefallen ist. Ich hole die Leiter aus der Werkstatt und öffne den Inspektionsschacht zur Klimaanlage.

Aha! Der GlimmoMat ist nicht ausgefallen, aber der Vorrat an Gauloises ist aufgebraucht. Der GlimmoMat – eine meiner genialsten Erfindungen – verkokelt pro Woche etwa ein Päckchen und lässt den entstehenden Gestank über die Klimaanlage in den Nichtraucherbereich strömen. Natürlich nur gerade so viel, dass es nicht auffällt.

Ich gehe hinunter zur Cafeteria und stecke 5 Mark in den Zigarettenautomaten. Als ich auf den Knopf drücke, kommt statt des erwarteten rosaroten Päckchens und Wechselgeldes nur ein kleiner rosarot gefärbter Zettel aus dem Schacht geflattert. Ich lese, was darauf steht:

> *Wir gratulieren! Dieser Automat hat Sie soeben davor bewahrt, Ihre Gesundheit noch weiter zu schädigen.*
> *Der von Ihnen freundlicherweise eingeworfene Spendenbetrag wird dem gemeinnützigen 'Verein für ein nikotinfreies Sonnensystem' auf Omikron 16 gutgeschrieben. Vielen Dank.*

Und darunter, ganz klein:

Spendenbestätigung
Der 'Verein für ein nikotinfreies Sonnensystem' ist als
gemeinnützig anerkannt (Bescheid v. Finanzamt Beteigeuze
78, St.-Nr. 333545676-9897-AZ).
Wir bestätigen, dass wir den uns zugewandten Betrag
satzungsgemäß verwenden werden.

'Zugewandter Betrag' ist echt gut, denke ich und betrachte den Zigarettenautomaten etwas genauer. Jetzt erst bemerke ich, dass unter den einzelnen Zigarettenmarken ganz klein vermerkt ist:

„Das Drücken dieser Taste bewahrt Sie davor, genau diese Marke zu rauchen."

Genial! Einfach genial! Warum bin ich noch nicht selber darauf gekommen?

Eigentlich, wenn man es genau überdenkt, gibt es an der ganzen Uni nicht sehr viele Leute, die sich so etwas Geniales ausdenken könnten ...

Auf dem Rückweg zum Institut überschlage ich im Kopf, wieviele StudentInnen (Da wars schon wieder! Haben Sie's bemerkt?) wohl pro Tag auf den Trick hereinfallen könnten. Das Resultat beflügelt meine Schritte. Kurz darauf bin ich im Sekretariat.

Frau Bezelmann ist gerade dabei, ein neues Schild mit den Sekretariatsöffnungszeiten während der Semesterferien an der Türe zu befestigen.

„Öffnungszeiten Sekretariat", steht da in großen Buchstaben und darunter:

„Während der Semesterferien 8:00 – 12:30 Uhr, nur an geraden Wochentagen, Di und Do jedoch kein Parteiverkehr"

„Aha", sage ich, nachdem ich einen Moment überlegt habe, „zum Glück gibt es ja auch noch Sachen, die immer geöffnet sind, z.B. Tankstellen oder ZIGARETTEN-AUTOMATEN, nicht wahr?"

Der Rabe Nero hört auf, seine ausgefransten Schwanzfedern zu glätten und fixiert mich scharf mit seinen gelben Augen. Frau Bezelmann zieht missbilligend die Mundwinkel nach unten, sagt aber nichts.

„Naja", fahre ich unbekümmert fort, „die Studenten können ja dann zum Trost eine RAUCHEN, wenn sie vor verschlossener Türe stehen. Hat der Chef die Öffnungszeiten eigentlich schon mal nachgerechnet?" Ich tippe auf das Schild.

Frau Bezelmann zieht sich hinter ihren Schreibtisch zurück, der wie eine Festung aussieht und links und rechts mit riesigen Stachelpalmen bestückt ist. Sie schaut mich einen Augenblick lang forschend durch ihre blitzenden Augengläser an. Ich erwidere den eisigen Blick gnadenlos.

Dann seufzt sie und sagt leise:

„Wie viel?"

„Kommt darauf an, was bei der Sache so erzielt wird", erwidere ich ebenso leise und stütze mich auf ihre Schreibtischfläche. „Nach meiner Rechnung müssten es schon ca. 100 Süchtige pro Tag sein, die …"

„So viele sind es nicht", protestiert Frau Bezelmann energisch.

Ich bin sicher, dass sie lügt, um mich runterzuhandeln.

„Na gut", sage ich, „30 %, und die Sache geht weiter wie bisher."

Frau Bezelmann ist einverstanden.

Beschwingt gehe ich zurück in mein Büro. Ich bin so guter Laune, dass ich heute ausnahmsweise darauf verzichte, die gesammelten Zigarettenkippen aus dem Raucherzimmer in die CD-Rom-Laufwerke im PC-Labor zu verteilen. Obwohl das schon mal ganz spaßige Folgen hatte: ein

Raucher, der zufällig im Gang vorbeikam, wurde beinahe gelyncht, als unser Hardware-Fuzzi endlich die Kippen aus den CD-Roms rausgepopelt hatte.

Ist das Leben nicht wunderbar?

Woche BD

Missmutig stochere ich mit dem Mauszeiger zwischen meinen Windows herum. Frau Bezelmann hat soeben 'Alarm gelb' ausgelöst.

(Das macht sie übrigens folgendermaßen: sie schickt ihren Raben Nero, der, nebenbei bemerkt, nicht fliegen kann, zu Fuß mit einer entsprechend gefärbten Karte im Schnabel durch alle Gänge.

Als ich zu bemerken wage, dass ein solcher Alarm-Mechanismus

> erstens zu langsam (der Rabe braucht fast eine Stunde durch alle Gänge),
> zweitens zu unzuverlässig (der Rabe hat keinerlei Orientierungsvermögen und begeht manche Gänge fünfmal, andere gar nicht)
> und drittens für einen Alarm zu unauffällig sei (wer

achtet schon auf einen alten zerzausten Raben, der eine
rote Karte im Schnabel herumschleppt),

zieht Frau Bezelmann zur Antwort nur höhnisch die
Mundwinkel nach unten.)

Jedenfalls kam vorhin der verd ... Vogel mit einer gelben
Karte im Schnabel vorbei. Und das so früh am Morgen!

Gelber Alarm bedeutet: Der Chef hat wieder mal ein
unsinniges Drittmittel-Projekt an Land gezogen und überlegt
jetzt, welchem Assistenten er es aufs Auge drücken könnte.

Bald darauf klingelt das Telefon. Auf dem ISDN-Display
erkenne ich die Nummer des Sekretariats. Ich hebe ab (sic!).

„Leisch."

„Bezelmann hier. Der Chef hat einige Leute von der
Firma ****** für heute Nachmittag um 14:00 Uhr
eingeladen und möchte, dass Sie auch dazustoßen."

Sch ... ! Das bedeutet, dass der Chef mich bereits in
die nähere Auswahl genommen hat. Ich durchforste mein
Gehirn nach einer geeigneten Ausrede, aber wie immer,
wenn ich mit Frau Bezelmann spreche, fällt mir nichts
Gescheites ein.

Kurz vor zwei klopft es energisch an meine Tür. Bevor ich
noch rufen kann, dass hier ein wichtiger Versuch läuft, wird
die Tür aufgerissen und wieder geschlossen.

Ein gelinde gesagt ungewöhnliches Individuum steht
mitten in meinem Büro und überschüttet mich mit einem
strahlenden Lächeln, das schon fast an Delirium dementis
denken läßt, während es einen riesigen Koffer auf meinen
Labortisch wuchtet.

„Katzenschwanz mein Name. Schönen guten Tag", sagt ...
nein ... singt er.

Der Mensch ist etwa 1,60 groß, vollkommen kahl mit
einer Glatze, in der sich die Neonlampen spiegeln, und

reichlich korpulent. Bekleidet ist er mit einem großkarierten Sherlock-Holmes-Jackett und weißen Hosen, die auf kanariengelben, glänzenden Schuhen mit fünf Zentimeter hohen Plateau-Sohlen aufstehen. Auf die Inhalte und Farben seiner extrem breiten Krawatte möchte ich aus Rücksicht auf zartbesaitete Leser und Leserinnen lieber nicht näher eingehen. Locker um den Hals gelegt trägt der Mensch mindestens fünfzehn Pappnasen in verschiedenen Farben und Formen, während er in der anderen freien Hand eine silberne Spielzeugtrompete schwenkt.

Bevor ich auch nur 'Piep' sagen kann, quäkt er einmal kurz auf der silbernen Trompete, brüllt: „HahAAA!", holt eine Faschingspfeife aus der Tasche, die er mir auf den Tisch legt und sagt:

„Hatte ich zufällig bei mir, hahaha! Können Sie ruhig behalten. War lange nicht mehr hier, wie? Aber dafür habe ich diesmal auch ganz besonders feine Sachen für Sie dabei ..."

Flink wie ein Wiesel öffnet er den riesigen Koffer und verteilt ein halbes Dutzend grellbunter Plastikbälle in meinem Büro. Danach setzt er zwei hüpfende Frösche und einen mittelgroßen Panzer aus grauem Kunststoff in Gang, der heulend auf mich zusteuert, während kleine Funken aus der Mündung der sich wild drehenden Kanone sprühen.

Ich fasse instinktiv nach dem Panzer, bevor er mir ans Bein fährt, und der drehende Geschützturm quetscht mir den Daumen ein. Vor Schreck mache ich einen Schritt rückwärts und trete auf einen der Gummibälle, die im ganzen Zimmer herumkugeln. Der Ball quietscht wie ein eingeklemmtes Ferkel, und ich stolpere wild mit den Armen rudernd gegen mein IKEA-Regal, das sich ächzend auf meine linke Schulter stützt.

Herr Katzenschwanz eilt mir sofort zu Hilfe, und wir schaffen es, das Regal wieder in eine einigermaßen stabile

Position zu biegen. Die ganze Zeit über quasselt der Mann ununterbrochen.

Als er nach zehn Minuten endlich einmal Luft holen muss, frage ich ihn mit beherrschter Stimme, wie in drei Teufels Namen er auf den abstrusen Gedanken verfallen sei, dass ICH, ausgerechnet ICH, ihm eine ganze Wagenladung Spielzeug abnehmen würde.

Es stellt sich heraus, dass Herr Katzenschwanz die Tour von einem Kollegen geerbt hat, der sich letztes Jahr wegen akuter Pädiatechnophobie in den Ruhestand verabschiedet hat. Wahrscheinlich hat der gute Mann wahllos Namen aus dem Telefonbuch gepickt, um eine möglichst umfangreiche Kundenliste zu hinterlassen. Sehr geschickt!

Herr Katzenschwanz ist untröstlich und beteuert ein ums andere Mal , wie peinlich ihm das Ganze doch sei, usw. usw.

„Tja, Sie sind zwar bei mir völlig an der falschen Adresse", sage ich bedauernd, „aber andererseits haben Sie auch wieder Glück. Ausgerechnet heute haben wir Besuch von mehreren Managern, die an einem Seminar teilnehmen wollen. Und wissen Sie, was das Thema des Seminars ist?"

Herr Katzenschwanz weiß es nicht und ist ganz Ohr, während er gleichzeitig versucht, die Frösche wieder einzufangen.

„Das Thema ist 'Neue Methoden der Kunden-Aquisition'. Kinderspielzeug als Werbegeschenke, das wäre doch was für Sie. Da können Sie auf einen Schlag über 10 000 Panzer abschließen."

Katzenschwanz bekommt etwas glasige Augen und stimmt mir eifrig zu.

„Passen Sie auf", sage ich, „ich werde Sie mit den Leuten in Kontakt bringen, wenn Sie mir versprechen, niemandem ein Sterbenswort über mich zu sagen, ok?"

Katzenschwanz ist mit allen Bedingungen einverstanden.

Ein dünner Speichelfaden zieht sich aus seinem linken Mundwinkel nach unten.

Ich führe ihn mitsamt seinem Koffer über den Gang bis zum Konferenzraum. Kurzes Lauschen an der Türfüllung: Ja, der Chef monologisiert gerade salbungsvoll zu den potenziellen Drittmittelgeldgebern.

„Jetzt", zische ich und schiebe den fiebernden Katzenschwanz durch den Türspalt. Dann schließe ich die Türe mit meinem nachgemachten Generalschlüssel ab, eile zur anderen Türe und mache dort das gleiche.

Später am Nachmittag kommt Frau Bezelmann in mein Büro. Ihre Mundwinkel zucken hämisch, als sie mir wortlos einen Akt auf den Tisch legt. ERLEDIGT steht in großen roten Buchstaben quer über die erste Seite geschrieben.

Frau Bezelmann und ich, wir wechseln einen Blick und beinahe, beinahe hätten wir beide ganz kurz gelächelt.

Aber nur beinahe.

Woche BE

Heute ist mal wieder Besuch angesagt. Da hilft auch der Schutzschild nichts mehr.

Unser nördlicher Projektpartner im SCHWAFEL-Projekt hat einen gewissen Herrn Doktor phil. Vogel zu einem eintägigen 'Arbeitstreffen' an unser Institut geschickt. So nennt man es, wenn jemand auf Staatskosten München besuchen will!

SCHWAFEL steht für 'Self Constructing Hyper Wavelet Algorithms For Extrapolating Linguistics'. Genauso grässlich wie der Titel ist auch das ganze Projekt. Übrigens weiß bis heute niemand, warum ein von der Bundesregierung gefördertes Projekt mit ausschließlich deutschen Projektpartnern einen englischen Titel haben muss.

Herr Doktor Vogel ist Hanseate, wie er mir innerhalb der ersten zwanzig Sekunden erläutert, und außerdem mit einem erstaunlichen Selbstbewusstsein ausgestattet. Er ist sehr groß, dünn und hat einen weit vorgestreckten Hals, auf dem ein langgezogener Schädel hin- und herpendelt. Das längliche Gesicht mit der hohen Stirn wird noch betont durch einen schütteren Ziegenbart, der sich beim Lachen etwas sträubt. Herr Doktor Vogel lacht aber nicht viel, denn das würde seinen Redefluss behindern.

Die erste Stunde unseres 'Arbeitstreffens' lasse ich ausschließlich Herrn Vogel reden. Dann sage ich:

„Aha",und höre ihm die ganze zweite Stunde lang aufmerksam zu. Als nach der dritten Stunde noch keinerlei Anzeichen von Heiserkeit bei Herrn Doktor Vogel festzustellen sind, schlage ich vor, dass wir das Arbeitstreffen doch bei einem Arbeitsessen fortsetzen könnten. Herr Doktor Vogel ist einverstanden und redet weiter. Allerdings nützt er die Gelegenheit nunmehr dazu, um von fachlichen Themen auf persönliche umzusteigen.

Auf diese Weise erfahre ich auf dem Weg zum Lift, dass er nicht nur fachlich brillant ist, sondern auch im Privaten genau die Persönlichkeit darstellt, die ich schon immer kennen lernen wollte. Er ist natürlich außerordentlich sportlich, spricht fünf Sprachen fließend und hat ein Segelboot an der Elbe. In der Intimität der Liftkabine wechselt Herr Doktor Vogel zum Thema Frauen über:

„Wissen Sie, ich bin immer wieder überrascht, wie unwiderstehlich ich auf Frauen wirke", sagt er gerade, als die Lifttüre sich noch einmal öffnet, und Marianne zusteigt.

Die Türe schließt sich und der Lift fährt wieder ruckend an. Ebenso setzt Herr Doktor Vogel unbekümmert die Darstellung seiner libidinösen Vorzüge fort. Mariannes Augen werden immer größer und sie presst sich immer weiter in ihre Ecke.

„Es scheint nun mal der Fall zu sein, dass ich auf das weibliche Geschlecht unwiderstehlich wirke", wiederholt

Herr Doktor Vogel abschließend, falls ich den Kernpunkt seiner Aussage vielleicht verpasst haben sollte.

Ich gucke Marianne an, Marianne guckt mich an. Herr Doktor Vogel guckt von mir zu Marianne, als ob er ihre Gegenwart erst jetzt zur Kenntnis nehmen würde.

„Finden Sie nicht auch?" fragt er Marianne unvermittelt.

Marianne wird erst knallrot, dann blass.

„Oh, äh ...", stottert sie, dann erlöst sie der Aufzug, der im ersten Stock die Türe öffnet.

„Entschldgnsimushiaraus", nuschelt sie und schlängelt sich wie ein Aal durch den Türspalt.

Herr Doktor Vogel schaut mich triumphierend an.

„Haben Sie gesehen, wie sie errötet ist? Und kein vernünftiges Wort hat sie mehr herausgebracht. Ich habe fast immer eine so drastische Wirkung bei den Frauen."

Herr Doktor Vogel beginnt mich nun doch zu interessieren. Es reizt mich herauszufinden, wie weit sein Selbstbewusstsein geht.

Als wir aus dem Unigebäude auf die belebte Straße treten, strahlt die Sonne vom föhnig-blauen Sommerhimmel.

„Sehen Sie", sage ich, „das reinste Bilderbuchwetter. Nur für Sie bestellt."

Herr Doktor Vogel nickt beifällig lächelnd und segnet mit sanftem Blick die ganze Schöpfung, die ihm zu Füßen liegt. Erstaunlich!

Vor dem Hauptportal der Uni deute ich auf die große Bayernfahne, die sich malerisch im Winde bauscht.

„Extra für Ihren Besuch haben sie die Flaggen gesetzt."

„Tatsächlich?" sagt Herr Doktor Vogel erfreut, bleibt für einen Moment stehen und betrachtet wohlgefällig das weißblaue Rautenmuster. Es ist nicht zu fassen!

In unserem Stammlokal erklärt Herr Doktor Vogel zunächst den gesamten Inhalt der Speisekarte für ungesund

und schwer bekömmlich, bestellt schließlich doch die Schweinshaxe und erklärt, als er sie schließlich vor sich auf dem Teller hat, der genervten Bedienung detailiert, was seiner Meinung nach bei der Zubereitung des 'Eisbeins' alles schief gegangen sei.

Während er das 'Eisbein' mit geradezu atemberaubender Geschwindigkeit verschlingt, verlangsamt sich sein Redefluss aus rein anatomischen Gründen soweit, dass man schon fast von einem geruhsamen Mittagessen sprechen könnte.

Plötzlich unterbricht sich Herr Doktor Vogel mitten im Satz und sagt:

„Das Mädchen da drüben hat mir eben zugezwinkert. Ich habe es ganz deutlich gesehen.“

Ich drehe mich unauffällig um, kann aber beim besten Willen weit und breit kein Mädchen entdecken. Bevor ich noch fragen kann, welches Mädchen er denn meine, ist er schon aufgesprungen und rückt sich die karierte Fliege vor seinem überdeutlichen Adamsapfel zurecht. Gerade noch rechtzeitig merke ich, dass er Franky ansteuert, der wie immer um diese Zeit seine Berliner Weiße an der Bar süffelt.

Nur unter lautstarkem Protest gelingt es mir, Herrn Doktor Vogel aus der Kneipe zu lotsen.

„Aber ich verstehe Sie nicht“, sagt er ungehalten und befreit sich aus meinem Polizeigriff, als wir glücklich wieder auf der Straße stehen. „Was können diese armen Geschöpfe denn schon dafür, dass sie bei meinem Anblick alle Hemmungen verlieren. Deshalb muss man sie doch nicht enttäuschen!“

Einen Augenblick überlege ich, ob ich ihn zurück zu Franky an die Bar lassen soll, aber dann kommt mir eine bessere Idee.

„Wir haben jetzt keine Zeit mehr“, erkläre ich. „Der Empfang beginnt gleich.“

„Was für ein Empfang?" will Herr Doktor Vogel ungnädig wissen.

„Aber ... aber wieso wissen Sie das nicht?" wundere ich mich. „Die Institutsleitung mißt Ihrem offiziellen Besuch hier in München so hohe Bedeutung bei, dass sie dem Rektor empfohlen hat, heute nachmittag einen offiziellen Empfang zu Ihren Ehren zu veranstalten."

Die Miene von Herrn Doktor Vogel hellt sich zusehends auf.

„Der Empfang findet im Senatssaal statt", fahre ich fort und ziehe ihn sanft am Ärmel weiter. „Der ganze Senat wird anwesend sein; vielleicht verleiht man Ihnen sogar eine Ehrenurkunde. Oh, Gott! Jetzt sind Sie natürlich gar nicht vorbereitet. Sicher erwartet man auch von Ihnen ein paar Worte."

„Natürlich", meint Herr Doktor Vogel selbstbewusst, „das ist überhaupt kein Problem. Ich werde einfach improvisieren."

„Bravo", rufe ich erleichtert, „da fällt mir aber ein Stein vom Herzen."

Aber Herr Doktor Vogel winkt bescheiden ab.

„Das ist doch für mich überhaupt kein Problem."

„Aber eines muss ich Ihnen noch sagen", fahre ich ernst fort, „ichmuss Sie gewissermaßen vorwarnen: Es gibt im Senat immer noch einen – nun sagen wir – etwas exotischen Professor, der immer wieder versucht, dem Redner ins Wort zu fallen. Unter uns gesagt, es sind halt nicht mehr die allerjüngsten, unsere Ordinarien."

„Total verkalkt, eh?" meint Herr Doktor Vogel beifällig lächelnd.

„Nun ja, das will ich nicht gesagt haben", sage ich, „aber er ist eben bekannt dafür, dass er jeden Redner bei allen Gelegenheiten zu unterbrechen versucht. Dieser besagte

Professor sitzt normalerweise am Kopfende des Tisches; auch so eine Marotte von ihm: er will nur dort sitzen."

Inzwischen sind wir im Uni-Hauptgebäude angelangt und stehen vor den hohen Flügeltüren mit dem goldenen Schild 'Senatssaal'. Herr Doktor Vogel zupft sich die Fliege zurecht.

„Also", sage ich, „gehen Sie hinein und beginnen Sie mit ihrer Rede. Lassen Sie sich durch ihn nicht ablenken, auch wenn er schreit oder droht. Das ist ganz normal."

Ich öffne die Türe einen Spalt und schiebe den Herrn Doktor Vogel in die gemächlich vor sich hindümpelnde 467. Sitzung der Haushaltskommission. Ich sehe noch, wie Prof. Kürfaß, der Vorsitzende, ein ganz scharfer Hund, überrascht ob der Störung von seinen Papieren aufblickt. Dann schließt sich die Türe mit schicksalhaftem Knall hinter Herrn Doktor Vogel.

Später, in meinem Büro, ruft mich ein Arzt aus der psychiatrischen Universitätsklinik an.

Ja, also. Sie haben da heute nachmittag einen ungewöhnlichen Fall reinbekommen, meint er. Der Patient sei offensichtlich in einer manischen Phase und verlange zwischen seine Anfällen immer diese Nummer anzurufen.

Ich versichere ihm, dass ich keinen manischen Bekannten habe, was nicht mal gelogen ist, und frage, ob sie so einen Irren doch hoffentlich nicht freilassen würden.

„Ich meine, dann kommt er am Ende noch zu mir nach Hause", füge ich besorgt hinzu.

Der freundliche Arzt beruhigt mich:

„Unter drei Monaten kommt der sicher nicht aus der Beobachtung. So einen interessanten Fall hatten wir hier schon lange nicht mehr."

Woche BF

Es ist heiß heute.

Es wird eben Sommer.

Für die geplagten Angestellten der Uni bedeutet dies, dass die Tagestemperaturen in den Büros auf saunaverdächtige Werte ansteigen. Glänzende Aluminiumverkleidungen reflektieren unerbittlich die Sonnenglut, großzügige Glasfassaden und Plattenbauweise erledigen den Rest.

Gemessen an der Zahl der Flüche, die Studenten und Hochschulangestellte auf das Haupt des unseligen Architekten häufen, müsste der gute Mann eigentlich im tiefsten Höllenkreis (Ebene 10) schmoren.

Glücklicherweise bin ich infolge meiner zweiten Natur gegen große Hitze weitgehend gefeit; lästig wird es nur, wenn einem beim DooM-Spielen dauernd der Schweiß in die Augen läuft.

Zuuupf – jetzt ist mein PC schon zum dritten Mal

abgeschmiert. Anscheinend bekommt ihm die Hitze auch nicht besonders.

Es ist richtig heiß heute.

Andererseits erleichtert die Hitze auch vieles. Ich mache meine Runde durch die Labors und breche bei einigen noch laufenden Workstations auf der Rückseite ein paar Sichtblenden heraus. Bei anderen rücke ich passende Kartons vor die Lüftungsschlitze oder drapiere herumliegende Kleidungsstücke so, dass sie direkt vor den würgenden Lüftern hängen. Durch die gestörte Konvektion erhitzen sich die Prozessoren und stürzen reihenweise ab.

Wieder im Büro, rufe ich bei drei verschiedenen Hotlines an und heize den ohnehin schon schwitzenden Dispatchern noch mehr ein. Daher der Name 'Hotline'. Ich drohe mit Vertragskündigung und Regress, wenn sie nicht sofort einen Techniker schicken.

Dann schaue ich aufs Thermometer: 43 Grad, nicht schlecht, drei Grad mehr als gestern. Seitdem ich die Anweisungen des Hausmeisters, dass alle Fenster nachts geschlossen sein müssen, aufs Wort befolge, steigt die Temperatur seit Tagen kontinuierlich an. Die Anweisung stammt allerdings noch vom 13. Januar.

Ich schnappe mir die Gießkanne von Frau Bezelmann und überschwemme noch einmal alle Pflanzen im Institut. Dabei verspritze ich großzügig Wasser auf die Teppiche und Polstermöbel.

Eine halbe Stunde später zeigt das Hygrometer 92 % relative Luftfeuchtigkeit. Perfekt!

Draußen, im Biergarten der Cafeteria, beginnen sich die ersten StudentInnen zu entblättern. Ich gehe hinüber ins Optik-Labor und 'leihe' mir eine Digitalkamera aus. In meinem Büro richte ich die Kamera auf die 'Blondinen-Bank'. Diese Bank, eine an sich unscheinbare

Leichtmetallkonstruktion, etwa 20 Meter schräg unter unseren Institutsfenstern, muss durch irgendwelche uralten Geheimnisse der Inkas oder Ägypter genau die kosmische Position zur Sonne einnehmen, die braungebrannte, wasserstoffgebleichte Blondinen unwiderstehlich anzieht. Laut meiner bisherigen Statistik über die Benutzer dieser Bank sind die Ereignisse 'blond', 'weiblich' und 'braungebrannt' stark signifikant, wogegen das Ereignis 'weitgehend entblättert' immerhin noch signifikant auf dem 0.005-Level ist.

Statistisch am unwahrscheinlichsten ist übrigens die Kombination 'männlich', 'bleichsüchtig', 'dunkel-fettige Haare' und 'schwarzer Skianzug'.

Was täten wir ohne die Statistik!

Ich verbinde die Kamera mit unserem WWW-Server, so dass alle fünf Sekunden ein aktualisiertes Bild der Blondinen-Bank in der Home-Page unseres Chefs erscheint. Das ist weitgehend risikolos, da der Chef es noch nie geschafft hat, seinen Net-Browser richtig zu konfigurieren. Um genau zu sein, liegt dies nicht am Chef allein, sondern an einem kleinen nützlichen Cron-Job, der alle zehn Sekunden die Konfigurationsdateien des Browsers im Home-Directory des Chefs wieder durcheinander bringt.

Der erste Techniker taucht auf, um den kollabierenden Server B wieder aufzupäppeln. Als ich ihm die Türe zum Rechnerraum aufschließe, wabert uns eine feuchtwarme Welle abgestandener Luft entgegen. Es stinkt nach zu heiß gewordenem Gummi und Plastikteilen.

Der Techniker stöhnt und schaut mich verzweifelt an. Ungerührt verweise ich auf das Thermometer an der Wand; es zeigt 44 Grad an. In den Spezifikationen des Servers steht, dass er bis 45 Grad im 'zulässigen Betriebsbereich' arbeitet.

Von Luftfeuchtigkeit steht nichts in den Spezifikationen.

Was der Techniker nicht weiß: Die Skala des Thermometers hat sich infolge des Zusammentreffens mehrerer merkwürdiger Zufälle vor ein paar Jahren einmal abgelöst und wurde von mir mit Superkleber wieder 'repariert'. Eigenartigerweise zeigt das Thermometer seitdem etwa zehn Grad zu wenig an.

Es ist heiß heute, richtig heiß.

Auf dem Weg zurück ins Büro werfe ich einen Blick ins Sekretariat. Frau Bezelmann ist gerade dabei, kiloweise Eiswürfel auf Untertassen im Raum zu verteilen. Als ich sie frage, ob das ein 'Holiday on Ice' werden solle, erläutert sie mir mit zusammengekniffenen Lippen, dass sie durch das schmelzende Eis die Raumtemperatur zu senken hoffe.

„Nero mag keine solche Hitze", fügt sie hinzu und deutet auf den kahlen Raben, der geduckt auf seiner goldenen Stange hockt. „Er bekommt nur schlechte Laune davon."

Ich erwidere vorsichtig den starren giftig gelben Blick des schwarzen Unglücksboten und überlege, ob die notorisch schlechte Laune Neros denn überhaupt noch steigerungsfähig sei.

Dann erkläre ich Frau Bezelmann und Nero, der plötzlich den Kopf streckt und aufmerksam zuhört, dass das Schmelzen von Eiswürfeln aus dem Kühlschrank völlig sinnlos sei, weil die dabei gebundene Energie beim Erzeugen der Eiswürfel im Eisschrank in Form von Wärme sofort wieder frei werde.

Frau Bezelmann betrachtet ungläubig den Eisschrank, der in seiner Ecke eifrig vor sich hin brummt. Aber sie muss zugeben, dass die Radiatoren auf der Rückseite Hitze abstrahlen.

„Ich habe die Lösung", sage ich. „Wir müssen nur dafür

sorgen, dass die Abwärme des Kühlschranks nicht wieder zurück ins Sekretariat gelangt."

Wir hängen die Zwischentüre zum Chefzimmer aus, die sonst immer abgeschlossen ist, weil Frau Bezelmann es nicht verträgt, wenn der Chef hinter ihrem Rücken ins Zimmer kommt, und rücken den Kühlschrank so in die offene Türe, dass er den unteren Teil ausfüllt und die Radiatoren zum Chef hineinragen. Auf den Eisschrank türmen wir alte Rechnerkartons und verstopfen die verbleibenden Ritzen mit Füllmaterial.

Gerade als wir fertig sind, kommt der Chef zur anderen Türe herein und bleibt erstaunt stehen.

„Äh ... hm ... was machen Sie denn da, Leisch?" fragt er und wischt sich den Schweiß mit einem weiß-blau karierten Taschentuch von der hohen Stirne.

„Ich helfe mal eben Frau Bezelmann", antworte ich wahrheitsgemäß.

„Ah, ja ... hm", sagt der Chef und betrachtet die Kühlschrank-Karton-Füllmaterial-Konstruktion. „Und ... äh ... bei was ... äh ... helfen Sie Frau Bezelmann?"

Frau Bezelmann springt selbst in die Bresche:

„Wir haben die kaputte Zwischentüre ausgewechselt, und Herr Leisch war so freundlich, mir dabei zu helfen, die Öffnung provisorisch zu verschließen."

Frau Bezelmann deutet auf die ausgehängte Türe, die wir vorerst mal an die Wand gelehnt haben.

„Äh.. wieso ... äh ... ist die Türe denn kaputtgegangen? Sie schaut doch ganz normal aus ...", meint der Chef und beäugt die Türe von allen Seiten.

„Na, dann versuchen Sie mal, sie zu öffnen", sagt Frau Bezelmann mit zusammengekniffenen Lippen.

„Sie öffnen? Aber ... hm ... das ... das geht doch nicht ...", erwidert der Chef erstaunt.

„Sehen Sie!" sagt Frau Bezelmann in einem Tonfall, der jegliche Fortführung der Diskussion unmöglich macht.

Es ist heiß heute, so richtig heiß.

Gerade als ich wieder vor meiner Bürotüre angelangt bin, kommt eine Blondine auf Inline-Skates den Gang entlang gefahren. Ich meine eine RICHTIGE Blondine, mit wallendem goldglänzendem Haar, klasse Figur und bauchfreiem Top. dass es sich um eine RICHTIGE Blondine handelt, erkennt man sofort an den blutrot lackierten Fingernägeln und dem schwarzen Haaransatz.

Ich ducke mich in meine offene Bürotüre, um einer etwaigen Kollision vorsorglich aus dem Weg zu gehen, aber die Blondine fängt sich geschickt am Türpfosten ab und schenkt mir ein strahlendes Lächeln aus tief- nein, nicht - blauen, sondern tiefbraunen Augen.

„Sie sind Herr Leisch, nicht wahr?"

Ich kann es nicht leugnen und frage, was ihr Begehr ist.

„Ich bin auf der Suche nach einem Gehirn", sagt die Blondine unbekümmert und manövriert vorsichtig in mein Büro.

Ich werfe einen raschen Blick auf das elektronische Thermometer an der Fensterscheibe; 48 Grad Raumtemperatur zeigt es an. Soviel ich weiß, treten Fata Morganen (ist das der korrekte Plural?) nur in wüstenartiger Umgebung auf. Ein Hitzekoller? Eine plötzliche Erleuchtung? Vorsichtshalber setze ich mich erst mal hin.

„Sie suchen also ein Gehirn", sage ich dann behutsam. „Äh, darf ich fragen, wozu Sie das Gehirn benötigen. Für ... ich meine ... äh ... für Sie selber? Als Eigenbedarf sozusagen?"

Die Blondine guckt mich verwundert an.

„Natürlich für mich selber", sagt sie, „ich brauche es für ein Referat bei Prof. Murnau."

Kollege Murnau ist unser Psycho-Spezialist. Was er an einem technischen Institut wie dem unseren zu suchen hat, wissen allein die Götter. Aber er hält fleißig Vorlesungen über alle möglichen Psycho-Themen: Psycho-Akustik, Psycho-Physik, Psycho-Dermatologie, usw., die sich alle großer Beliebtheit als Nebenfächer erfreuen.

„Und bis jetzt … haben Sie das … das … äh … noch nie … äh … vermisst? Ich meine …"

Ein verwunderter Blick aus tiefbraunen Augen.

„Nein, wieso?!"

Ja, wieso eigentlich, frage ich mich ebenfalls.

„Ich habe bis jetzt noch nie ein Bild vom Gehirn gebraucht", erklärt die Blondine geduldig.

„Ach so", sage ich erleichtert, „sozusagen als Anschauungsmaterial?"

Die Blondine nickt.

„Am besten eine Draufsicht", sagt sie, „ungefähr so groß wie eine Folie."

Ich gebe ihr eine entsprechende Literaturangabe und sie rollt glücklich weiter in Richtung Bibliothek.

Ob sie die Inline-Skates zum Referat auszieht, denke ich noch zerstreut und fahre die Schutzschilde wieder hoch.

Meine Workstation keucht und bläst heiße Luft auf meine Füße; durch die Jalousienschlitze kann ich die Hitze im Biergarten flimmern sehen.

Es ist heiß heute. Hatte ich das schon bemerkt? Richtig heiß …

Woche CO

Der geschätzte Leser erwartet jetzt sicher wieder eine Episode aus dem aufregenden Leben des BAfH. Leider muss ich ihn heute enttäuschen. Der Grund? Es ist einfach gar nichts passiert, rein gar nichts, was es lohnt, in die Tasten zu greifen.

Und warum ist das so? Es sind Semesterferien. Keine Studenten, der Chef ist auf einer seiner ausgedehnten 'Studienreisen', ja selbst die unerschütterliche Frau Bezelmann hat ihren Posten im Sekretariat für eine Woche aufgegeben, um an einer rein feministischen Konferenz in Bad Blocksberg teilzunehmen.

Ich ergreife die Gelegenheit, um endlich auf die anschwellende Flut von Leserbriefen (meist in Form von drei- bis vierzeiligen E-Mails!) einzugehen, die ja auch irgendwann beantwortet sein wollen.

Zunächst danke ich für die zahlreichen Hinweise besorgter

Akademiker-Eltern, dass sie ihre Sprösslinge – sobald diese in entsprechendes Alter herangewachsen sein würden – auf gar keinen Fall an die Universität des BAfH schicken und schon unter gar keinen Umständen ein Fach studieren lassen würden, in dessen Rahmen die wohlbehüteten selbigen Sprösslinge etwa mit mir persönlich in Kontakt geraten könnten.

Eine solche Einstellung kann ich nur voll und ganz unterstützen. Ich finde, dass die derzeitigen 4 (in Worten: vier!) Hauptfachstudenten pro Semester schon Zumutung genug sind.

Auch die zahlreichen Anfragen von Studenten anderer Fakultäten, ob es denn in unserem Fach an dieser unserer Universität tatsächlich 'dermaßen schlimm zugehe', möchte ich hier kurz und bündig beantworten:

Ja, das tut es!

Aber dafür wird es bei uns auch nie langweilig!

Als nächstes muss ich auf die teilnehmenden Zuschriften zahlreicher weiblicher Leserinnen eingehen, die sich bei mir erkundigen, ob ich durch meinen Lebensstil Frustrationen infolge mangelnder Zuwendung abreagiere, und die mit mehr oder weniger eindeutigen Angeboten ihre Dienste zwecks Abbau der besagten Frustrationen anbieten.

Meine Damen, ich weiß Ihre Anteilnahme wirklich zu schätzen, aber sie irren sich in der Diagnose. Meine Lebensführung ist sozusagen inhärent festgelegt und nicht so leicht zu ändern.

Im übrigen, nein, ich bin weder durch Kaiserschnitt noch durch eine Zangengeburt zur Welt gebracht worden. Auch hatte ich eine ausgesprochen harmonische Kindheit, soweit man in meinem Falle von einer Kindheit sprechen kann; danke gütigst der Nachfrage.

Das Thema meiner Herkunft scheint aber die Leserschaft

derart zu interessieren, dass ich mich schweren Herzens durchgerungen habe, an dieser Stelle ganz kurz über

DIE HERKUNFT DES BAfH

zu berichten.

Also, das Ganze nahm seinen Anfang einige Jahre nachdem ich meinen Posten als Flugbegleiter auf einem Charterflugzeug der LUDA AIR angetreten hatte. Als Engel fünfter Klasse des 3. Fähnleins, 12. Kohorte, 53. Zenturie, 1026. Legion der HH ('Himmlischen Heerscharen') bestand meine Aufgabe darin, den Passagieren während der Flüge Mut und Hoffnung auf eine von Gott gelenkte, glückliche Landung einzuflüstern.

Es war nicht gerade ein Traumjob. Präziser gesagt, langweilte ich mich fast zu Tode. Ein Jahr lang pendelten wir fast ununterbrochen zwischen Cancun und Frankfurt hin und her. Die Flugzeugbesatzungen wechselten ja dauernd, aber ich durfte meinen Posten nicht verlassen. Ich war immer an Bord, unsichtbar, allgegenwärtig und stets bereit, Mut und Hoffnung zu spenden.

Mehr durfte ich auch gar nicht. Denn die oberste Direktive im Kodex der HH lautet: 'Keinerlei aktiven Eingriff in das Geschehen, damit die Planung der oberen Ränge nicht in Frage gestellt werden kann.'

Jedenfalls hatte ich nach einigen Jahren in den Charterflugzeugen der LUDA AIR die Sache gründlich satt. Ich beneidete die Kollegen vierter Klasse, die immerhin in Linienflugzeugen Dienst tun durften. Da wechselte wenigstens ab und zu der Flugplan. Außerdem war das Publikum bestimmt distinguierter als auf diesem Cattle Freighter. Aber die Beförderung zur vierten Klasse konnte noch gut und gerne einige Jahrhunderte auf sich warten lassen.

Eines Tages lümmelte ich gerade mal wieder gelangweilt auf dem Stuhl des Kopiloten, der sich die lange Flugzeit über den Atlantik zusammen mit der kleinen blonden Stewardess auf angenehmere Art verkürzte, als plötzlich der Pilot neben mir einen erstickten Laut von sich gab und, bevor ich noch Gelegenheit fand, ihm weisungsgemäß Mut und Hoffnung einzuflüstern, in Ohnmacht fiel.

Kann sein, dass die leere Whiskyflasche, die er vor ein paar Stunden – da allerdings noch gefüllt – aus dem Duty-Free-Schrank geklaut hatte, irgendetwas damit zu tun hatte.

Unglücklicherweise war der Autopilot in diesem Moment gerade ausgeschaltet, und der schwere Schädel des besinnungslosen Piloten drückte das Steuer kräftig nach vorne, sodass die altersschwache 737 ächzend in einen atemberaubenden Sturzflug überging, der Disney-Land alle Ehre gemacht hätte. Aus dem Passagierraum ertönte der Klang von zerbrechendem Glas und erbrechenden Passagieren.

Ich überlegte kurz, ob ich statt des bewusstlosen Piloten den Kopiloten aufsuchen sollte, um ihm Mut und Hoffnung einzuflüstern. Allerdings bezweifelte ich, dass dieser es rechtzeitig von der Ruhekabine der Stewardessen bis zur Pilotenkanzel schaffen würde. Vor allem bei der rapide zunehmenden Schräglage der 737 und wenn er sich unterwegs auch noch anziehen müsse.

Direkt vor mir befand sich die Anzeige des Höhenmessers und daneben der Schalter zum Autopiloten. Die Zahlen flimmerten über die Anzeige. Ich schätzte noch etwa 25 Sekunden bis zum ultimativen Aufprall.

Rasch versetzte ich mich nach hinten in die abgedunkelte Ruhekabine der Stewardessen. Der Kopilot war offensichtlich nach vollbrachter Tat auf der ebenfalls schlummernden kleinen blonden Stewardess eingeschlafen und schnarchte leise und zufrieden. Ich streckte automatisch meine Hand nach seiner Schulter aus, um ihn wachzurütteln, aber dann fiel mir die oberste Direktive der HH wieder ein: Kein Eingriff ins Geschehen.

Wenn ich jetzt den Kopiloten aus seinem post-koitalen Koma erweckte, verstieß ich bereits gegen meine Vorschriften, und es war keineswegs sicher, ob er es in den verbleibenden zwanzig Sekunden noch bis zur Pilotenkanzel schaffen würde.

Besser wäre es also, gleich selber den Autopiloten einzuschalten, wenn ich schon gegen die Vorschriften verstoßen sollte.

Gedacht, getan. Ich versetzte mich wieder nach vorne und flippte den kleinen roten Schalter nach unten. Der Autopilot, seit langem die einzige vernünftig denkende Instanz auf diesem Flugzeug (außer mir natürlich!), schaffte es gerade noch, den Absturz 350 Meter über dem Atlantik abzufangen.

Die Sache ging natürlich durch die Presse und ein Engel 3. Klasse im Range eines Super-Anglizisten wurde darauf aufmerksam. Der Fall wurde an die gefiederte MIPO überwiesen, und diese besorgte sich per göttlichem Dekret eine Kopie des verdammten Flugschreibers. In den anschließenden Verhören kam alles heraus, weil ich als Engel noch nicht gelernt hatte, gewisse Tatsachen geeignet darzustellen.

Ich wurde sofort zum 'Angel Bulk Rate' degradiert und musste mich zur Strafe fortan um die Überwachung der Quantenfluktuationen in der Beschleunigerkammer 5 des Kernforschungszentrums CERN kümmern – eine verdammt mühselige und noch ödere Arbeit, als man es sich vorstellen kann, deren Zweck allein darin besteht, die Kernphysiker durch absolut anormales Verhalten der Elementarteilchen in die Irre zu führen, damit sie den göttlichen Plan der Schöpfung nicht so leicht erkennen können.

(Nebenbei gesagt besteht dieser Plan aus einer Ansammlung von ganz grässlichen und akausalen Zusammenhängen, den man in den obersten Rängen am liebsten ganz unter den Tisch gekehrt hätte, weil er gar kein gutes Bild auf die Konzeption der Schöpfung an sich wirft.)

Beim CERN lernte ich einen BTfH, Bastard Technician from Hell, aus dem dritten Kreis kennen, der mir die ersten Kontakte zur Konkurrenz verschaffte. Schließlich bot mir die Geschäftsleitung an, den Posten eines BAfH zu übernehmen, wenn ich dafür auf meine engelhaften Privilegien für immer verzichtete.

Natürlich unterschrieb ich sofort – von Protonen, Leptonen, Barionen und anderen Etceteraonen hatte ich gründlich die Nase voll.

Und so wurde aus dem 'Angel Bulk Rate' der 'Bastard Assistant from Hell', des Chaos´ Quelle, der Schrecken aller Verwaltungsbeamten und Studenten, immer bereit, ein wenig Sand ins Getriebe der göttlichen Ordnung zu streuen.

Und – seien wir mal ganz ehrlich – ohne ein bisschen Chaos wäre dieses Leben doch stinklangweilig.

Woche CA

Ich steige in meinen Wagen und drehe den Zündschlüssel. Die Karre springt zwar sofort an, aber nach wenigen Sekunden beginnt die Öldrucklampe zu blinken und ein penetrantes Warnsignal gellt mir in die Ohren. Ich weiß genau, dass genügend Öl drin ist, aber trotzdem leuchtet das rote Lämpchen. Man könnte also sagen, dass mein Auto mir falsche Tatsachen vorspiegelt, mich in gewisser Weise anlügt.

Vielleicht will es heute nicht ausgefahren werden; vielleicht ist es der Meinung, ich solle lieber die U-Bahn nehmen und es in Ruh' lassen; vielleicht habe ich auch gerade eben einen schnuckeligen Flirt mit dem schicken kleinen Z3 auf dem Nachbarparkplatz gewaltsam unterbrochen.

Interessanterweise macht das mein Auto nicht jeden Tag; dann würde man behaupten, es sei kaputt. Nein, nur so etwa alle zwei Monate meldet es sich. Auch nicht immer beim Starten. Besonders gern erschreckt es mich mitten auf der Autobahn mit hundertfünfzig Ka-em-ha. Ab und zu leuchtet auch die Bremskontrolleuchte für den Anhänger auf – obwohl gar kein Anhänger angekoppelt ist.

Aber am liebsten macht es Geräusche: Gelegentlich fängt irgendein Teil hinter dem Armaturenbrett an zu schwingen. Irgendeine blöde Resonanz, die gerade bei den gängigen Geschwindigkeiten ihr Maximum hat. Mir bleibt dann nur die Wahl, entweder die Geschwindigkeit zu erhöhen oder solange mit der Faust auf die Konsole zu donnern, bis die Resonanz aufhört. Letzteres funktioniert praktisch nie. Das kann mich zur Weißglut bringen, und mein Auto weiß das.

Ich liebe dieses Auto. Es hat Charakter.

Heute lasse ich mich nicht provozieren. Ich drehe das Radio auf volle Lautstärke und ignoriere einfach das sirenenartige Geheul der Öldruckwarnlampe. Mitten auf der Leopoldstraße beginnen plötzlich alle vier Lautsprecher zu knattern wie ein Maschinengewehr, dann rülpst es noch einmal kräftig in den Subwoofern, und es wird still. Alle Anzeigen am Radio sind erloschen. Ungläubig fummele ich an den Kontrollen, achte nicht auf den Verkehr und hätte beinahe eine Politesse auf die Haube genommen. Nichts. Das Radio bleibt tot. Nur noch das Gewinsel der Öldrucklampe quietscht irgendwo hinter dem Armaturenbrett.

Täusche ich mich oder klingt das Gequieke jetzt irgendwie anders als vorher? Triumphierend?

Kaum bin ich in meinem Büro – ich habe noch nicht mal das erste Soundfile auf meine Workstation geladen – da wird auch schon die Tür aufgerissen.

Der Chef. Vor 10 Uhr morgens. Das bedeutet etwas.

„Ah, äh … Leisch. Gut, dass Sie schon äh … ja, äh … sozusagen … hrm …"

Der Chef starrt konzentriert auf die Decke und überhört meinen Morgengruß.

„Es geht, äh … nur ein paar Worte … um den CIP-Pool-Antrag, ja … hrm … und natürlich auch um den … den … äh … den …"

„Dings?" schlage ich vor.

„… um den Dings-Antrag. Äh … ich meine … hrm … den … den WAP-Antrag."

Nachdem das Wort endlich gefunden ist, holt der Chef tief Luft, streckt den Bauch raus und fährt fort:

„Äh … dazu muss ich etwas ausholen, äh … damit Sie … hm … die Hintergründe … äh … auch verstehen, Leisch. Ja. Als ich 1962 an diesen LEERstuhl berufen wurde, …"

Ich schalte die Ohren auf Durchzug und schiele unauffällig auf mein Computerdisplay. Ich schalte auf den alten DEC Trackball um, den ich unter meinem Schreibtisch installiert habe, so dass ich mit dem großen Zeh den Cursor bewegen kann, ohne dass der Chef es mitbekommt.

„… als erstes … ähm … Institut der Universität eine … äh … hrm … PDP-11 angeschafft hatten … hrchhrm … und schon damals habe ich immer – auch gegenüber … ähm … dem Ministerium … äh … betont …"

Während der Chef in Erinnerungen schwelgt, checke ich meine Mailbox, lese drei Artikel in der Newsgruppe 'de.alt.sexual.harassment', überprüfe die Backup-Protokolle von heute Nacht und grepe die Usermail der Studenten nach den Begriffen 'Sex', 'Liebe' und 'schwanger'. Leider ist heute mal wieder überhaupt nichts Interessantes dabei.

An der Intonation erkenne ich, dass der Chef langsam wieder aufs Thema zurücksteuert.

„… hat dadurch … so gesehen … hrm … eine Tradition,

die in unseren ... äh ... zukünftigen Bemühungen ... Anstrengungen in der ... ähm ... Rechnertechnik gerecht ... und deshalb müssen wir sowohl im ... ähm ... CIP- als auch im ... äh ... na ... äh ... WAP-Pool-Antrag darauf achten, dass ...

Auf jeden Fall sollten wir Herrn ... äh ... Herrn ... err ... Herrn ... "

„Dings?" schlage ich vor.

„... den Herrn Dings ... Quatsch ... den Herrn MAIER im ... im REFERAT 8 oder 9 anrufen. Ja. Können Sie das alles in die ... äh ... Hand ... hrm ... Hand nehmen, Leisch?"

„Selbstverständlich", sage ich und schließe per Zehklick den News Reader.

Nachdem der Chef gegangen ist, rufe ich vorne bei Frau Bezelmann an und lasse mir alle Informationen durchgeben, um die es wirklich geht. Dann rufe ich im REFERAT 5 an und lasse mir FRAU MÜLLER geben.

„Ja, also", sage ich mit unsicherer Stimme, „Sie müssen schon entschuldigen, aber ich bin in diesen bürokratischen Dingen schrecklich ungeschickt. Aber Sie können mir ja sicher helfen ... "

Frau Müller muss ein absoluter Frischling im Referat 5 sein, denn sie versichert glaubhaft, dass sie MICH, den BAfH, in allen Dingen tatkräftig unterstützen werde. Ich solle sie nur fragen. AUSGEZEICHNET!

„Gut", sage ich, „also, es geht um diesen Computerantrag ... "

„CIP oder WAP?" fragt die Frau Müller geschäftstüchtig.

„Ja, CIP, glaube ich ... ", ich raschele heftig mit der Pornogeschichte, die ich mir gerade aus dem USENET geholt und ausgedruckt habe,

„... ah, ja, da ist es ja. Genau, CIP heißt das Ding. Also wir hatten 13 Rechner beantragt, aber hier auf dem

Bestätigungsschreiben ist immer nur von 3 Rechnern die Rede ..."

Frau Müller seufzt unterdrückt und beginnt mir ausführlich zu erklären, dass die Anzahl der zu beantragenden Rechnerplätze von der Zahl der Hauptfachstudenten abhänge. Und da in unserem Fach im Schnitt nur vier Hauptfachstudenten pro Semester gemeldet seien, blabla usf.

"Soso, aha. Ja, ich glaube, ich verstehe", sage ich mit erstauntem Tonfall. "Aber wir haben doch nicht vier sondern etwa 30 Hauptfachstudenten ..."

(Klickerdiklackerdiklick + zuupf)

Verblüfftes Schweigen an anderen Ende. Aber Frau Müller fasst sich rasch wieder. Wozu hat man einen Computerkurs gemacht? Wozu hat man das neue Studenten-Verwaltungssystem, SVS genannt?

"Augenblick", sagt sie souverän, "ich schaue schnell mal im SVS nach; dann haben wir sofort die aktuellen Zahlen."

Klickerdiklackerdiklick + zuupf höre ich sie durchs Telefon.

"Aber ... aber ... das verstehe ich nicht", stammelt Frau Müller.

"Äh, wie meinen Sie?" frage ich scheinheilig.

"Da sind tatsächlich 30 Hauptfachstudenten im SVS eingetragen. Aber ich bin ganz sicher, dass letzte Woche ..."

"Nun ja, das kann ja so leicht passieren", sage ich und logge mich aus dem Superuser-Mode des SVS wieder aus. "Sie haben ja sicher soviele ... äh ... CIP-Anträge auf dem Schreibtisch. Da kann man sich schon mal um eine Stelle irren, nicht wahr ..."

"Ich versteh' das nicht", mümmelt Frau Müller ins Telefon.

"Nun grübeln Sie mal nicht zu viel darüber nach", sage ich im kollegialen Tonfall. "Es ist ja noch nicht zu spät, nicht wahr? Ich schicke ganz einfach die Unterlagen an Sie zurück, und Sie korrigieren einfach die Anzahl der Rechner ...“

Frau Müller ist mit allem einverstanden.

So, bevor ich mir WAP vornehme, muss ich noch meine Hausaufgaben erledigen. Ich hänge eine Ankündigung an die Tür des Hörsaals, dass meine Vorlesung heute wegen akuter Mauspad-Allergie ausfallen wird, und setze mich an den Mac. Photoshop, eine alte Kopie unseres Raumplans, Scanner, eine Büchse Cola.

Zwei Stunden später lasse ich mich von Frau Bezelmann mit Herrn Fauldobler im Referat 5 verbinden. Der Herr Fauldobler ist zuständig für WAP und kennt mich schon von früher. Daher muss auch Frau Bezelmann die Verbindung herstellen; wenn ich selber nach ihm frage, ist er garantiert 'gerade eben nicht im Büro'.

„Ja, hallo?“ meldet sich der ahnungslose WAP-Bürokrat.

„Ja, grüß Gott, Herr Faultier. Ich rufe an wegen dem WAP-Antrag, den wir gerade für unser Institut laufen haben ...“

„Fauldobler“, unterbricht mich der Selbnamige.

„Mein ich ja, Herr Fauldobler. Ja, also es geht um unseren WAP-Antrag.“

„Haben Sie ...“

„Ja, ich habe Ihren Brief erhalten. Aber ich verstehe nicht ganz, was Sie mit 'raum-kausaler Insuffizienz' meinen?“

Herr Fauldobler erklärt mir schadenfroh, dass der Antrag von dreizehn Indigo Workstations auf zwei gekürzt wurde, weil unser Institut keine dreizehn Arbeitsplätze nachweisen könne.

„Sie haben zwar im Moment genügend Mitarbeiter für den Antrag“, erklärt Herr Fauldobler, „aber wenn Sie nicht nachweisen können, wo die Maschinen aufgestellt werden sollen, geht der Antrag leider nicht durch.“

Die Häme trieft ihm aus allen Wörtern. Fauldobler hat früher in der RkfH gearbeitet, bis er wegen Nervenzusammenbruchs ins Referat 5 versetzt wurde. Ungefähr zur gleichen Zeit gab es einige äußerst komplizierte Reisekostenabrechnungen von mir, die angeblich in irgendeinem kausalen Zusammenhang mit Fauldoblers Schwierigkeiten standen. Offensichtlich hat er dies immer noch nicht ganz verwunden.

„Aha, ja. Jetzt verstehe ich, Herr Faultier …"

„Fauldobler!"

„… Herr Fauldobler, nein wie dumm von mir. Ich sehe gerade, dass ich ja ganz vergessen habe, die neuen Projekträume für das ASPARAGUS-Projekt mit anzugeben."

„ASPARAGUS?!"

„Ja, der neue SFB der DFG, gerade erst genehmigt. Dafür haben wir die bisher nicht genutzten Räume 277, 278, 291 und 293 vorgesehen. Die könnten wir doch dann für den WAP-Antrag nutzen, nicht wahr? Die meisten Mitarbeiter werden sowieso in ASPARAGUS arbeiten …"

Ich höre, wie Fauldobler in seinen Raumplänen wühlt. Er hat sich also schon Kopien gemacht, der Schlawiner, um auf meine Einwände vorbereitet zu sein. Na, warte! 10, 9, 8, 7, 6, 5, 4, 3 ,2 ,1 …

„Aber … aber ich finde gar keine Räume mit diesen Nummern auf meinem Plan …", sagt er.

BINGO!

„Nicht?! Ja, dann haben Sie vielleicht noch die Pläne von VOR dem Krieg. Warten Sie, ich faxe Ihnen die aktuellen Pläne mal gerade hinüber …"

Fünf Minuten später läutet wieder das Telefon. Fauldobler ist geradezu zerknirscht.

„Also, ich weiß nicht, was ich sagen soll. Sie haben

natürlich Recht gehabt. Wenn Sie diese Räume für den WAP nutzen wollen, können wir den Antrag so weiterreichen ...

Seine Stimme klingt enttäuscht. Fast tut er mir leid. Bürokraten zu vera... ist leichter, als der doofen Dogge vom Hausmeister einen Knochen zu klauen.

„Ausgezeichnet", sage ich, „ich bin froh, dass wir alles so schnell klären konnten, Herr Faultier. Auf Wiederhören."

„Fauldobler", murmelt er noch, bevor ich auflege.

Ich bin gespannt, ob Fauldobler jemals auffallen wird, dass die Räume 277, 278, 291 und 293, so wie ich sie in den Plan retuschiert habe, im zweiten Stock frei über der Schelling-straße schweben, über die er jeden Morgen zur U-Bahn geht.

Wahrscheinlich nicht.

Ebenso wenig wie er merken wird, dass es natürlich auch keinen SPARGEL-Sonderforschungsbereich der DFG gibt. Aber Bürokraten können eben nicht alles wissen ...

Woche CB

Es regnet. Es schüttet geradezu. Der Wettermann im Radio ist der Meinung, dass es 'für diese Jahreszeit zu kalt' sei. Der Akku im Rasierapparat ist leer, und ich kann das Kabel zum Aufladen nicht finden. Mein rechter Weisheitszahn ist wieder entzündet und pocht vor sich hin. Im Radio spielt jemand Variationen zu Chopins 'Trauerweide', und als ich den ersten Schluck Kaffee nehme, merke ich, dass ich Zucker mit Salz verwechselt habe.

Es ist so perfekt, dass ich ein Lächeln nicht unterdrücken kann.

Es ist MONTAG, der DREIZEHNTE.

Im Büro schalte ich den PC erst gar nicht ein. Auf meinem Linux häufen sich schon genug Schadensmeldungen. Eine Workstation hat sich um 0:07 Uhr mit Platten-Crash verabschiedet. Das Subnetz im großen Labor ist heute morgen bereits zweimal abgestürzt; wahrscheinlich wieder ein Wackelkontakt im CheapWire. Als ich sehe, dass heute Nacht sämtliche Backups wegen Netzversagens fehlgeschlagen sind, kann ich ein irres Lachen nicht mehr unterdrücken.

Frau Bezelmann, die gerade mit vorgestrecktem Kopf unter der durchsichtigen, triefenden Plastikhaube neugierig in mein offenes Büro linst, weicht erschrocken zurück.

Ich höre, wie sie weiter in Richtung Sekretariat stöckelt und die Türe öffnet. Dann – ein spitzer Schrei, ungefähr im zweigestrichenen D.

Ich sprinte durch den Gang nach vorne, stolpere über einen Karton Kopierpapier, den irgendein Idiot mitten in den Gang gestellt hat, und krache beinahe mit der Nase in den Kopierer. Fluchend schubse ich den Karton zur Seite und humpele weiter in Richtung Sekretariat. Frau Bezelmann steht inmitten eines wüsten Chaos von Papier, Akten, Schreibutensilien und sonstigem Kram und streichelt Nero, der auf ihrer linken Hand sitzt, über den kahlen Kopf.

Ich pfeife anerkennend durch die Zähne.

„Wie ist er denn da 'rausgekommen?" frage ich und hebe den total zertrümmerten Vogelkäfig auf.

„Wer?" faucht Frau Bezelmann und schaut mich giftig an. Zum ersten Mal fällt mir auf, dass ihre gelbe Augenfarbe ziemlich genau mit der des Raben übereinstimmt.

„Nero. Ich hätte nie gedacht, dass ein Rabe so eine Verwüstung anrichten kann ..."

Frau Bezelmann und der Rabe funkeln mich wütend an.

„Das waren Einbrecher", zischt Frau Bezelmann. „Nero hat sie in die Flucht geschlagen."

Sie deutet zum Beweis auf die große Blutlache am Boden. Der Rabe krächzt zustimmend. Jetzt erst bemerke ich, dass sein großer Schnabel mit getrocknetem Blut verkrustet ist.

„Aber …", beginne ich, als Frau Bezelmann sich plötzlich bückt.

„Hier ist der Beweis", verkündet sie triumphierend und hält mir ihren Fund unter die Nase. „Nero ist schon immer zuerst auf die Optik losgegangen. Ein erfahrener Kämpfer."

Ich fühle plötzlich, wie mein Frühstück verzweifelt einen Ausgang aus meinem Magen sucht. Auf der faltigen grauen Handfläche liegt ein schillerndes Glasauge und starrt mich aus großer Pupille an.

Was für ein Pechvogel, denke ich. Ausgerechnet am Montag den Dreizehnten ein Büro knacken, in dem sowieso kein Pfennig zu finden ist. Und dann trifft er auch noch auf diesen Killerraben.

Auf dem Gang ertönt ein erschrockener Aufschrei, gefolgt von einem lauten Scheppern und Krachen. Ich springe zur Türe. Der Chef hängt halb auf dem Kopierer, die Brille verrutscht, und klammert sich an der Bedienungskonsole fest. Der Kopierer reagiert mit massenweisem Ausstoß von weißem Papier.

„Oh … äh … ich muss … äh … muss gestolpert sein …"

Der Chef rappelt sich auf und schaut sich kurzsichtig um.

„Ah, wie dumm von mir … äh … nur ein Karton mit … mit … äh … mit Kopierpapier, ja."

Der Chef schiebt den Karton ordentlich zur Wand und kommt zu uns ins Sekretariat. Als er in der Tür steht und das Chaos erblickt, schnappt er nach Luft. Frau Bezelmann beginnt, aufgeregt von Neros Heldentaten zu berichten.

Währenddessen schiebe ich mich unauffällig an der Wand entlang zur Türe, um zu verschwinden, bevor mir noch irgendwelche Aufräumarbeiten aufgehalst werden können. Als ich zurück zu meinem Büro eile, stolpere ich wieder über etwas. Es ist ein Kopierkarton. Ich schiebe den Karton unter den Kopierer, als mir plötzlich ein Verdacht kommt. Ich gucke unter den Kopierer: nur ein Karton steht da. Seltsam. Ich hätte schwören können, dass ich den gerade vorher erst aus dem Weg geräumt hatte. Zögernd gehe ich weiter.

Als ich um die erste Ecke gebogen bin, bleibe ich nachdenklich stehen. Youngs Gesetz der Autokinese kommt mir in den Sinn:

„Alle unbeseelten Gegenstände können sich soweit selbstständig bewegen, dass sie einem im Weg sind."

Ich gucke vorsichtig um die Ecke. Mitten im Gang steht der Karton mit Kopierpapier.

Na warte, denke ich. Montag der Dreizehnte hin oder her, man muss sich ja nicht alles gefallen lassen!

Ich besorge mir Teppichklebeband aus der Werkstatt und mache mich daran, den widerspenstigen Karton unter dem Kopierer auf den Fußboden zu kleben. Plötzlich merke ich, dass jemand neben mir steht und mir zuguckt. Es ist Marianne.

„Was MACHST du denn da?" fragt sie entgeistert.

„Ich sichere den Karton gegen Diebstahl", sage ich ruhig.

Marianne brütet eine Weile über dieser Auskunft.

„Aber", wendet sie schließlich messerscharf ein, „man kann doch das Papier trotzdem klauen, auch wenn der Karton am Boden festgeklebt ist ..."

„Ich sagte ja auch nicht, dass ich das Papier sichern will, sondern den Karton", erkläre ich und stehe auf. „Es macht ja wohl auch wenig Sinn, das Papier am Boden fest zu kleben, oder?"

Marianne guckt mir verwirrt hinterher, während ich in mein Büro zurücktrotte.

Kleine Geister, denke ich verächtlich. Was wären sie ohne mich?

Woche CC

Heute bin ich zornig und brüte in meinem Büro vor mich hin. Nicht, dass ich grundlos zornig bin, oh nein. Es gibt für alles einen Grund. Der Postmaster vom Rechenzentrum hat entdeckt, dass ich seinen Mailer durch ein Trojanisches Pferd ersetzt habe, um ungestört Usermail lesen zu können. Jetzt komme ich nicht mehr so leicht an die Mails der Studentinnen ran, und außerdem muss ich auch noch befürchten, dass er meinen Spuren bis hierher folgen wird. Dazu kommt noch, dass der Chef wieder ein unsinniges Projekt an Land gezogen hat, das nur Arbeit und wenig Dienstreisen verspricht. Und als absolute Krönung ist mir der Joghurt ausgegangen, mit dem ich bei schönem Wetter die Studenten vor meinem Fenster zu beschießen pflege. Mein Stimmungsbarometer ist auf dem absoluten Tiefstpunkt angelangt.

Nietzsche muss man lesen, wenn man zornig ist; er ist

bestimmt nichts für harmonische Stunden. Aber wenn man so zornig ist wie ich jetzt, liegt er genau richtig. Außerdem bringt er einen auf gute Ideen.

Ich schlage das Buch der Bücher aufs Geratewohl irgendwo im ersten Drittel auf. Den Zarathustra kann man nicht linear lesen; das Buch schreit nach Chaos, also lese ich es nach dem Random-Prinzip.

> *„Der Mensch ist böse" – so sprachen mir zum Troste alle Weisesten.*
> *Ach, wenn es heute nur noch wahr ist!*
> *Denn das Böse ist des Menschen beste Kraft.*
> *„Der Mensch muss besser und böser werden" –*
> *so lehre ich.'*

Ganz in meinem Sinne!

Gerade in diesem Moment läutet das Telefon.

„Ja?" melde ich mich hyperfreundlich.

„Ähm, ja, ich weiß nicht, ob ich bei Ihnen richtig bin, aber ich habe ein Problem ..."

„Aber sicher doch", sage ich beruhigend, „sowas kann nun mal passieren. Haben Sie schon mit dem Kindsvater darüber gesprochen?"

„Häh? Mit dem Kindsvater? Wieso? Ach nein, ich habe ein Problem mit meinem Rechner ...

„Ah, dann sind Sie hier falsch. Das hier ist die Schwangerschaftsberatungsstelle. Warten Sie, ich verbinde Sie mit der Uni-Hotline ..."

Ich drücke auf die Erdtaste und warte zwei Sekunden.

„Uni-Hotline, guten Tag?"

„Ja, äh, hallo. Ich habe ein Problem mit meinem Word."

„Ja?"

„Ja. Also, ich habe jetzt meinen Text eingetippt und

versucht, ihn abzuspeichern, aber irgendwie macht er das nicht ..."

„Verwenden Sie WinWord?"

„Äh, wie bitte? Es tut mir leid, aber der Rechner gehört mir nicht und ich kenne mich nicht besonders gut aus ..."

„Ist das ein Pentium mit Windows?" frage ich mit Engelsgeduld.

„Ja, ich glaube ..."

Bestens. Da war doch irgendetwas mit WinWord in den letzten News. Ich browse schnell durch meine Datenbank. Ah, da ist es ja!

„Wie fängt denn der Text an, den Sie geschrieben haben? Ich meine, wie lautet das erste Wort?"

„Das erste Wort? Ja, also die Überschrift lautet: 'Diplomarbeit im Fach ..."

BESTENS.

„Ah, ja. Ich glaube, ich weiß, wo das Problem liegt. Ich habe hier eine Meldung vorliegen, dass WinWord in ganz seltenen Fällen auf Pentium nicht mehr speichert, wenn das erste Wort nicht mit 'Realität' anfängt."

„WIE BITTE?"

„Ja, spaßig nicht wahr? Es hat wohl irgendetwas mit dem intermodulierten Super-Cache zu tun, den WinWord zum effizienteren Crossword-Checking im Lingo-Mode ver- wendet."

„Aha ..."

DUMMY MODE ON

„... und was soll ich jetzt tun?"

„Ganz einfach: Geben Sie vor der Überschrift noch das Wort 'Realität' ein und versuchen Sie erstmal die Rechtschreibkontrolle. Dazu müssen Sie die kleine Lupe in der Kopfleiste anklicken."

tippiditippiditippklack ... 4 Sekunden Stille.

„Aber ... aber jetzt ist der Schirm plötzlich dunkel geworden, und der Rechner macht komische Geräusche, und es kommt so eine komische Meldung 'AMIBIOS' ...“

„Das ist ganz normal“, sage ich, „das macht WinWord immer, wenn es automatisch abspeichert. Sie haben von ihrem Text doch hoffentlich Sicherungskopien gemacht?“

„Äh, von dem noch nicht. Den habe ich ja gerade erst eingetippt. Aber die anderen Kapitel, die habe ich auf Diskette ...“

„Auf Ihrem Schirm müßte doch jetzt ganz unten 'C:>' stehen, nicht wahr?“

„Ja ...“

„Das bedeutet, dass WinWord Ihnen nun Gelegenheit gibt, Ihre Disketten aufzufrischen. Sie wissen doch, dass Disketten nur eine begrenzte Haltbarkeit haben, oder?“

„NEIN?!“

„Doch, doch. Wenn Sie Pech haben, ist plötzlich nichts mehr lesbar. Sie müssen die Disketten regelmäßig auffrischen, im Computer-Slang heißt das 'Formatieren'. Dazu dient dieser schwarze Schirm, den Sie jetzt sehen. Legen Sie die Diskette ein und tippen sie 'format a:' ein. Dann drücken Sie immer 'Return'.“

„Ähm ... ok.“

„Frischen Sie regelmäßig Ihre Disketten auf; das ist genauso wichtig wie das Sichern selbst.“

„Ok, danke vielmals.“

„Keine Ursache. Wir müssen uns alle helfen, nicht wahr?“

Nachdem ich aufgelegt habe, geht es mir etwas besser. Etwa zwanzig Prozent meines Zorns sind abgebaut. Ich warte ein Weilchen, aber das Telefon läutet nicht wieder. Also fahre ich die Schutzschilde aus und greife wieder zu meinem Zarathustra.

*'Was von Weibsart ist, was von Knechtsart stammt
und sonderlich der Pöbel-Mischmasch:
das will nun Herr werden alles Menschen-Schicksals –
o Ekel! Ekel! Ekel!'*

Ich runzele die Stirne. Vielleicht sollte ich mir wirklich
von Frau Bezelmann nicht dauernd auf der Nase
herumtanzen lassen? Und der 'Pöbel-Mischmasch', das
können nur die Studenten sein! Ich werde in der nächsten
Zwischenprüfung mal andere Töne anschlagen, ha!
Ich schlage das Buch weiter vorne auf.

*'Und wer ein Schöpfer sein muss im Guten und Bösen:
wahrlich, der muss ein Vernichter erst sein und Werte
zerbrechen.'*

Apropos zerbrechen. Ich gehe in die Werkstatt und borge
mir eine Metallsäge. Damit bewaffnet gehe ich in den
verwaisten Biergarten und säge in aller Ruhe ein paar
Stuhlbeine an. Der Hausmeister hat nämlich dummerweise
bemerkt, dass ich vor ein paar Wochen die Schrauben an den
Biertischbänken gelöst hatte, und sie wieder angezogen.

*'Wer ein Schöpfer (von köstlichen Situationen)
sein muss im Guten und Bösen:
wahrlich, der muss erst ein Vernichter sein
und Bänke sägen.'*

Woche CD

Ich sitze in meinem Büro und grüble über den Sinn meines Daseins als BAfH nach.

Nicht, dass das ein ungelöstes Problem darstellen würde. Oh, nein! Hier steht es schwarz auf weiß im 'Kompendium für den Feldeinsatz als Bastard X', Kapitel I: 'Allgemeines', Unterpunkt 3: 'Sinn des Daseins als Bastard X from Hell', Absatz 2:

'Der hauptsächliche Daseinszweck des Bastards X ist es, den in der Schöpfung bedauerlicherweise allenthalben vorhandenen Asymmetrien von Gut und Böse geeignet entgegenzuwirken.'

So steht es hier, und ich sitze und grüble darüber. Weiter hinten im Kompendium wird das mit den Asymmetrien anhand von Beispielen noch etwas erläutert:
Das Verhältnis von Sonnen- zu Regentagen; Materie, aber praktisch keine Antimaterie; die Form Afrikas; das Verhältnis

von leuchtender Masse zu dunkler Masse im Universum; Rechts- und Linksverkehr; die Bewegung der Planeten um die Sonne; der Blinddarm und die Milz; Gehälter von Professoren und von Assistenten – alles Pfuschereien in der Schöpfung.

Wenn man auf unsereins gehört hätte – aber das war damals auch schon nicht anders als heute: Wer hört schon auf die Vernünftigen, frage ich Sie – wenn man also damals auf unsereins gehört hätte, dann wäre jetzt die Schöpfung um einiges symmetrischer angelegt.

Weg mit den schwachen und starken Kernkräften, die nur die ganze Physik versauen. Gravitationswellen, Quantenmechanik, du lieber Himmel! Alles völlig überflüssig, wenn man sich anfangs nur mehr Gedanken gemacht hätte!

Und dann gäbe es jetzt eben auch ein vernünftiges Verhältnis von Guten und Bösen. Schön symmetrisch, verstehen Sie?

Aber nein! Es muss ja alles huschhusch in sieben Tagen erledigt sein, nicht wahr? Damit es später dann im Buch der Bücher wie eine besonders titanische Leistung dargestellt werden kann! Pfusch! Unsereins hat das schon damals gewusst, aber was hilfts? Jetzt müssen wir schauen, wie wir damit fertig werden. In der Physik, da kann man nicht mehr viel machen. Ist gelaufen! Hoffnungslos! Oder können Sie uns vielleicht einen Tipp geben, wo wir die ganzen überflüssigen Neutrinos hinpacken sollen? Na bitte!

Bleibt also noch die Moral, der Charakter. Das war auch so ein gefühlsduseliger Unsinn. Lauter nette Leute sollten es werden, und was dann? Wie soll das enden! Haben Sie schon mal einen Verein zufriedener Kleingärtnerverbandsmitglieder gesehen, die was vorangebracht haben?

Die Unzufriedenen sinds, die was bewegen! Oder glauben

Sie vielleicht, die Spülmaschine wurde von einem erfunden, der voll und ganz mit seinem Weltbild zufrieden war?

Aber gemerkt haben die sauberen Herrschaften aus den oberen Etagen das erst, nachdem die Neandertaler einige zehntausend Jahre zufrieden in ihren kalten Höhlen gesessen und an ungekochten Jamswurzeln genagt hatten – und immer noch keinerlei Anstalten gemacht hatten, auch nur ansatzweise etwas so Fortschrittliches wie eine Spülmaschine anzugehen.

Also wurde unsereins zähneknirschend beauftragt, ein wenig Schwung in die Sache zu bringen. Stellen Sie sich das bloß nicht so leicht vor! Denn jetzt kommt wieder die Asymmetrie ins Spiel: das Verhältnis von guten zu bösen Menschen ist selbst nach Jahrtausenden immer noch katastrophal. Folglich müssen ich und alle meine Kollegen, die Bastard Secretaries, die Bastard Bürohengsts, die Bastard Operators, und wie sie alle heißen, wir alle müssen für zwölf schuften, um das Ungleichgewicht auch nur einigermaßen in den Griff zu bekommen.

Wie gesagt: Glauben Sie ja nicht, dass das eine leichte Aufgabe ist! Gut zu sein ist einfach. Das Prinzip Neandertaler funktioniert auch heute noch prima: Lasst uns einfach die Hände in den Schoß legen und vergesst bloß die Spülmaschine, dann wird schon alles gut!

Schlecht zu sein dagegen erfordert Phantasie, ständige Wachsamkeit, Flexibilität, ...

Das Telefon klingelt.

Das bedeutet, dass der bescheuerte Techniker schon wieder die Original-Software in unsere ISDN-Anlage eingespielt hat. Meine Version der Software leitete nämlich zur Zeit alle Anrufe, die an meine Nebenstellennummer gerichtet sind, an eine einschlägig bekannte Nummer auf den Philippinen weiter.

Ich hebe ab.

„Ja?"

„Hallo, spreche ich mit Herrn Leisch?" sagt sie am anderen Ende.

„Ja", sage ich.

„Mein Name ist Hinterhuber von der Agentur Weissois in München. Wir machen eine repräsentative Telefonumfrage zur Ermittlung von Einschaltquoten. Wären Sie bereit, mir einige Fragen zu beantworten?"

„Ja", sage ich, genau mit den drei Sekunden Verzögerung, die Frauen wahnsinnig machen können.

„Äh, gut. Zunächst ..."

„Wie halten Sie das eigentlich mit dem Datenschutz?" unterbreche ich sie.

„Datenschutz?"

„Ja. Ich möchte wissen, wie Sie dafür sorgen, dass mein Name nicht nach Ihrer Befragung in allen möglichen Adressdateien landet."

„Nun, äh ... unsere Befragungen sind natürlich immer anonym", sagt sie.

„Dann möchte ich mal wissen, woher Sie meinen Namen kennen", sage ich. Das bringt sie etwas aus der Fassung.

„Natürlich kenne ich Ihren Namen. Ich hab Sie ja gerade angerufen."

„Eben", sage ich, „folglich bin ich für Sie bereits nicht mehr anonym."

„Aber ... aber ich vergesse das doch gleich wieder ... ich wollte sagen, Ihr Name wird doch nirgends festgehalten ..."

„Sie wollen also damit sagen, Sie haben mich einfach blind aus dem Telefonbuch herausgepickt, ohne dass mein Name und meine Telefonnummer irgendwo notiert worden wären?"

„N ... nein. Ich habe schon eine Liste", gibt sie zögernd zu. „Schließlich sollen die Befragten ja repräsentativ sein ..."

„Na, bitte!"

„Aber mit der Telefonnummer kann man doch noch nicht viel anfangen", versucht sie sich bei mir wieder einzuschmeicheln.

„Dann geben Sie mir mal Ihre", antworte ich unbeeindruckt und schiebe die D1 ins CD-Rom-Laufwerk.

„Wie bitte?"

„Geben Sie mir Ihre Telefonnummer. Wenn man damit nichts anfangen kann, können Sie mir doch bedenkenlos Ihre Privatnummer geben, oder?"

Jetzt ist sie in der Zwickmühle. Einerseits würde sie jetzt lieber abbrechen, andererseits ...

„Na gut", sagt sie. „6745987."

<klickediklackedi – zuuupf>

„Hm. Aha, Roswita, kein schlechter Name. Auch keine schlechte Wohngegend. Grünwald, Ludwig-Thoma-Straße 45. Tststst. Können Sie sich das vom Gehalt einer Telefoniererin leisten? Ah, wahrscheinlich wohnen Sie noch bei den Eltern. Hier ist ja noch ein Hermann Hinterhuber eingetragen, soso, Industrieller. Dass die Leute sich das heute noch trauen ..."

Sie schnappt hörbar nach Luft, aber sie fängt sich auch schnell wieder:

„Also gut! Es gibt keinen absoluten Datenschutz. Wollen Sie das hören? Sie müssen uns halt vertrauen, dass wir Ihre Daten nur anonym weitergeben, oder Sie machen die Befragung halt nicht mit; das ist ja ihr gutes Recht."

„Hm. Ok, ich mach trotzdem mit", sage ich.

Sie atmet auf.

„Also, zunächst ein paar allgemeine Fragen: wie oft sehen Sie eine Nachrichtensendung, eine Sportsendung oder eine

Talkshow? Es gibt dazu vier Kategorien: täglich, mehrmals im Monat, einmal im Monat, weniger als einmal im Monat ."

„Hm ... also lassen Sie mich mal nachdenken. Nachrichtensendung, tja ... ich würde sagen ... wie waren nochmal die Kategorien?"

Sie betet sie mir noch einmal vor. Die Geduld mancher Leute ist wirklich erstaunlich.

„Aha. Ja, also Krimis sehe ich eigentlich ..."

„Krimis waren gar nicht gefragt."

„Oh ... äh, was war nochmal gefragt?"

„Nachrichtensendungen ..."

„Richtig. Die beiden verwechsele ich immer. Also Nachrichtensendungen ... Nachrichtensendungen ... also ehrlich gesagt, ich kann mich an keine erinnern. Sagen wir also mal: weniger als eine im Monat."

„Sind Sie sicher?" kommt es durch die Leitung.

„Absolut", antworte ich, „und Sport und Talkshows habe ich noch nie gesehen."

Frau Hinterhuber muss das erstmal verdauen. Dann sagt sie:

„Na schön. Dann können wir einige Fragen gleich überspringen. Jetzt müßte ich wissen, wie viele Personen in Ihrem Haushalt leben und wieviele Fernseher in Ihrem Haushalt leben ... Sie in Ihrem Haushalt haben, meine ich natürlich."

„1 und 0", sage ich.

„Wie bitte?"

„1 Person und 0 Fernseher", erläutere ich genüsslich. Das ist wie ein weißer australischer Burgunder bei 12 Grad auf der Zunge.

Frau Roswita Hinterhuber keucht hörbar ins Telefon.

„Sie haben überhaupt keinen Fernseher?!"

„Nein."

„Warum haben Sie das nicht gleich gesagt?!!"

„Sie haben mich ja nicht gefragt. Äh … gehört das jetzt immer noch zu Ihrer Umfrage?"

Als Antwort bekomme ich nur noch ein hartes Klicken.

Gut. Wo war ich stehengeblieben? Ach ja, also unsere Tätigkeit erfordert Phantasie, ständige Wachsamkeit, Flexibilität, …

Woche CE

Plimmelplumplimplum – plumplum.
(männliche Stimme, markig, besorgt):
„Sie kaufen ernährungsbewusst ein und wollen nur das Beste für Ihre Familie?"

(weibliche Stimme, überrascht):
„Aber ja."

(männliche Stimme, noch besorgter):
„Sie wissen, dass Schweinefleisch hormonverseucht ist und dass Rindfleisch möglicherweise BSE überträgt. Dass Hühnerhaltung Tierquälerei ist und Wild seit Tschernobyl überhaupt nicht mehr in Frage kommt. Also kaufen Sie jetzt nur noch australisches Emu-Fleisch?"

(weibliche Stimme, unsicher geworden):
„Richtig."

(männliche Stimme, noch markiger, fast drohend):
„Aber denken Sie auch an Ihre Schuhe!?"

(weibliche Stimme, fassungslos, hilflos):
  „Meine Schuhe?"
(erste Stimme aus dem OFF):
  *„Was alle deutschen Hausfrauen wissen sollten: Bisher ist es
  der Wissenschaft nicht gelungen zu beweisen, dass BSE nicht
  auch durch das Tragen von Rindslederschuhen auf den
  Menschen übertragen werden kann, wenn das Leder von
  befallenen Rindern stammt. Schützen Sie sich und Ihre
  Familie mit den neuen BSE-Socks.*
  *BSE-Socks verhindern zuverlässig die Übertragung jeglicher
  Erreger vom Schuhleder auf das Hautgewebe des Trägers.
  BSE-Socks sind in allen Größen und vielen modischen
  Farben in allen Apotheken erhältlich.*
  *Also, gehen Sie kein Risiko ein! Besorgen Sie sich noch heute
  die neuen BSE-Socks – natürlich aus dem Hause London-
  BAfH!"*
(zweite Stimme aus dem OFF):
  *„Zu Risiken und Nebenwirkungen fragen Sie Ihren Arzt
  oder Ihren Schuster."*

Plimmelplumplimplum – plumplum.

(ohrenbetäubendes Kindergeschrei)
(Geschrei um 20 dB leiser, liebevolle weibliche Stimme aus
dem OFF):
  *„Kindergeburtstagsparty. Das kann schon an den Nerven
  zerren …"*
(Telefonklingeln und schimpfende Stimme in Telefon-
bandbreite)
  „… und an den Nerven der Nachbarn."
(ohrenbetäubendes Kindergeschrei wieder 20 dB lauter)
(schreiende weibliche Stimme aus dem OFF):
  „Wenn ich den Lärm nicht mehr ertragen kann, dann nehme

ich einfach den neuen Pädosilencer von BAfH!"

(platzendes Geräusch, wie wenn eine reife Wassermelone aus 4 Meter Höhe auf Stahlbeton fällt, ohrenbetäubendes Kindergeschrei schwillt nochmal um 20 dB bis zur Schmerzgrenze an und verstummt dann schlagartig)

(Zerreißendes Papier, Schmatzen und Schnaufen)
(männliche Stimme aus dem OFF):

„Der neue Pädosilencer von BAfH ist immer zur Hand, wenn Ihre Nerven nicht mehr mitspielen. Er enthält genügend klebrige und mundfüllende Süßigkeiten für Gruppen bis zu 10 Kleinkindern und kann aus sicherer Entfernung geworfen werden. Der Inhalt wurde von namhaften Lebensmittelchemikern zusammengestellt. Wir garantieren mindestens elfeinhalb Minuten relative Stille nach Abwurf des Pädosilencers. Sie können ohne Bedenken bis zu 10 Pädosilencer pro Tag abwerfen.
Besorgen Sie sich den neuen Pädosilencer, Ihren Nerven zuliebe."

(anderer männlicher OFF):

Unverbindliche Preisempfehlung nur 19 Mark 99 oder im preisgünstigen Sechserpack für nur 149 Mark 99

Plimmelplumplimplum – plumplum.

„Ich bin zu Hause, Liebling. Was gibt es denn heute?"
(männliche Stimme, erst im Hintergrund,
dann in den Vordergrund kommend)

„Oh, nein. Liebling. Schon wieder Mikrowelle?"
(weibliche stark aspirierte Stimme aus dem OFF):

„Er weiß noch nicht, dass ich die neue MikroMod von BAfH verwende.
Was für ein Unterschied zur normalen, unmodulierten Mikrowelle!

Hmm, dieser Duft.
Und in der mitgelieferten Broschüre finden Sie zu jedem
Gericht die passende Musikempfehlung. Einfach den
Walkman oder die Stereoanlage an die neue MikroMod von
BAfH anschließen und schon können Sie Ihre gewohnten
Gerichte mit MUSIKMODULIERTER MIKROWELLE
zubereiten.
Sie werden staunen, was das für ein Unterschied ist!"

(männliche Stimme, resigniert, genervt):
„Und? Was gibt es heute wieder. Wiener Schnitzel.
Hmm, aber das duftet ja … das duftet ja wie frisch
zubereitet, Liebling.
Das schmeckt ja, also einfach phantastisch!
Aber ich habe doch gesehen, es kam aus der Mikrowelle … "
(weibliche Stimme, überlegen):
„Ja, aber mit Mozarts kleiner Nachtmusik modulierter
Mikrowelle, mit der neuen MikroMod von BAfH. "
(männliche Stimme, schmachtend):
„Liebling!"
(weibliche Stimme, zurückschmachtend):
„Schatzi?!"
(männliche Stimme aus dem OFF):
„Überraschen auch Sie Ihren Mann mit musikmodulierten
Mikrowelle-Gerichten. Neu, von BAfH. "

Plimmelplumplimplum – plumplum.

(Deutliche schnelle Schritte auf knarzendem Boden)
(verhaltene männliche markante Stimme aus dem OFF):
„In jedem Haushalt stehen wertvolle Dinge einfach so auf
dem Fußboden. Wie leicht kann eine kleine Unachtsamkeit
ziemlich teuer werden. "

Bastard Assistant from Hell

(Lautes Klirren, wie wenn eine chinesische Vase aus der Mao-Zeit am Boden zerschellt, und ein entsetzter Schreckensruf im Hintergrund)

(hellere männliche Stimme aus dem OFF, gleichzeitig wieder die Schritte im Hintergrund):

> *„Beugen Sie dem vor! Besorgen Sie sich rechtzeitig den altbewährten StoStei aus Zentralalpengranit.*
> *Der traditionelle, formschöne und praktisch unzerstörbare StoStei der alteingesessenen Firma BAfH in Bozen wird einfach irgendwo in der Wohnung oder im Haus platziert. Wir garantieren absolut zerstörungsfreies Stolpern über den StoStei. Andere, wertvollere Gegenstände Ihres Haushalts bleiben dadurch verschont, denn der StoStei zieht aufgrund seiner einzigartigen Form alle Stolperer automatisch auf sich. Den StoStei gibt es mit einer Werksgarantie von 403 Jahren in allen guten Fachgeschäften.*
> *Besorgen Sie sich den StoStei noch heute, damit es auch bei Ihnen eines Tages heißt:"*

(Schritte enden in dumpfem Rumpeln und ein schwacher Ruf des Erstaunens, weibliche erleichterte Stimme):

> *„Ach, so ein Glück, Liebling! Es war nur der StoStei!"*

Plimmelplumplimplum – plumplum.

(Lallendes Kleinkind im Vordergrund, Stimme des Vaters im Hintergrund).

> *„Lallalllallallallallallallallallu!"*
> *„Corinna. Bitte geh nicht an die Stereoanlage."*
> *„Ollollollollillillillillololollo!"*
> *„Corinna! Was habe ich gerade gesagt. Du sollst nicht an die … "*

(KRACKS! Das Geräusch, das entsteht, wenn ein Kleinkind

das Kassettenfach eines 3000 Mark-Kassettenrecorders herausreißt.)

„Uuuuuuäääääähhhhh!"

„Corinna!!! Was habe ich dir gerade ..."

(Das Geschimpfe des Vaters untermalt mit Kleinkindersirene langsam in den Hintergrund)

(weibliche Stimme aus dem OFF):

„Wollen Sie es wirklich soweit kommen lassen? Soll auch ihr kleiner Schatz durch böse Worte und Verbote in seiner freien Entwicklung beeinträchtigt werden? Nutzen Sie lieber das Angebot der Spezialisten bei der Firma BAfH.
Wir sind seit zwanzig Jahren auf kleinkindersichere Attrappen der modernen Unterhaltungselektronik spezialisiert. Bei uns bekommen Sie nicht nur Kassettenrekorder und Discplayer mit echten beweglichen Klappen und Reglern; nein, auch Videorekorder mit wunderbaren Einsteckschlitzen, in die Ihr kleiner Liebling alle seine winzigen Schätze stecken kann, ohne dass gleich der Haussegen schief hängt."

(glückliches Kleinkindergekrähe im Hintergrund, die fröhliche Stimme des Vaters):

„Haddu widda deine Keksi in den Video gesteckt?
Eiteitei, was bist du für ein süßer kleiner Fratz, Corinna."

(Stimme aus dem OFF):

„Warten Sie nicht länger. Legen Sie dem Entwicklungsdrang Ihres kleinen Lieblings keine Steine in den Weg. Rufen Sie uns an oder kommen Sie vorbei; wir beraten Sie individuell und kompetent.

Plimmelplumplimplum – plumplum.

(Schritte auf Asphalt, plötzlich ein schmatzendes Geräusch

Bastard Assistant from Hell

und ein unterdrückter Fluch, langsame tiefe Stimme eines Afroamerikaners aus dem OFF):

> *„Das kann dem besten Fußgänger passieren:*
> *klumpiger, klebriger Hundekot an den Schuhen.*
> *Schützen Sie sich davor mit dem neuen ShitDetect von*
> *BAfH!*
> *Der kleine, unauffällige Sensor wird an der Schuhspitze*
> *angesteckt und warnt Sie zuverlässig mit lautem Pfeifton vor*
> *jeder Ansammlung von Hundekot, der sich in der*
> *extrapolierten Bewegungsrichtung Ihres Fußes befinden sollte.*
> *Nutzen Sie die neueste NASA-Technologie, um sich*
> *peinliche Situationen zu ersparen!*
> *ShitDetect – aus den USA.*

Plimmelplumplimplum – plumplum.

(Türenklappen, Jungenstimme, ca. 13 Jahre alt, Stimme der Mutter):

> *„Hi Mom, ich bin daha!"*
> *„Liebling, denk bitte daran, die Schuhe auszuziehen –*
> *Oh, mein Gott! Liebling, deine Turnschuhe!"*
> *„Aber Mom! Turnschuhe sind einfach cool!*
> *Alle tragen Turnschuhe!"*
> *„Ja, Liebling.*
> *Aber der Geruch!"*

(Männliche Stimme aus dem OFF):

> *„SCHWEISSGERUCH! Nicht alle Menschen ertragen*
> *lächelnd den Duft, den die vor sich hinschweißelnden*
> *Turnschuhe unserer jungen Generation verströmen. Auch*
> *desodorierende Fußpuder oder Strümpfe helfen da nicht mehr!*
> *ABER JETZT GIBT ES DIE NEUEN TURNSCHUHE*
> *VON BAfH!*
> *In jedem Absatz dieser revolutionär neuen Sportschuhe*

befindet sich ein Container mit desodorierender Flüssigkeit
und eine automatische Pumpe.
Bei jedem Schritt wird automatisch über ein feines
Kapillarnetz im Inneren des Sportschuhs eine winzige Menge
des Deodorants über den ganzen Fuß verteilt. Die Folge:
keine Ohnmachtsanfälle mehr beim Abstreifen der Schuhe,
angenehmer Fichtennadelduft verbreitet sich, wenn Ihr
Sprössling nach Hause kommt.
BESORGEN SIE SICH NOCH HEUTE DIE NEUEN
SPORTSCHUHE VON BAfH, BEVOR ES ZU SPÄT IST!
Nur in gut sortierten Fachgeschäften und nur solange Vorrat
reicht.“

Plimmelplumplimplum – plumplum.

(Aufschließen und Öffnen eines Briefkastens,
gemurmelte wütende Stimme):
> *„Schon wieder alles voll mit Werbung!“*

(Briefkasten wieder zu, männliche Stimme aus dem OFF):
> *„Geht Ihnen das auch täglich so? Der ganze Briefkasten*
> *angefüllt mit Werbung, die Sie gar nicht haben wollen? Und*
> *Ihr Hinweisschild 'Bitte keine Werbung einwerfen!' beachtet*
> *natürlich niemand?“*

(weibliche Stimme aus dem OFF):
> *„Verzweifeln Sie nicht! Jetzt gibt es eine Lösung für dieses*
> *Problem!“*

(Fanfare)
> *„NEU AUS DEN USA: MailProtector.*
> *Die ultimative Lösung gegen unliebsame*
> *Wurfpostsendungen.“*

(männliche Stimme):
> *„Der MailProtector ist genauso einfach zu installieren wie ein*
> *normaler Briefkasten. Oberflächlich sieht er auch genauso aus.*

*Aber sobald sich eine Wurfpostsendung dem Einwurfschlitz
nähert, macht der MailProtector die Schotten dicht. "*
(metallisches Klirren und Schnappen)

*„Wie ein unbezwingbarer stählerner Kiefer schließt der
MailProtector blitzschnell seine Einwurfklappe. Bereits
eingeführte Teile der Wurfpost werden abgetrennt und
gesondert entsorgt; ebenso etwaige abgetrennte Fingerspitzen.
Daher auch keinerlei Geruchsbelästigung im Hausflur. Sie
erhalten nur die Post, die Sie auch wirklich wollen. "*
(weibliche Stimme, begeistert):

*„Ihre Nachbarn werden Sie beneiden. Besorgen Sie sich den
neuen MailProtector! Nur im Importhandel, nur bei BAfH,
78657Pforzheim!"*

Plumplum.

Woche CF

M it geschlossenen Augen taste ich nach dem heulenden Wecker, der sich irgendwie unter dem Laken versteckt hat, und würge ihn ab.

Noch fünf Minuten, nur noch fünf Minuten ...

Ok, noch bis halb, dann stehe ich wirklich auf ...

Naja, jetzt hab ich die Nachrichten eh schon verpasst, also bleibe ich noch bis Viertel vor liegen.

Schließlich raffe ich mich mit unmenschlicher Willensanstrengung auf und taste mich blind ins Badezimmer. Vor dem Spiegel zwänge ich das erste Mal die verklebten Augenlider auseinander. Als ich das vom Schlaf verquollene Gesicht mit den dunklen Ringen unter den Augen, die schlaff herunterhängenden, zerdetschten schwarzen Haare und die bleiche, ungesunde Haut erblicke, kommt mir das erste Mal das unangenehme Gefühl, dass hier irgendetwas nicht stimmt.

Ich überlege angestrengt. Habe ich gestern wieder etwas angestellt, was ich wissen sollte, bevor ich im Büro auftauche? Ich kann mich nicht erinnern.

Das unangenehme Gefühl bleibt, während ich kritisch die Fältchen um die Augen herum inspiziere und einen Mitesser von meinem Kinn entferne.

Komisch. Naja, erstmal eine Dusche, dann sieht die Welt schon ganz anders aus. Gerade als ich die Proteinspülung im Haar habe, bleibt das warme Wasser plötzlich weg. Auf der Packung steht extra, dass man das Zeug nicht zu lange einwirken lassen soll, wenn man keinen Kahlkopf riskieren will, also spüle ich mir sinnlos vor mich hin fluchend mit eiskaltem Wasser die Haare aus. In Gedanken lasse ich den Hausmeister in der tiefsten Ebene auf kleiner Flamme schmoren.

Beim Abtrocknen betrachte ich kritisch die ersten Stellen von Orangenhaut hinten an den Oberschenkeln. Die Oberarme haben auch keine rechte Form mehr, und außerdem bin ich zu fett. Ich stelle mich seitwärts vor den Spiegel und ziehe den Bauch ein. Entsetzlich. Diesen Sommer werde ich mich auf Badeanzüge beschränken müssen.

Der Busen und die Beine gehen ja noch. Haarentferner muss ich auch mal wieder besorgen.

Wieder beschleicht mich das seltsame Gefühl, dass irgendetwas anders ist als sonst. So wie … wenn etwas fehlen würde.

So, jetzt aber hopp; ich habe schon wieder viel zu viel Zeit vor dem Spiegel verbracht. Haare fönen, Gesicht reinigen, Zähne putzen, Tagescreme …

Sch … ! Die Tagescreme ist alle und der Nachschub ist im Keller verstaut. Ich kann unmöglich in dem Aufzug in den Keller gehen. Also kratze ich die letzten Moleküle aus dem Töpfchen.

Dann stehe ich vor dem offenen Schrank, und es kommt die tägliche Verzweiflung: Einfach nichts zum Anziehen da. Das lila Kostüm habe ich vorgestern erst angehabt, das graue gestern, zur weißen Hose habe ich keine passenden Schuhe. Unmöglich. Die braune bestickte Weste mit der weißen Bluse darunter? Und dann? Der weiße Rock ist in der Wäsche. Die mexikanische Jacke? Irgendwie zu kakelig ... Vielleicht ein Sommerkleid? Aber dazu ist es noch zu kalt. Ich wühle in meinen Sachen, und mir ist zum Heulen zumute.

Plötzlich muss ich innehalten. Irgendwie ist mir so, als ob ich heute nacht geträumt hätte, dass ... Ach, Quatsch! Ich hab jetzt andere Probleme.

Ich entscheide mich doch für die weiße Bluse und die beige Weste aus Paris. Dazu einfach eine Designer-Jeans, und damit basta.

Wieder im Bad. Himmel, schon gleich 9. Und ich hab noch nicht mal gefrühstückt. Also jetzt schnell: ein wenig Make-Up, ja nicht zuviel, Rouge, Augenbrauen nachziehen, Eyeliner ... Verdammter Mist! Wieso kleckst der blöde Eyeliner plötzlich? Das hat er doch noch nie ... Und mitten auf die weiße Bluse! Natürlich!

Wieder zum Schrank und nach was anderem Weißen gesucht. Da muss doch irgendwo noch eine kurzärmelige Bluse ... Ich kann sie nicht finden. Wütend zerre ich an den Kleiderbügeln, und plötzlich bricht die schon lange überlastete Stange mit genüsslichem Knacken. Alle aufgehängten Kleidungsstücke ergießen sich in einen chaotischen Haufen auf dem Schrankboden. Ausgerechnet jetzt!

Ich nehme eine dunkle Bluse, obwohl sich die mit der Hose nicht verträgt, und knalle wütend die Schranktüre zu. Sie springt sofort wieder auf, aber das ist mir inzwischen auch schon egal.

Wieder zurück ins Bad. Bloß nicht auf die Uhr schauen. Schnell noch die Haare. Für eine gescheite Frisur bleibt heute eh keine Zeit mehr. Ich stecke mir nur die Haare hoch. Aber es fehlen zwei Haarspangen. Ich bin mir ganz sicher, dass ich die gestern hier in das kleine Tonkrügelchen gesteckt habe. Und wo sind die verd... Dinger jetzt?

Jetzt bloß nicht heulen, sonst verschmiert der frische Eyeliner wieder. Völlig mit den Nerven fertig verlasse ich das Badezimmer und betrachte mich im Spiegel auf dem Flur. Ich schaue entsetzlich aus! Irgendwie war das in meinem Traum alles ganz anders gewesen, aber ... egal, es ist sowieso schon zu spät.

Für ein Frühstück bleibt mir keine Zeit mehr, nicht mal eine Tasse Kaffee gönne ich mir. Ich schlüpfe in den Mantel und raus. Als die Tür hinter mir ins Schloss fällt, merke ich, dass etwas Entscheidendes fehlt. Richtig, die Schuhe. Ich stehe mit Nylons auf dem kalten Steinfußboden des Flurs. Wo zum Teufel sind die Wohnungsschlüssel. Dann fällt mir ein, dass ich die gerade noch bei der Stereoanlage habe liegen sehen.

Ich lehne mich an die unerbittlich geschlossene Wohnungstüre, schließe die Augen und zähle langsam bis Zehn. Dann stürze ich auf Socken in den Keller; der ist zum Glück nie abgeschlossen, weil niemand etwas Wertvolles darin aufbewahrt. In einer Ecke meines Kellerverschlags finde ich, was ich suche: die alten Schuhe, die ich eigentlich schon längst für die Altkleidersammlung aussortiert hatte. Ich nehme ein Paar Pumps, die noch nicht gar so abgenutzt aussehen, und renne zum Auto.

Draußen ist Nieselregen, und ich habe meinen Schirm nicht dabei. Das Auto springt wieder mal nicht an. Hätte ich bloß endlich die Batterie auswechseln lassen. Schon das letzte Mal, bei der Inspektion, hat der Mechaniker gesagt ... egal.

Keine Zeit, jetzt einen freundlichen Fahrer zu finden, der mir Starthilfe gibt. Zur U-Bahn also. Der Nieselregen sorgt auf dem kurzen Stück bis zum U-Bahn-Schacht dafür, dass meine sowieso misslungene Frisur vollends dahin ist.

Die U-Bahn kommt gerade, als ich auf den Bahnsteig laufe. Sehr gut. Erst als die Türen sich schmatzend hinter mir schließen, fällt mir auf, dass die U-Bahn in die falsche Richtung fährt und ich kein Ticket gelöst habe.

Wenigstens bleibt es mir erspart, auch noch Strafe zu zahlen; kein Kontrolleur weit und breit. An der nächsten Station steige ich aus, kaufe mir ein Ticket und steige in die andere Richtung wieder ein. Während der Fahrt zur Uni fällt mir siedend heiß ein, dass ich vielleicht den Lockenstab nicht ausgeschaltet habe. Zurückfahren? Kommt nicht in Frage! Dann brennt halt die Bude ab!

An der Haltestelle Universität bleibe ich beim Aussteigen mit den alten Pumps im Schlitz vor den Schiebetüren hängen, und der Absatz geht ab wie Butter.

WAS ZUVIEL IST, IST ZUVIEL!

Ich sehe nur noch rot, packe den nächstbesten Passanten bei den Mantelaufschlägen und schreie ihm ins Gesicht:

„WARUM – GEHT – BEI – MIR – HEUTE – ALLES – SCHIEF!!!"

Dabei knalle ich seinen Hinterkopf im Takt der Worte an die U-Bahntüre.

Plötzlich schrecke ich hoch. Ich bin in meinem Büro, der Hals ist steif und verrenkt, weil ich den Kopf auf die Arme gebettet geschlafen habe. Draußen, vor der angelehnten Türe, höre ich Mariannes durchdringende Stimme, wie sie mit Frau Bezelmann redet:

„... glauben gar nicht, wie leicht so ein blöder Absatz einfach abgeht. Und ich stand da, mitten in der Fußgängerzone und keinen Absatz mehr und hätte eigentlich schon vor einer halben Stunde dort sein sollen. Mannomann. Haben Sie schon mal versucht, in Pumps ohne Absatz zu laufen? Ganz schöne Qual, kann ich Ihnen sagen. Und die Frisur war natürlich auch längst hin, wegen dem blöden Wetter …"

Hastig taste ich über mein Gesicht und meinen Körper. Ein Glück! Alles wie gewohnt!

Ich stehe auf und schließe leise die Bürotüre.

Nichts gegen das weibliche Geschlecht, denke ich, während ich den Kopf diesmal auf die andere Seite lege und wieder die Augen schließe, aber das mit dem Eyeliner, das war vielleicht ein Albtraum!

Woche DO

Es sind Semesterferien. Die Studenten aalen sich ausnahmsweise nicht vor der Cafeteria in der Sonne, sondern in Griechenland oder in Thailand oder wo sich die heutigen Studenten sonst in der Sonne aalen.

Der Chef ist auf einer 'Vortragsreise' durch Südfrankreich; die meisten Kollegen nutzen die ruhigen Zeiten für intensive 'Heimarbeiten'.

Folglich ist mir langweilig. Nicht mal ein klitzekleines Virus im PC-Labor! Completo pantalon muerto! Zu deutsch: total tote Hose!

Ich browse gelangweilt durch die Weiten des Internets. Irgendwie stoße ich zufällig auf die Homepage eines Jazzfanatikers in Albuquerque mit Hunderten – natürlich illegaler – Soundsamples. In der Seite über Chick Corea befindet sich – ich traue meinen Augen nicht – ein Link zur

Scientology-Sekte. Ich klicke mich gerade durch die einleitenden Seiten der Scientologen, als Frau Bezelmann anruft.

Ob ich Nero für eine Stunde bei mir im Büro beherbergen könne. Sie müsse zum Arzt.

Da ich sowieso nichts Besseres zu tun habe, erkläre ich mich bereit, den Monsterraben solange in meinem Zimmer zu dulden, vorausgesetzt, er ist sicher in seinem goldenen Käfig verwahrt.

Schließlich habe ich keine Vorurteile gegen kahle Raben mit gelben Augen, auch wenn sie – wie Nero – ein wenig nach Moder und Gruft müffeln.

Keine Minute später bringt Frau Bezelmann persönlich den Käfig herein. Ich stelle ihn meinem Schreibtisch gegenüber an die Wand, so dass Nero mir nicht über die Schulter schauen kann (man kann nie wissen), und sage zu Frau Bezelmann:

„Na, dann viel Spaß im Fitness-Studio!"

Ich weiß nämlich aus zuverlässiger Quelle, dass Frau Bezelmann seit neuestem Karate lernt.

Frau Bezelmann presst nur verächtlich die schmalen Lippen zusammen und verschwindet mit laut klackenden Absätzen den Flur hinunter.

Ich schaue den Raben Nero an, und der Rabe Nero schaut mich an. Nachdem wir uns zwei Minuten lang ohne zu blinzeln angestarrt haben, bekomme ich ein leicht flaues Gefühl im Magen und wende gewaltsam meinen Blick von den kleinen gelben Augen mit den stecknadelgroßen Pupillen.

Auf dem Display ist immer noch die Begrüßungsseite der Scientology-Sekte in Deutschland. Einer der Links verspricht ein 'umfassendes Psychogramm nach der Oxford-Methode'. Natürlich völlig unverbindlich und kostenfrei. Selbst ein blutiger Anfänger erkennt sofort, dass es sich um eine Bauernfängerei handelt.

Ich klicke die Seite an und überfliege das Formular. Ziemlich läppisch. Die Intention der meisten Fragen ist sonnenklar. Fast noch primitiver als die Psychotests in den Fernsehzeitschriften.

Ich will die Seite gerade verlassen, da fällt mein Blick auf Nero, der immer noch aufmerksam jede meiner Bewegungen verfolgt.

Ich rufe das Formular nochmal auf und beginne zu tippen:

Vorname: Nero
Nachname: Bezelmann
Telefon: (Nach kurzem Zögern gebe ich meine Büronummer ein)
Adresse: (Ich gebe die Adresse des Chefs ein; der ist sowieso auf Vortragsreise)
Alter: 26
Geschlecht: Männlich
Stand: Ledig

Jetzt beginnen die eigentlichen Fragen zum Psycho-gramm:

Ich schildere Nero als einen ziemlich verklemmten jungen Mann, der seinen Eltern nie verzeihen wird, dass sie ihn nicht aufs Internat geschickt haben. Statt dessen haben sie ihn zum Nesthocker erzogen. Er raucht nicht, trinkt nicht, lacht selten und fällt nie jemandem spontan um den Hals. Er hat einen regelmäßigen Job (nach dem Einkommen wird nicht gefragt!), bekommt aber nicht die ihm zustehende Anerkennung. Er ist von einer weiblichen (sic!) Vorgesetzten abhängig, die ihn in seiner Karriere behindert. Darüber hinaus ist Nero fatalistisch, schaut seinem Gesprächspartner immer direkt in die Augen und hasst spontane Ausflüge oder Besuche. Außerdem fällt es ihm schwer, mit Fremden ins Gespräch zu kommen. Schließlich liebt er seine Arbeit, aber nicht seine Mitarbeiter. Er geht äußerst ungern aus dem Haus und würde niemals freiwillig in eine größere Wohnung umziehen.

Ich mache die Antworten so ehrlich wie möglich, und wo nicht möglich, runde ich die Sache ein wenig ab. Dann lese ich das Ganze Nero vor und frage ihn, ob er damit einverstanden sei.

Nero hat inzwischen begonnen, die spärlichen Brustfedern zu putzen, und beachtet meine Frage mit keinem Blick. Statt dessen dreht er sich gemächlich auf seiner goldenen Stange um und läßt etwas fallen.

Ich füge unter der Rubrik 'Sonstiges' noch ein: 'Habe eine Glatze und ständige Verdauungsprobleme.' und schicke das Formular an den Rechner der Scientologen in Berlin.

Keine zwei Wochen später klingelt das Telefon, und da ich gerade guter Laune bin, hebe ich ab.

„'llo?" sage ich, während ich die Pizza in die andere Hand jongliere und die Cola zwischen PC-Monitor und Videorecorder festklemme.

„Hier spricht Miriam von der Dianetik-Gruppe Berlin. Wer ist da, bitte?" sagt eine energische weibliche Stimme, etwa 35, dunkelhaarig, mit leichtem Ansatz zum Oberlippenbart und Kontaktlinsen (eine genauere Analyse wird erst möglich sein, wenn sich digitales Telefonieren mehr durchgesetzt hat. Es lebe das ISDN!).

„Hier bin ich", sage ich.

Im 'Ratgeber für effiziente Verhandlungen über das Telefon' steht ausdrücklich, dass man sich kurz und präzise ausdrücken und dem Gesprächspartner Gelegenheit zu Rückfragen geben solle.

Das fördere den kommunikativen Prozess und führe zu beiderseitiger Befriedigung des angeborenen Bedürfnisses nach Anteilnahme und Feedback aus der Sprachgemeinschaft, oder so ähnlich.

„Und wer sind Sie?" fragt sie.

„Ich bin ich. Sie müssen doch wissen, wen Sie anrufen wollten."

„Sind Sie Herr Bezelmann? Nero Bezelmann?"

„Nein. Der ist gerade nicht in seinem Zimmer."

„Ah. Wie schade. Wann ..."

„Ich glaube, er ist gerade mal wieder bei seinem Therapeuten."

„Therapeuten?" Die weibliche Stimme klingt auf einmal sehr interessiert.

„Ja. Wissen sie, Nero hält sich seit frühester Kindheit konsequent immer nur in geschlossenen Räumen auf. Er verlässt nie einen geschlossenen Raum. Deswegen ist er jetzt beim Therapeuten."

„Aber ... wenn er zum Therapeuten geht, muss er doch auch aus dem Haus ...", wendet die weibliche Stimme ein.

„Er nimmt das Auto", sage ich. „Alle Scheiben bis auf die Windschutzscheibe sind dunkel getönt."

„Aber ... um zum Auto zu gehen, muss er doch auf die Straße."

Der Logik dieser hartnäckigen Scientologen-Miriam ist nicht so leicht auszukommen.

„Schon mal was von Tiefgaragen gehört?"

„Ah ..."

„Genau. Nero besucht nur Häuser, die er über die Tiefgarage befahren kann. Sein eigenes Haus hat natürlich auch eine. Bei uns arbeitet er nur, weil unsere Firma auch eine Tiefgarage hat."

Ich höre sogar durch die Leitung den Bleistift aufgeregt kritzeln.

„Ähm ... hören Sie, ichmuss Nero unbedingt erreichen. Mein Name ist Miriam; ich bin von der Oxford Persönlichkeitsanalyse. Nero hat bei uns ein Profil angefordert, und ich wollte noch ein paar Informationen von ihm ...“

„Ich kann es ihm ja ausrichten", sage ich zweifelnd, „aber ich glaube kaum, dass er zurückruft."

„Äh ... wieso?"

„Nero kommuniziert fast ausschließich über das Internet; er haßt direkten Kontakt mit Menschen."

Auf der anderen Seite der Leitung sabbert etwas begeistert.

„Hören Sie, ich MUSS ihn UNBEDINGT sprechen. Ich bin sicher, dass wir ihm helfen können."

„Mhm. Ich gebe Ihnen mal seine Privatnummer ...“

„AH! JA!"

Ich gebe ihr die Nummer vom Chef, und sie legt auf.

Am nächsten Morgen klingelt um halb zehn (sic!) das Telefon. Sie ist es wieder.

„Äh ... kann ich Nero Bezelmann sprechen?"

Ich schaue zu Nero hinüber, der sich zufällig mal wieder unter meiner Aufsicht befindet (Frau Bezelmanns Fortschritte in Karate machen mir allmählich Sorgen!) und sich gerade angelegentlich die Schwanzfedern putzt.

„Ähm, nnnnein. Der ist gerade sehr beschäftigt."

„Aber er ist da?"

„Ja, da ist er. Wenn Sie damit meinen, dass er körperlich anwesend ist."

„Wie bitte?"

„Er ist körperlich zwar anwesend, aber nicht geistig ...“

„Wieso?"

„Nun, ich glaube, dass er noch unter dem gestrigen

Schock leidet. Er hat seinen eigenen Vater in der Tiefgarage überfahren."

„Ein SCHOCK?! Ich meine ... wie äußert sich das denn bei ihm???"

Ich merke, dass sie vor lauter Neugierde den Hörer nicht mehr ruhig halten kann. Ich könnte der Scientologen-Tante jetzt alles erzählen. Ich könnte zum Beispiel sagen, dass es Nero von seinem Schock heilen würde, wenn sie ihm durchs Telefon Bukowski-Gedichte rezitierte.

„Hallo? Sind Sie noch dran?" fragt sie ungeduldig.

„Ja, klar. Haben Sie zufällig einen Bukowski-Band bei sich?"

„Nein? Wieso?"

„Vergessen Sie's. Also, im Moment webt er."

„ER WEBT?!"

„Naja, er sitzt da, starrt die Wand an und wiegt sich langsam von einer Seite zur anderen; das macht er manchmal den ganzen Tag ..."

„Aber ... aber, das ist ja schrecklich."

„Tja, ist es wohl. Normalerweise hilft ihm in so einem Zustand nur noch eine Katze."

„Eine Katze", kommt es fassungslos durch die Leitung.

„Richtig. Eine Katze. Oder Katzenmiauen. Sie müssen wissen, dass Nero früher mal eine Katze hatte, die er abgöttisch geliebt hat. Deshalb hilft es manchmal, wenn er Katzenmiauen hört."

„Und ... wo ist Neros Katze jetzt?"

„Tot", sage ich lakonisch, „er hat sie aufgegessen."

„WAS?!"

„Auf-ge-ges-sen", wiederhole ich deutlich, „verspeist, gefressen, vertilgt, verkonsumiert, einverleibt, ..."

„Hören Sie auf! Das glaube ich einfach nicht! Ich möchte jetzt Nero selber sprechen!"

„Gut. Ich halte ihm den Hörer hin, ok?"

Ich stehe auf und gehe mit dem Telefon zu Neros Käfig hinüber.

„Hier, Nero. Da will dich jemand sprechen", sage ich und halte den Hörer dicht an die Käfigstäbe. Nero beobachtet mich misstrauisch; den Hörer würdigt er keines Blickes; auch nicht, als die aufgeregt piepsende Stimme daraus ertönt. Ich nehme den Hörer wieder weg.

„Hallo, Nero?"

„Nein, ich bin's wieder", sage ich. „Ich glaube, Nero möchte nicht mit Ihnen sprechen."

„Was hat er gemacht?"

„Er hat kurz aufgehört zu weben, aber jetzt hat er wieder angefangen."

„Aber er muss mir zuhören. Ich habe die frohe Botschaft, die ihn für immer aus seiner Qual erlösen wird."

Der Tonfall der weiblichen Stimme ist auf einmal ganz salbungsvoll geworden. So was geht mir gewaltig gegen den Strich; wie wenn man mit den Fingernägeln über eine Schieferplatte kratzt; oder mit einem stumpfen Küchenmesser Styroporplatten zerschneidet. Na warte!

„Vielleicht könnten Sie ihm etwas vor-miauen", schlage ich vor.

„WAS?!"

„Ich sagte Ihnen doch, er liebt Katzen. Passen Sie auf: ich halte ihm den Hörer hin, und Sie miauen ihm was vor. Das ist die einzige Chance, seine Aufmerksamkeit zu erregen."

Die Scientologen-Tante schreckt vor nichts zurück. Hat wohl ihr Pensum an neuen Opfern noch nicht erreicht, wie?

„Na, gut", sagt sie und fängt zaghaft an zu maunzen.

Ich hänge den Hörer in die Gitterstäbe und schalte den Lautsprecher ein, um ja nichts zu verpassen.

Nero wird aufmerksam. Wenn er etwas nicht ausstehen kann, sind das Katzen jeder Art. Er rückt unruhig auf seiner Stange hin und her.

Das anfangs zaghafte Miauen (unterbrochen von ein-, zweimaligem Räuspern) steigert sich zum gefühlvollen Katzengesang.

Nero verlässt seine goldene Lieblingsstange und hopst auf den Boden des Käfigs. Er krächzt zweimal warnend, dann geht er zum Angriff über. Der schwarze lange Schnabel trifft zielsicher aufs Mikrofon; im Lautsprecher klingt es wie ein Schuss.

Das Miauen bricht ab.

„Was war das? Nero, sind Sie da?"

Nero krächzt triumphierend, erfreut darüber, dass er das impertinente Katzenvieh in die Flucht geschlagen hat.

Das Krächzen klingt wie das erste Morgenröcheln eines TBC-kranken Kettenrauchers nach einer durchzechten Nacht.

„Um Gottes Willen! Nero? Geht es Ihnen gut?! Hallo?! HALLO!!!"

Ich nehme den Hörer wieder zur Hand.

„Tja, ich fürchte, das Miauen hat ihm auch nicht gefallen. Er hat sich gerade mit seiner Luger durch die Schläfe geschossen …"

„Wwwwas?!"

Die Stimme der Scientologen-Tante wird langsam hysterisch. Wahrscheinlich noch nicht lange im Geschäft. Hah!

„Keine Angst!" sage ich. „Er simuliert das nur. Das macht er ziemlich häufig."

„Sisisisim … sim … simuliert?!"

„Mhm. Hat er sich aus dem Film 'Harold and Maude' abgeguckt. Jetzt liegt er da vor mir auf dem Fußboden und blutet gerade echt realistisch den Teppich voll. Schöne Sauerei!"

„Oh, mein Gott! Sind Sie sich auch ganz sicher, dass er simuliert? Ich meine, es klang so realistisch ... der Schuss ... und wie er ... wie er verendet ist ..."

„Nein, nein. Wissen Sie, ich glaube, das war nur Neros Art, Ihnen mitzuteilen, dass er keine Lust hat, wie die ganzen anderen Vollidioten in Ihrer Sekte den lieben langen Tag am Telefon zu hängen und nach noch blöderen Vollidioten zu suchen."

Es bleibt still im Telefon. Fünf ganze Sekunden herrscht Stille (ich zähle stumm mit). Dann klickt es leise.

Es hört sich an wie ein gefallener Groschen.

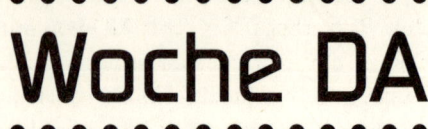

Woche DA

Ich, der BAfH, möchte heute den ultimativen Beweis antreten, dass die REALITÄT jede nur denkbare FIKTION in aller Hinsicht übertrifft.

Wir befinden uns jetzt in einer kleinen, rund gebogenen Wohnstraße einer mittelgroßen Stadt im Einzugsbereich Münchens. Nennen wir sie vorläufig den Buchenweg (Anm. der Redaktion: sämtliche Namen geändert!). Wir schreiten die ruhige schmale Straße entlang; links und rechts Drahtzäune und gerade gestutzte Hecken, hinter denen sich kleine, aber saubere Häuschen ducken. Vor den Häuschen stehen blitzsaubere deutsche Markenautos und funkeln in der Sonne, und an den diskreten grauen Verteilerkästen der Telekom erkennen wir, dass diese Straße bereits erfolgreich verkabelt wurde. Natürlich kein Durchgangsverkehr, zusätzlich verkehrsberuhigt durch Tempo Dreißig und Rechts-vor-Links. Eine ruhige, friedliche Wohngegend mit ruhigen, friedlichen Bewohnern, die allesamt so langweilig sind, dass schon bei Einbruch der Dämmerung getrost die Gehwege hochgeklappt werden können.

Möchte man meinen. Man würde sich gewaltig irren!

Beginnen wir mit Paul Heimlich, der ganz hinten in der Biegung wohnt. Paul arbeitet für den BND. Von seiner ersten Frau, Hannelore, hat er sich scheiden lassen, nachdem er sich bei einem dienstlichen Aufenthalt in Baden-Baden einen Kurschatten namens Birgit angelacht hat. Außerdem konnte er zu diesem Zeitpunkt schon mit dem ersten außerehelichen Kind aufwarten – allerdings wieder von einer anderen, deren Name mittlerweile in der Nachbarschaft verschollen ist. Glücklicherweise war Paul so geschickt, angeblich aus steuerlichen Gründen das Haus ausschließlich auf seinen Namen zu führen und Gütertrennung zu vereinbaren. Hannelore geht also leer aus und verlässt den Buchenweg mit ihren drei Kindern.

Die neue Birgit hat sich allerdings das Leben an der Seite des Geheimdienstmannes Paul etwas anders vorgestellt. Wenn Paul von Nerven aufreibender nachrichtendienstlicher Tätigkeit ermattet nach Hause kommt, steht sie schon fix und fertig für die Disco auf der Matte. Kein Wunder, dass Paul dieser Belastung auf die Dauer nicht gewachsen ist. Daher holt Birgit sich aus Köln Ersatz: ihr früherer Freund Ludwig, der immer in zweiter Reihe auf seine Chance bei Birgit gewartet hat, wird kurzerhand nach Bayern beordert. Ja, er verschleudert Birgit zuliebe sogar seine Firma in Köln und kauft ihr ein Haus in einer benachbarten Stadt. Allerdings ist das Glück nicht von langer Dauer: Birgit verlässt den dumm-treuen Ludwig schon nach wenigen Monaten, um mit einem Neuen (Name unbekannt) ein größeres Haus zu beziehen, wieder in einer anderen Stadt. Paul hat inzwischen die Nase voll von den deutschen Frauen, geht nach Spanien und lacht sich dort eine 20 Jahre jüngere Spanierin an. In das Haus ziehen neue Geheimdienstler ein …

Im Nachbarhaus lebt Katrin, die von ihrem Mann schon vor Jahren sitzen gelassen wurde. Zum Glück für Katrin war ihr Verflossener Industrieller und hat – im Gegensatz zu Paul – vergessen, bei der Eheschließung Gütertrennung zu beantragen. Katrin lebt jahrzehntelang ganz gut von ihrem Anteil am saftigen Braten. Nur vergisst sie leider öfters, die Handbremse anzuziehen, und ihr teurer BMW rollt dann rückwärts quer über die abfallende Straße und rammt zum Ärgernis der Nachbarschaft die schmiedeeisernen Tore der gegenüberliegenden Grundstücke. Natürlich bestreitet Katrin jedesmal, dass es ihr BMW war, der die neue Delle produziert hat.

Zwischen den Hubers und Katrin lebt die junge Susi im Haus ihrer Großmutter – zumindest ist das die allgemeine Auffassung. In Wirklichkeit ist die Eigentümerschaft des Hauses seit elf Jahren reichlich umstritten. Denn seit der Stiefgroßvater von Susi ohne ordentliches Testament und ohne leibliche Kinder verstorben ist, sind einige Dutzend Juristen auf der ganzen Welt, im wesentlichen jedoch in Lateinamerika, auf der Suche nach weiteren möglichen Erben. Jedenfalls lebt Susi im Moment zusammen mit ihrem Freund Alfred in diesem Haus. Wo Alfred herstammt, verliert sich im Dunkel; plötzlich ist er jedenfalls da und nimmt sofort alles in die Hand. Das Haus sei völlig falsch konstruiert und renovierungsbedürftig. Alfred reißt zuallererst die Zwischenwände im Erdgeschoss heraus, weil man in den engen 'Mauslöchern' Platzangst bekomme, und lässt sämtliche Fenster austauschen. Nebenher saniert er noch Katrins Garage, unter deren Dach sich ein Steinmarder häuslich niedergelassen hat, dessen Fäkalien und verwesende

Mordopfer seit Jahren pestilenzartigen Gestank über die ganze Nachbarschaft verbreiten. Natürlich zahlt Katrin keinen Pfennig für diesen nachbarlichen Dienst, und der Grund für eine weitere nachbarliche Fehde ist gelegt.

Dann geht Alfred – da er 'momentan nicht erwerbstätig' ist – das Geld aus, und er weigert sich, die Handwerker zu bezahlen, weil angeblich einige Fenster schief eingebaut wurden. Während der Rechtsstreit noch schwelt, ist das Erdgeschoss – wegen der rausgerissenen Zwischenwände – mittlerweile unbewohnbar geworden, und Susi und Alfred ziehen in den ersten Stock.

Bald darauf kommt Alfred wohl in ernste Geldschwierigkeiten. Zunächst verkauft er Susis Minicooper (mit der Begründung, dass sie ja schließlich auch mit dem Fahrrad in die Arbeit fahren könne), dann heiratet er zum Schein eine Kroatin, damit diese nicht abgeschoben werden kann, und kassiert dafür 4000 Mark.

Bei Susi, die sowieso schon allmählich von Alfreds Aktivitäten die Nase voll hat, bringt das das Fass zum Überlaufen. Nach einem prächtigen Krach, dessen Lautstärke die gesamte Nachbarschaft teilhaben läßt, zieht Susi zu ihren Eltern und läßt Alfred in dem Haus, dessen Eigentümerschaft, wie schon gesagt, nach wie vor ungeklärt ist, allein zurück. Alfred weigert sich auszuziehen, bevor nicht seine Renovierungsleistungen an dem Haus angemessen entlohnt worden sind. Die Familie von Susi dagegen argumentiert, dass er das Haus nicht renoviert, sondern unbewohnbar gemacht habe. Daraufhin verbreitet Alfred in der Nachbarschaft, dass er 'die Hütte' sowieso bald verkaufen werde, und dann nach Mexiko auswandern wolle. Wie er ein Haus an den Mann bringen möchte, das den Streitpunkt eines schwebenden Erbschaftsverfahrens darstellt, bleibt den Nachbarn unbekannt.

Alfreds Treiben ist wiederum Frau Huber von schräg gegenüber ein dauerndes Ärgernis. Frau Huber verfügt über ein bis zum Äußersten entwickeltes Sicherheitsbewusstsein. Ihr Gartentor ist immer abgeschlossen, seit ein paar Häuser weiter unten harmlose Insassen eines Pflegeheims einquartiert wurden. Gegen diese 'Irren' müsse man sich schützen. Jawohl! Sonst stehen die eines Tages plötzlich im Vorgarten, nicht wahr? Auf den Friedhof geht Frau Huber auch nur noch in Begleitung, seitdem dort einmal ein Mann auf einer Bank gesessen habe, der genau in dem Augenblick aufgestanden sei, als sie vorüberging. Alfred hat in letzter Zeit öfters Kerzen brennen – vielleicht fühlt er sich seit Susis Auszug einsam? Jedenfalls ist Frau Huber sicher, dass er eines Tages das Haus anzünden wird. Deshalb steht sie nun jeden Abend am Küchenfenster und beobachtet sicherheitshalber die Kerzen bei Alfred gegenüber. Im Ernstfall könne sie dann sofort Susis Familie anrufen, meint sie. Die Nachbarn setzen dagegen, dass sie – wenn schon nicht die Feuerwehr – vielleicht besser den alten Herrn Nördlinger, den Bruder von Susis verstorbenem Stiefgroßvater alarmieren solle, der in der anderen Doppelhaushälfte von Susis/Alfreds Haus wohnt. Schließlich sei der doch etwas unmittelbarer betroffen, wenn das Haus abbrennt.

Übrigens, der alte Nördlinger. Der hat in seinem Leben auch nichts anbrennen lassen. Er hat hintereinander seine Frau und zwei Freundinnen überlebt. Pikanterweise dauert es nach der Beerdigung der zuletzt Verflossenen immer nur ein paar Tage bis die nächste auf der Matte steht. Inzwischen ist er 86, aber immer noch rüstig und streitbar. Da er, als der Bruder des kinderlos verstorbenen Stiefgroßvaters von Susi, am ehesten als Erbe der anderen Doppelhaushälfte in Frage kommt, steht er mit dem 'dahergelaufenen Rumtreiber' Alfred erst recht auf Kriegsfuß.

Nachbar Obermann interessiert sich nur wenig für all diese turbulenten Ereignisse. Er hat sich vor kurzem einen alten Kindheitstraum erfüllt und einen gebrauchten Traktor erstanden. Da er das kostbare Stück auf gar keinen Fall einfach so auf der Straße herumstehen lassen kann, schmückt das schön grün lackierte Ungetüm jetzt seinen Vorgarten. Niemand weiß so recht, was Obermann eigentlich mit dem Ding vorhat, da er weder einen ausreichend großen Garten, noch sonst irgendwelche landwirtschaftlichen Grundstücke besitzt. Ab und zu erfreut er jedoch die Nachbarschaft mit lautstarken Proberundfahrten durch den Buchenweg.

Auch der junge Biederheimer, dessen Grundstück hinten an das von Obermanns grenzt, hat eine Investition fürs Leben getätigt – wenn auch in ganz anderer Richtung: Er hat sich eine Asiatin als Frau eingekauft, und seitdem wuseln zunehmend immer mehr kleine Halbasiaten durch den Buchenweg.

Und so geht es weiter und immer weiter: Durch herabgelassene Jalousien, durch Lücken in den hohen Hecken, durch Schlüssellöcher werden neue Entwicklungen aufmerksam beobachtet und über Zäune hinweg gründlich erörtert. Es brodelt und kocht, es brummt und zischelt im Buchenweg. Wozu brauchen wir noch die Lindenstraße im Fernsehen? Wozu überhaupt Fernsehen? Man schaue doch nur mal über den eigenen Gartenzaun!

Und wer sich jetzt souverän zurücklehnt und lächelnd meint, das sei jetzt mal wieder nur der typischen überhitzten Phantasie des BAfH. entsprungen, der irrt: Jedes Wort das hier geschrieben steht ist wahr und buchstäblich genau so geschehen!

Realität IST die beste Soap-Opera, die man sich vorstellen kann. Das Leben um uns herum ist ein einziges riesiges Kabarett; man muss nur darauf achten!

Woche DB

Auf dem Weg zur Cafeteria stolpere ich zum hunderttausendsten Mal über die Innereien der alten PDP11, die seit Studentengenerationen dekorativ in unserem Gang herumlungert. Vor mich hinfluchend reibe ich mir den schmerzenden Knöchel und betrachte kritisch unseren 'Elefantenfriedhof': Drei ausgeschlachtete Mikrovaxen, bei denen die Kabel aus den Chassis hängen, jede Menge alter Terminals, Kisten mit kaputten Messgeräten und Elektronikschrott, Kabeltrommeln, ein Regal voller alter Datenbücher über Teile, die längst niemand mehr herstellt, ein halbes Dutzend ausgeleierter Bürostühle mit nur vier Rollen, auf denen sogar die unerschrockensten Studenten nicht mehr sitzen möchten.

Und alles lagert mangels Platz auf unserem Gang mitten im Institut. 'Fluchtweg' steht in großen grünen Buchstaben auf einem Schild, und der Pfeil deutet direkt in eine

Bastard Assistant from Hell

gemütliche Ansammlung alter Büroschränke, in denen weiß Gott was für uralte Akten bis zum St. Nimmerleinstag aufbewahrt werden.

Marianne kommt mir aus der Teeküche entgegen und windet sich vorsichtig durch herabhängende Kabelbäume. Eines der Kabel versucht sie zu strangulieren, aber Marianne, durch langjährige Erfahrung gewitzt, weicht in letzter Sekunde aus.

Gefährlich, denke ich entzückt, böse und gefährlich!

Probeweise zerre ich an ein paar giftgrüngelben Massekabeln, die wie bösartige Gewächse aus dem Sockel der PDP11 wuchern. Sofort löst sich irgendwo über meinem Kopf eine schwere Drosselspule und poltert haarscharf an meinem Kopf vorbei. Zwanzig Zentimeter weiter rechts und mein Schädel wäre jetzt Matsch.

Natürlich, es ist ja auch nur zu verständlich. Diese Maschinen waren einmal – vor gar nicht so langer Zeit – das Non-Plus-Ultra der Rechnertechnologie, High-Tech, sündhaft teuer, von allen gehätschelt und umsorgt. Was war das für ein Drama, wenn bei einer PDP11 ein Plattenlaufwerk mit 2 MB (in Worten: Zwei Megabyte) ausfiel.

Es war wie ein Trauerfall in der Familie; das ganze Institut versammelte sich im eisgekühlten Rechnerraum und umstand den armen Patienten, gab Ratschläge, versuchte zu helfen oder bekundete einfach nur Anteilnahme. Man schuf extra Räume mit spezieller Klimaregelung, raffinierten Einbruchs- und Feuermeldeanlagen. Die Systemverwalter waren Priester einer neuen Kaste, mit Leib und Seele der geheiligten Maschine verschrieben. Ich kannte Systemmanager, die ihren Urlaub in die Wartungszeiten der ihnen anvertrauten Maschine legten; ein anderer war hundertprozentig davon überzeugt, dass seine 'Babys' sofort abstürzen würden, wenn er einmal nicht pünktlich um halb neun Uhr nach den Backups schaute.

Und jetzt? Aus ist's mit der Herrlichkeit. Verstoßen und verlassen stehen sie da, die einstigen Kings. Verdrängt von lächerlichen Rechenzwergen, die nichtsdestotrotz mit links die hundertfache Leistung erbringen. Kein Mensch kümmert sich mehr um diese alten Elefanten – aber wegwerfen bzw. entsorgen, wie das heute heißt, darf man sie auch nicht. Schließlich haben sie mal vor langer Zeit Hunderttausende gekostet und sind noch lange nicht abgeschrieben. Einsam, tot und inventarisiert stehen sie in Gängen und dunklen Ecken und warten darauf, dass sie endlich ihre letzte Reise zur Sondermülldeponie antreten dürfen. Ab und zu kommt ein Veteran der ersten Stunde an ihnen vorbei, streicht ihnen zärtlich über die Bitschalterregister und denkt wehmütig an die guten alten Zeiten, wo man einen Bootzyklus noch Bit für Bit hineinhackenmusste.

Tot? Na, wer weiß. Gerade hat mich wieder so ein altes Trum, eine Art umgebauter BS2000 mit einer 110 Volt-Netzleitung am Bein gepackt.

Eben nicht tot! Wütend sind sie! Sie toben innerlich über die Ungerechtigkeit der modernen Zeiten. Wahrscheinlich ist die Enttäuschung über die Treulosigkeit der Menschen im Laufe der Jahre so groß geworden, dass die Gesetze der Statistik nicht mehr gelten.

Wie sagte S. Lem einmal in den Sterntagebüchern?

> *„Quantenmechanisch ist alles eine Frage der Statistik.*
> *Auch wenn der Mensch zigmillionenmal derjenige war,*
> *der den Rechner ausgeschaltet hat, kann es doch beim*
> *zigmillionenersten Fall einmal der Rechner sein,*
> *der den Menschen ausschaltet. "*

Bastard Assistant from Hell

(Das Zitat ist etwas frei angeglichen; man möge mir verzeihen! Im Original ging es um Kartoffeln und nicht um Computer!)

Nachdenklich betrachte ich die armen Maschinenkreaturen. Arme alte Elefanten. Man müsste etwas für sie tun.

Ich krempele mir die Ärmel hoch.

Am nächsten Morgen ruft mich Kollege O. an, obwohl sein Büro nur ein paar Schritte von dem meinigen entfernt ist.

„Ja?" sage ich.

„Äh, was macht der ganze alte Schrott in meinem Zimmer!?"

„Was für ein Schrott genau?" frage ich höflich zurück.

Man muss am Telefon immer für absolute Klarheit der Begriffe sorgen; sonst redet man sich unter Umständen die Köpfe heiß, und nach einer Stunde merkt man dann, dass nur eine abweichende Begriffsbestimmung bei den beiden Gesprächspartnern vorliegt.

„Was für ein Schrott genau!!!" äfft er mich nach. Kollege O. ist offensichtlich stark erregt. „Das alte Monster, das immer da hinten im Gang stand! Jetzt ist es in meinem Zimmer und blinkt und gibt fürchterliche Geräusche von sich!"

„Ach du meinst die Segment 3 Bridge", sage ich beruhigend. „Nur keine Panik. Ich habe die Bridge wieder in Betrieb genommen, weil die neue in Reparatur ist. Und da sich die Segmente nur in deinem Zimmer berühren, musste ich ..."

„Das ist doch keine Bridge, das ist ein ... ein ... ein ..."

Kollege O. verstummt, weil er eben NICHT weiß, dass es sich um eine uralte Industrie-Mikrovax handelt, die ich ihm da ins Zimmer geschoben habe. Da zeigt es sich wieder mal: Wissen ist Macht!

„Doch, ganz bestimmt ist das eine Bridge von Digital", versichere ich ihm. „Sie ist zwar schon eine Weile nicht mehr gelaufen, aber du kannst an der Rückseite sehen, dass das Segment 3 und das Backbone daran angeschlossen sind – und es funktioniert."

Was Kollege O. nicht sehen kann: Ins Innere der ausgeschlachteten Vax, bei der sowieso nur noch Lüfter und eine Platte laufen, habe ich die moderne Bridge ganz locker integriert.

Kollege O. gibt sich geschlagen und legt auf, nachdem ich ihm versichern musste, dass 'das Ding sofort wieder entfernt wird', wenn die reparierte Bridge zurückkommt. Das kann ich ihm guten Gewissens versichern.

Als nächstes steht, wie aus dem Boden gewachsen, Frau Bezelmann in meiner Tür. Ihre Brillengläser blitzen angriffslustig.

„Jemand hat die Kaffeemaschine entwendet", verkündet sie drohend. „Statt dessen steht da eine fürchterlich staubige, lärmende Maschine in der Ecke, die Nero Angst macht. Er ist ganz verstört, der Arme!"

„Die Kaffeemaschine ist mir gestern heruntergefallen", erkläre ich.

„Heruntergefallen!" echot Frau Bezelmann unheil-schwanger.

„Aber das macht nichts", fahre ich hastig fort, „weil wir ja noch die sehr zuverlässige Industrie-Kaffeemaschine haben. Ich habe sie gleich in Ihr Büro bringen lassen. Zugegeben, sie ist etwas groß, aber …"

„Industrie-Kaffeemaschine!!!"

„Ja, sicher. Das war noch lange vor ihrer Zeit. Sie müssen den orangen Hauptschalter an der linken Seite drücken, in den oberen Trichter Wasser einfüllen …"

„Morgen!!" sagt Frau Bezelmann entschieden. „Morgen

kommt das Ding weg, und wenn ich auf eigene Kosten eine neue Kaffeemaschine kaufen muss!!!"

Na gut, denke ich, man kann nicht immer gewinnen. Obwohl ich die PDP11 im Sekretariat ganz dekorativ fand. Sie passte irgendwie gut zu dem uralten IBM PC, den Frau Bezelmann immer noch in Gebrauch hat. Und die Kaffeemaschine hat auch ganz gut hineingepasst.

Das Telefon klingelt wieder. Diesmal ist es der Chef.

„Äh ... Leisch? Gut, dass Sie äh ... da sind. Hm ... ich vermisse irgendwie meinen ... äh ... PC. Haben Sie ... ?"

Ich erkläre dem Chef ausführlich, dass die modernen PCs einfach schrecklich unzuverlässig sind. Alles nur in Taiwan zusammengestöpselt. Ständig Hardware-Ausfälle. Und plötzlich sind dann die ganzen Berichte fort, oder es passiert noch was Schlimmeres.

„Deshalb habe ich Ihnen die alte, zuverlässige VaxStation 3000 wieder in Ihr Büro gestellt. Da können Sie sich wenigstens drauf verlassen, nicht wahr?"

„Oh ... naja, ich hatte mich eigentlich schon ... äh ..."

„Außerdem können Sie da ohne Probleme Fortran-77 laufen lassen."

„Ah? Ja? Na dann ... äh ... Vielleicht haben Sie ja recht. Das ... äh ... moderne Zeugs soll ja auch so ... so ... gesundheitsschädlich sein, nicht?"

Ganz bestimmt, versichere ich dem Chef.

„Ja, hm ... und das andere Ding da ... ähm ... unter ... unter meinem Schreibtisch ... ich meine, das sieht fast so aus wie ... wie ... na ... wie ein Plattenlaufwerk ... ?"

Bingo! Der Kandidat hat hundertundzehn Punkte!

„Ganz recht", sage ich. „Das ist das Plattenlaufwerk, auf dem Ihre VaxStation automatisch Backups macht. Dadurch haben Sie doppelte Datensicherheit, verstehen Sie? Sie sind sozusagen autark."

Autark sein gefällt dem Chef fast immer. Hoffentlich bemerkt er nicht, dass die Kiste gar nirgends angeschlossen ist.

„So ... ja, das ist ja ... äh ... schön", kommt es zögernd durch die Leitung.

„Außerdem", setze ich noch eins drauf, „außerdem werden Sie jetzt nie wieder kalte Füße bekommen, weil der Lüfter die warme Abluft genau unter Ihren Tisch bläst."

Wenn man mal davon absieht, dass wir zur Zeit Hochsommer haben.

„Aha? Ja ... das ist wirklich sehr ... äh ... passend. Also dann ..."

Der Chef legt auf. Die drei alten Terminals an der Wand blinkern mir freundlich zu.

Wenigstens einer, der ein Herz für die alten Elefanten hat.

Woche DC

An meinem Data-Glove ist ein Stecker abgebrochen, was zur Folge hat, dass ich den Steuerknüppel in SpaceSpiders III 1/2 nur noch von links nach rechts bewegen kann.

Nachdem zum dritten Mal eine fette gelbe SpaceSpider mein Raumschiff hoffnungslos umsponnen hat, gebe ich es auf. Ich fahre die Schilde hoch und begebe mich gemächlich hinunter in die Werkstatt der Haustechnik, um den Schaden am Data-Glove zu beheben.

In der Ecke der Werkstatt sitzt eine aufgeschlagene BILD-Zeitung neben einer halb geleerten Flasche Bier. Ohne sie weiter zu beachten, werfe ich die Lötstation an und gehe hinüber zum Materialschrank, um nach einem passenden Ersatzstecker zu suchen.

„He!"

Ich fühle mich nicht angesprochen. Die Haustechnik und

ich, wir haben ein bewährtes beiderseitiges Nicht-Einmischungs-Abkommen.

„He, Sie da!! Was macha Sie'n da?!"

Ich drehe mich um. Die BILD-Zeitung liegt auf dem Tisch; der Typ, ein *corpus grave* im Blaumann, ist schon halb aufgestanden und kommt auf mich zu. Ich schaue in das vom Zorn gerötete, mir völlig unbekannte Technikergesicht.

Ein Neuer! Ah-Oh!

„Se kenna do ned eifach da reikomma un … un da rummacha!" sagt er nachdrücklich.

Ich nenne deutlich meinen Namen – keine Reaktion. Ich erkläre dem ganz offensichtlich brandneuen Haustechniker, dass ich etwas zu reparieren habe und zeige ihm den abgebrochenen Stecker.

Er betrachtet das Ding wie ein besonders widerliches Insekt, das sich auf der Windschutzscheibe seines Rolls Royce zerbatzt hat.

„Ham Se an blauen Reparaturauftrag?!" raunzt er mich an. Ah-Oh!

Ich räume ein, dass ich keinen habe und er wirft mich hinaus. Auf dem Weg zum Lift begegne ich dem Leiter der Haustechnik. Ich lächele freundlich:

„Wussten Sie schon, dass ich keinen blauen Reparatur-auftrag habe?" sage ich im Plauderton. Sonst nichts.

Der Werkstattleiter wird schlagartig kalkweiß, zieht scharf die Luft ein und stürzt ohne ein weiteres Wort an mir vorbei in die Werkstatt. Während ich auf den Lift nach oben warte, höre ich seine verzweifelten Schreie.

Ich mache einen Zwischenstopp in der Tiefgarage und schiebe alle Wagen, bei denen die Handbremse nicht angezogen ist, aus ihren Boxen. Ein hübsches Durcheinander.

Dann befestige ich Wegwerf-Feuerzeuge unter zwei schwer zugänglichen Sprinklern und lasse sie auf kleiner

Flamme schmoren. Nach meiner Schätzung wird in spätestens zwanzig Minuten das Parkdeck überflutet.

In beiden Aufzügen klebe ich frischen Kaugummi in die Löcher der Lichtschranken; die Fahrstühle bleiben gehorsam auf dem obersten Stockwerk stehen und rühren sich nicht mehr vom Fleck.

In Labor II der Biophysiker verstöpsele ich sorgfältig das Handwaschbecken, stopfe den Lappen in den Überlauf und drehe das Wasser voll auf. Ich schätze, dass in etwa einer Stunde die katholischen Theologen im Stockwerk unter uns die feuchte Gabe von oben bemerken und Alarm schlagen werden.

Zurück in meinem Büro ignoriere ich das hektisch klingelnde Telefon – ich kann mir schon denken, wer dran ist – und rufe statt dessen über die Modemleitung die Metzgerei um die Ecke an. Der Angestellte dort ist zuerst etwas verblüfft, aber dann freut er sich natürlich, dass die Stammkundschaft in der Haustechnik anstatt wie üblich zwei Pfund ab morgen zwanzig Pfund Leberkäse beziehen wird. Außerdem erkläre ich ihm überzeugend, dass Bier am Arbeitsplatz von nun an nicht mehr angebracht sei und er doch bitte von nun an zur Brotzeit Eistee mit Maracuja-Geschmack liefern solle.

„Und Essiggurken", füge ich noch hinzu, „mindestens ein Pfund jeden Tag." Er verspricht, dass alles nach unserer Zufriedenheit erledigt werden würde.

Im Sekretariat erkundige ich mich nach den blauen Formularen für Reparaturaufträge. Frau Bezelmann deutet auf die entsprechende Schublade, ohne den konzentrierten Blick von ihrem neu aufgerüsteten Mac zu wenden. Wieder einmal bemerke ich mit Befriedigung, dass unsere Mitarbeiter moderne Bürotechnik zu schätzen wissen.

„Da sind nur noch 36 drin", stelle ich beiläufig fest und

nehme den Packen an mich. „Sie sollten bei Gelegenheit neue besorgen."

Frau Bezelmann blickt kurz von ihrem Computerspiel auf (aus den Augenwinkeln sehe ich, dass sie mittlerweile den Super-Witch-Level III in 'SadoVixens' erreicht hat!) und verzieht ihre Mundwinkel ganz leicht nach unten. Der Rabe Nero krächzt beifällig in seinem goldenen Käfig. Ich gebe ihr die *high five* und marschiere zurück in mein Büro.

Mit Hilfe des Computers im Universitätsbauamt – ein mies geschützter uralter HP; aber er hängt wenigstens am Netz – suche ich die Zimmernummern der am schwersten zugänglichen und am weitesten entfernten Räume im ganzen Campus heraus. Dann fülle ich sorgfältig und genüsslich 36 Reparaturaufträge für flackernde Neonlampen, überflutete Klospülungen, kaputte Klimaanlagenregler, zerbrochene Telefonanschlussdosen, tropfende Wasserhähne, fehlende Türklinken, verbogene Fensterbrettabtropfnasen, festgefahrene Jalousien, fehlende Heizkörperventilkappen-thermostate, tote Datennetzzugänge und verstopfte Entlüftungsschächte aus.

Selbst wenn die Burschen der Haustechnik dort nichts vorfinden, was zu reparieren ist (was ich bezweifle), werden sie allein Wochen dafür brauchen, die Räume alle aufzusuchen.

Dann lehne ich mich entspannt zurück und lausche noch eine Stunde lang dem periodisch wiederkehrenden Klingeln des Telefons.

Gegen halb vier, kurz bevor ich mich in den wohl-verdienten Feierabend verabschieden möchte, klopft es zaghaft an der Türe. Der stellvertretende Werkstattleiter der Haustechnik steht draußen. Es schwitzt, dass ihm die Soße aus den Augenbrauen tropft, und er hält krampfhaft eine hübsch verpackte Magnum umklammert.

(Nicht doch! Nicht was Sie denken! Dies ist eine gewaltfreie Kolumne! Ich spreche von einer Sektflasche!)

„So ein Zufall", rufe ich erfreut und halte ihm den Packen blaue Reparaturformulare unter die tropfende Nase. „Gerade wollte ich das an Sie in die Hauspost geben."

Eine halbe Stunde später einigen wir uns, dass in beiderseitigem Interesse und unter der Berücksichtigung, dass der Kollege von heute morgen noch ganz neu und unerfahren war, etc. etc. pp. ... Friede, Freude, Eierkuchen!

Gemeinsam lassen wir feierlich die 36 blauen Reparaturformulare in Frau Bezelmanns neuen Reißwolf, Marke 'Final Extinction', verschwinden.

Auf dem Heimweg denke ich noch, dass eine solche Magnum doch ziemlich schwer ist.

Das nächste Mal sollen sie sie mir gefälligst gleich ins Haus schicken.

Woche DD

Beim morgendlichen kurzen Sprint zum vorgewärmten Roadstar sehe ich meinen Atem als weiße Fahne vor mir herwehen. In der Cafeteria überschreitet die Dichte der Studenten pro verfügbarem Stehplatz den kritischen Wert von 3,75. Allen Ortes trifft man auf tief braungebrannte, fröstelnde Dozenten, die mit gehetztem Blick auf die Gucci-Armbanduhren äugen. Sämtliche Kopierer sind belegt oder wegen Überlastung ausgefallen.

Zwecklos, es weiter zu leugnen: Das Wintersemester hat begonnen!

Auch für den BAfH ist dies eine Zeit hektischer Aktivität! Schließlich will man ja nicht unvorbereitet ins Semester gehen ...

Sorgfältig überwache ich die Haustechniker bei der Installation der neuen vollelektronischen Schließanlage auf unserem Flur.

„Es ist ein Skandal, wieviele Rechner in unserem Institut verschwinden", hatte ich dem Chef gesagt. „Wir brauchen eine Zugangskontrolle zu den Institutsräumen."

„Ja, äh … nun ja, sicher … Sie haben sicher Recht, Leisch. Aber, äh … was das wieder kostet …"

Dabei war die Finanzierung ein Klacks. Im SCHWAFEL-Projekt gibt es einen Posten 'Qualitätskontrolle' mit über 20 000 Ecu. Da sich schon jetzt abzeichnet, dass bei dem Projekt (wie bei allen EG-Projekten!) nichts, aber auch gar nichts herauskommen wird, dessen Qualität man eventuell kontrollieren könnte, bezahle ich damit die 'Zugangs-kontrolle'. Falls jemand nachfragt, kann ich immer noch sagen, ich hätte mich verlesen.

Die Eurokraten können sowieso kein Deutsch, die meisten nicht mal genug Englisch, um unsere Abschlussberichte zu verstehen (einer der Gründe, warum in Brüssel alles so unendlich langsam abläuft, ist wohl die Tatsache, dass die dortigen Eurokraten sämtliche Berichte und Briefe Wort für Wort im Lexikon nachschauen müssen!).

Befriedigt sehe ich, wie die letzten Schrauben angezogen werden. Dann kommt der Test. Zugang ist nunmehr nur noch mit Codekarte möglich (die Codekarten vergibt nach eingehender Prüfung Frau Bezelmann persönlich!). Studenten und anderes Fußvolk müssen klingeln, damit jemand für sie aufs Knöpfchen drückt.

Kaum sind die Techniker abgezogen, modifiziere ich die Anlage dahingehend, dass es bei mir klingelt, wenn jemand den Knopf für die Bibliothek drückt.

Schon kurz darauf läutet es. Sie sind zu zweit, Brownie und Blondie.

„Wir möchten gerne in die Bibliothek", erklärt Blondie zaghaft und Brownie lächelt unsicher.

„Kann ich bitte Ihre Studentenausweise sehen?" frage ich höflich.

Beide fangen sofort an, in ihren ESPRIT-Rucksäcken – Verzeihung – ESPRIT-Backpacks zu kramen. Ganz offensichtlich Frischlinge!

„Ah, ja", sage ich. „Wie ich sehe, haben Sie beide noch keine Bibliotheks-Verschleiß-Gebühr für dieses Semester entrichtet. Wenn Sie wollen, können wir das sofort erledigen. Kommen Sie bitte mit ..."

Blondie und Brownie folgen mir wie verwirrte Lämmer in mein Büro. Dort setze ich mich hinter mein Display und sage:

„Wir haben – wie Sie sicher wissen – zwei Tarife: den normalen für 15 Mark und den erweiterten für 25 Mark."

Sie starren mich unsicher an.

„Was ist denn der erweiterte Tarif?" wagt Blondie schließlich zu flüstern.

„Der berechtigt Sie nicht nur zum Besuch der Bibliothek, sondern Sie dürfen sich dort sogar hinsetzen und eine Tischfläche von 80 x 100 Zentimeter für Ihre Recherchen belegen", erkläre ich geduldig.

Die beiden schauen sich ratlos an.

„Dann nehme ich den erweiterten", entschließt sich Blondie.

„Ich auch", ruft Brownie und kramt nach ihrer Geldbörse.

Am frühen Nachmittag haben bereits 61 Studenten ihre Bibliotheks-Verschleiß-Gebühren entrichtet. Ein hübscher Nebenverdienst!

Während ich auf Nachzügler warte, suche ich in der Werkstatt und in den Labors einen Haufen Computerschrott zusammen, entferne sorgfältig alle Hinweise auf unser Institut (man glaubt gar nicht, an welchen unmöglichen Stellen überall Inventar-Nummern angebracht werden!) und verpacke das Zeug in zwei Rechner-Kartons von der letzten CIP-Lieferung.

Nachdem ich mich Dank Photoshop mit den notwendigen Unterlagen versehen habe, setze ich eine dunkle Sonnenbrille auf und leihe mir die fesche Schirmmütze von Kollege O. aus, die er letztes Jahr von der 'International Processor Conference' in Chicago, kurz IPC, mitgebracht hat.

Auf dem Handwagen des Hausmeisters karre ich die beiden Kartons hinüber zur RkfH. Ich fahre, ohne lange zu fackeln, mitten ins Geschäftszimmer und wuchte die beiden Kartons auf den Boden.

Drei RkfHler starren mich verblüfft an.

„Tach zusammen", sage ich gelangweilt und ziehe mit einer routinierten Bewegung die fingierten Lieferscheine aus der Gesäßtasche. „Internationel Parcel Catering. Ihre neue Anlage ist da. Kann mir jemand das bitte mal quittieren ..."

„Wer ... wer hat denn das alles bestellt?"

Eine der Reisekosten-Tanten – vermutlich die derzeit ranghöchste – hat sich aufgerafft und späht kurzsichtig auf die Papiere.

Ich runzele die Stirn und studiere nun meinerseits den Lieferschein.

„Also da steht 'Mühlstein-Obergauer'."

Mühlstein-Obergauer, meine besondere Freundin, ist in Urlaub.

Ich weiß das, weil sie kurz vorher noch den Antrag auf Erstattung meiner umfangreichen Spesen in Las Vegas abgelehnt hat. Danach ist die feige Socke einfach abgedampft, und alle meine Eingaben werden seither nur mit dem Vermerk 'Sachbearbeiter auf Erholungsurlaub' beantwortet.

„Na, gut. Wenn Frau Mühlstein-Obergauer das bestellt hat ... "

Sie will die Lieferung quittieren.

„Moment noch", sage ich. „Vorher müssen die Liefergebühren an ICP bezahlt werden werden."

„Liefergebühren?!"

Ich deute wieder auf den Wisch.

„Da stehts: Lieferung durch ICP zu Lasten des Bestellers. Das macht 267 Mark 78."

Meine Forderung löst einige hektische Aktivität aus. Ein subalterner RkfHler wird sofort zur Amtskasse geschickt. Mehrere rote, grüne und gelbe Formulare müssen ausgefüllt und von mir gegengezeichnet werden. Aber nach einer halben Stunde kann ich siegreich und um DM 267,78 reicher das Feld räumen.

Nachdem ich dem Kollegen O. die Mütze zurückgebracht habe, schnitze ich befriedigt eine neue tiefe Kerbe in meine Tischkante.

Woche DE

Ich sitze im Büro und stöbere gelangweilt in der neuen Telefon-CD herum. Frau Bezelmann ist nicht eingetragen, wie ich gerade festgestellt habe; wahrscheinlich ist ihre Privatnummer supergeheim.

Nachdem ich die üblichen Bekannten und die ganze Belegschaft abgeklappert habe, beginne ich nach originelleren Namen zu suchen.

Es ist kaum zu glauben, aber es gibt tatsächlich (wenn man dem Postverlag glauben darf) zwei 'Rosa Flieder', eine 'Genevieve Bierdimpfl' und einen 'Gerhard Möse'. Wahre Helden des Alltags!

'Adolf Hitler' finde ich zwar keinen, aber dafür immerhin drei Leute, die immer noch diesen Namen führen. Zu meinem Entzücken entdecke ich auch einen Herrn 'Stalin', allerdings nur einen. Ist der Rest seiner Familie ausgewandert?

Nehmen wir mal an, durch irgendeine Augenblickslaune des Schicksals (denn auf die in den oberen Etagen kann man sich sowieso nicht verlassen; völlig humorlose Celestokraten!) trifft Herr Stalin eines Tages ein Fräulein Hitler, und sie verlieben sich ineinander. Bei der Hochzeit kann man dann mit Fug und Recht von einem neuen Hitler-Stalin-Pakt sprechen.

Ist es nicht eigenartig, dass wir häufig von ganz berühmten Namen annehmen, dass diese einzigartig, gewissermaßen nur für diese Berühmtheit reserviert sind? Wir sprechen ja dann auch von 'der Bardot' oder sagen 'der Hitler'. Wenn wir zufällig erfahren, dass auch die Gemüsefrau an der Ecke 'Gisela Bardot' heißt, sind wir in irgendeiner Weise erst mal geschockt.

Ich tippe noch ein paar Namen ein. Tatsächlich: es gibt mehrere 'Monroes' und einen 'Klaus Gable' in Deutschland. 'Lenin' und 'Mao' finde ich nicht, dafür gibt es die 'Preslys' auch bei uns und 'Honneckers' in Massen.

Das neue Telefon flötet, aber ich beachte es nicht.

Frau Bezelmann hat nach wochenlangem Kampf mit der Institutsleitung durchgesetzt, dass unsere altgediente Telefonanlage (Original Siemens Anno 1939 mit Maschinengewehr-Sound) durch eine hypermoderne ISDN-Anlage ersetzt wird.

Was bei der Bestellung noch niemand (außer Frau Bezelmann) wusste: Die neue Anlage bietet ungeahnte Möglichkeiten, vor allem für den, der in der Zentrale sitzt.

Die üblichen Kinkerlitzchen wie Direktdurchwahl, Konferenzschaltung, Ansagetexte und frei programmierbare Pausenmelodien sind schon Schnee von gestern. Interessant wird es zum Beispiel bei der Voice-Mail. Nicht nur, dass die Telefonanlage Nachrichten für jede Nebenstelle, sprich Mitarbeiter, speichern kann, diese sind natürlich auch von außen abrufbar. Und wenn ein Mitarbeiter sich einmal weigern sollte, seine Mailbox abzufragen? Dann ruft die Telefonanlage automatisch zu einem festgelegten Zeitpunkt die Privatnummer des Mitarbeiters an und gibt die Nachrichten durch.

Den Zeitpunkt legt Frau Bezelmann höchstpersönlich fest. Beim Chef ist es zum Beispiel so gegen drei Uhr morgens. Seitdem überprüft sogar der Chef regelmäßig seine Voice-Mail.

Damit nicht genug. Zu den 'Features' der neuen Anlage gehört es auch, dass man im Display erkennen kann, wer da versucht anzurufen. Um wirklich wichtige Gespräche trotzdem an den Mann zu bekommen, kann Frau Bezelmann diese Anzeigen allerdings manipulieren, bevor sie ein Gespräch weiterleitet. Kollege O., der dafür bekannt ist, ab 12 Uhr keine Telefongespräche mehr anzunehmen, würde es niemals wagen, ein Gespräch seiner Göttergattin nicht abzuheben. Folglich erhält er in letzter Zeit immer häufiger Anrufe unter dieser Nummer.

Natürlich ist es auch lästig, wenn Frau Bezelmann ein Gespräch nicht durchstellen kann, weil sich der jeweilige Mitarbeiter nicht in seinem Zimmer befindet. Dafür gibt es die praktischen Chip-Namensschilder, die der Telefonanlage zu jeder Zeit mitteilen, wo sich der arme Träger desselben gerade aufhält. Frau Bezelmann braucht nur seine Nummer einzutippen, die Anlage errechnet automatisch, welches Telefon dem Mitarbeiter gerade am Nächsten ist, und leitet das Gespräch dorthin um.

Natürlich muss der Chef ab jetzt so ein Ding immer mit sich führen.

Und sollte er sich einmal auf einem gewissen Örtchen befinden, an dem der normale Bürger normalerweise nicht erreichbar sein möchte, so hat Frau Bezelmann auch für diesen Fall Vorsorge getroffen: seit neuestem hängen links und rechts der Pissoirs an verchromten Ketten zwei niedliche kleine Funktelefone, im Design passend zur Farbe der Fliesen.

Wenn alle Stricke reißen, kann Frau Bezelmann auch noch eine schriftliche Nachricht an das Telefon des Mitarbeiters schicken. Diese erscheint dann als durchlaufender Text im Display des Telefons. Frau Bezelmann verwendet dieses letzte Mittel meistens nur, um besonders hartnäckigen Telefonagnostikern (wie mir) auf die Sprünge zu helfen.

„Ich weiß genau, dass Sie da sind", erscheint jetzt gerade im Display meines flötenden Telefons. „Wenn Sie nicht SOFORT abheben, ... "

Es folgen mehrere gestaffelte Drohungen, vom Entzug der Essensmarken bis hin zur schriftlichen Beschwerde beim Chef.

Wenn man es sich genau überlegt, sind wir von Star Trek gar nicht mehr so weit entfernt, nicht wahr?

Glücklicherweise wurde die Software der Anlage von Dilettanten programmiert, zumindest was die Sicherheitsmaßnahmen angeht. Es war nicht besonders schwer, ein paar Subroutinen so zu modifizieren, dass die Anlage nach dem Zufallssystem Nebenstellen anruft, wenn Frau Bezelmann versucht, an meine Nummer weiterzuverbinden. Außerdem hängt mein Chip-Namensschild sicher verwahrt im Hörsaal hinter der Tafel.

Und der Hörsaal ist der einzige Raum ohne Telefonanschluss.

Woche DF

Heute ist 'HH'-Day. Denn heute erscheint gewöhnlich 'Hacker's Havoc', die einzige wissenschaftliche Zeitschrift, die ich gründlich von vorne bis hinten durcharbeite. Eine ungemein anregende Lektüre!

Also gehe ich heute ausnahmsweise in höchsteigener Person zur Poststelle, um nach dem Verbleib von 'Hacker's Havoc' zu fahnden.

Der Glaskasten der Poststelle ist leer; ebenso das Postfach für unseren LEERstuhl. Ich will gerade wieder verschwinden, als ich eine vergessene Faxvorlage im Auswurfschacht des Faxgeräts bemerke.

Es gibt immer noch Leute, die glauben, ein Faxgerät 'frisst' die Vorlage komplett auf, zerlegt sie in winzige Papierschnitzel und wandelt die Papierschnitzel in digitale Signale um, die bei der Empfangsstation wie durch ein

Wunder wieder zusammengesetzt werden. Diese Leute beobachten mit höchster Befriedigung, wie das Faxgerät ihr Dokument 'frißt', dann schlendern sie glücklich zurück in ihr Büro und vergessen, dass ihre Faxvorlage auf der anderen Seite gleich wieder ausgespuckt wird.

Manchmal frage ich mich, wie diese Sorte von Leuten überleben kann.

Ich kannte sogar mal eine Studentin, die ihr Referat in einem Hauptseminar damit begann, dass sie ein Buch aufschlug und es mit der geöffneten Seite nach unten auf den Overhead-Projektor legte. Die Tatsache, dass die Leinwand selbstverständlich dunkel blieb, kommentierte sie mit dem überraschten Ausruf:

„Aber das funktioniert ja gar nicht!"

So viel technisches Unverständnis muss bestraft werden! Also nehme ich die vergessene Faxvorlage mit in mein Büro und fahre die Schutzschilde hoch.

Wie unschwer zu erkennen ist, handelt es sich um den Auftrag für eine private Kontaktanzeige in einer der größeren Tageszeitungen. Selbstverständlich mit Chiffre, wie es sich gehört. Man will ja nicht unbedingt das Opfer übler Scherze werden, nicht wahr?

Absender ist ein Herr Alex Stölzle. Wie ich aus dem World-Wide-Web unschwer erfahren kann, handelt es sich um einen ziemlich jungen Spund, Dipl.-Ing. der Informationstechnik und frisch importiert von der Technischen Universität Stuttgart.

Die Anzeige lautet:

> 'Charm. ER, 31, 182, 73, Brtr., schl., ungeb., gefühlv., sens., rom., sportl., attr., NR, fin. unabh., su. liebev. SIE, 20-31, NR, bl., zw. gem. Freizeitgest., läng. Bez. erw., sp. Heir. mögl., Ki. ang., nur ernsth. Zuschr. u. Ch. 897453'

In seiner Beschreibung fehlt ganz offensichtlich noch ein 'extr. spars.' für 'extrem sparsam'. Ob es tatsächlich weibliche Wesen gibt, die auf so eine Anzeige antworten? Wahrscheinlich sieht eine Antwort dann ungefähr so aus:

> 'L. ER!
> *Attr. SIE, 28, 164, 65 + m, 5 J., dklh., zierl., s. sprtl.,*
> *naturl., intell., gepfl., anschmgs., unkompl., liebesbed., viels.*
> *interess., m. pherom. Ausstr., IQ 115, wün. mögl. bald. Treff.*
> *m. DIR, hff. auf bald. Antw. unt. Ch. 654355'*

Ich überlege einen Augenblick, ob ich die Kontaktanzeige scannen und in den News-Groups alt.contacts.s/m.newcomer oder alt.sex.fetish.blonds posten soll. Aber das habe ich schon Dutzende Male gemacht – und es ödet mich an!

Ich setze mich an den Rechner und tippe eine kurze, aber gefühlvolle Antwort an Chiffre 897453, in der ich die vorgeschlagene zukünftige 'Freizeitgest.' in zarten Pastelltönen ausmale. Dann schlage ich als mögliches erstes Treffen das Cafe 'Pink Roses' vor, nächsten Montag um halb sechs. Erkennungszeichen bei ihm: WalkMan auf dem Tisch, Erkennungszeichen bei ihr: schwarzer Rabe.

Dann füge ich noch folgenden Absatz hinzu:

> *'Lieber unbekannter ER, jetzt habe ich noch eine große Bitte:*
> *mein Therapeut meint, dass ich instinktiv negative Gefühle*
> *aufbaue, wenn mich ein Unbekannter zuerst anspricht. Daher*
> *bitte ich dich inständig: bleib solange stumm, bis ich den Mut*
> *aufbringe, dich anzusprechen. Ich möchte nicht, dass unsere*
> *hoffnungsvolle Beziehung schon zu Beginn … blablabla …*
> *raspelraspelraspel … blablabla'*

Dann beginne ich einen zweiten Brief, adressiert an Frau Bezelmann, mit dem Absender:

'Deutsche Arbeitsgemeinschaft der Rabenvögel-Halter e.V. (DARH), Kienzlegasse 4, 76854 Koblenz'

Sehr verehrte Frau Bezelmann,

wie unser Verein erfahren hat, sind Sie seit Jahren im Besitz eines Rabenvogels, genauer gesagt eines Kolkraben, Corvus corax.
Den Kolkraben wurde immer schon nachgesagt, dass sie außerordentlich intelligent und in längerer Gefangenschaft sogar in der Lage seien, die menschliche Sprache in gewissem beschränkten Umfang zu erlernen.
Unser Verein hat es sich u.a. zur Aufgabe gemacht, diesen Gerüchten über den Kolkraben nachzugehen. Da es leider nur sehr wenige Exemplare gibt, die in längerer Gemeinschaft mit Menschen gelebt haben, möchten wir Sie herzlich bitten, sich mit einem Mitglied unseres Vereins, Herrn Dr. Stölzle, einem anerkannten jungen Ornithologen, zu treffen. Unser junger Kollege möchte gerne die linguistischen Fähigkeiten Ihres Kolkraben in natürlicher Umgebung (also keinesfalls im Labor!) studieren. Er schlägt vor, dass sie sich in der entspannten Atmosphäre eines Cafes, genauer gesagt dem Cafe 'Pink Roses' mit ihm treffen und Ihren Raben gleich mitbringen. Wenn es Ihnen recht ist, nächsten Montag um halb sechs.
Sie erkennen Herrn Dr. Stölzle an dem kleinen Bandgerät, das er vor sich auf dem Tisch liegen hat.
Damit Ihr Corvus corax möglichst unbeeinflusst bleibt, bittet Herr Stölzle Sie, anfangs möglichst gar nichts zu sprechen. Denken Sie bitte daran, wenn Sie unsere Einladung

Bastard Assistant from Hell

annehmen (Getränke und Verzehr gehen natürlich
zu Lasten des Vereins).
Mit freundlichen Grüßen,
Annabel Jolinger
(1. Vorstand)

Dann vermerke ich den Termin in meinem xcal – damit ich auch bestimmt pünktlich, komplett mit Videokamera, zur Stelle bin, um die beiden großen Schweiger in Aktion zu erleben.

• • • • • • • • • • • • • • • •
GROSSES BAfH-HERBST-QUIZ
• • • • • • • • • • • • • • • • • •

W er SÄMTLICHE folgenden Abkürzungen korrekt wiedergeben kann und sie mir per E-Mail zuschickt, bekommt die nächste Folge des BAfH KOSTENLOS zugeschickt.

(Alle übrigen überweisen gefälligst DM 9,78 auf das Konto des BAfH!)

schl.

g. sit.

ungeb.

geb.

partnerf.

zierl.

fin unabh.

gepfl.

int.

ehrl.

aufricht.

vorz.

berufl st. eng.

dklh.

Ki. ang.

ruh.
gereg. E.
temp.
keine PV
kultiv.
dyn. schö.
viels. int.
anpassf.
sympath.
sens.
gutauss.
fröhl.
unkompl.
32,168,59+m, 5 J
warmh.
n. u.pfl.
pherom. Auss.
zuverl.
bld.
Brtr.
lt. Pos.
unk.

(Quelle: 'Pan-Galaktischer Beobachter' Sternzeit 345643,6)

Woche EO

Es ist höllisch früh am Morgen, praktisch noch Nacht, aber ich bin schon in meinem Büro. Ein schweres Los, das ich da zu tragen habe!

Vorsichtig hebe ich das linke Augenlid und blinzele auf die Uhr in meinem Display, auf dem die Reste von 'Monkey Island' zu sehen sind.

Sie zeigt halb elf Uhr an. Na bitte! Sagt' ich's nicht?

Ich schließe die Augen wieder und taste mich vorsichtig durch den Gang zur Kaffeemaschine. Den Weg würde ich auch im Tiefschlaf finden!

„Guten Morgen! Wir würden Sie mal gerne fragen: Haben Sie sich schon mal Gedanken über die Bibel gemacht?"

Ich halte an und öffne beide Augen zu einem winzigen Spalt. Das harte Neonlicht der Lampen in unserem Flur malträtiert meine armen Netzhäute.

Vor mir stehen zwei Typen mit Anzug und Krawatte und

grinsen mich freundlich an. Beide haben glänzende Schuhe, eine schmale Aktenmappe unter dem rechten Arm, kurzgeschnittene Haare und das typisch-dämliche Wachturm-Zeugen-Jehovas-Missions-Grinsen auf der Fratze.

Ich fass es nicht! Zu nachtschlafender Zeit! Am LEERstuhl! Ich sage:

„Äh ... nein! Heute noch nicht ...“

„Na, das sollten Sie aber mal nachholen“, sagt der Ältere fröhlich, und der Jüngere grinst aufmunternd zu diesen herzerwärmenden Worten. „Wenn Sie wollen, können wir Ihnen dabei behilflich sein. Sofort, wenn Sie wollen. Wir haben viel Zeit.“

Ich nicke den beiden Halluzinationen beruhigend zu und gieße mir erst einmal einen Becher Morgens-nachmittags-und-abends-Droge hinter die Binde. Als ich die Augen wieder aufmache, stehen die beiden immer noch im Gang und grinsen mich an. Teufel! Also doch keine Halluzination!

„Ja ... wie wär's, wenn wir in mein Büro gehen“, sage ich, und die beiden ZJs strahlen.

In Nullkommanix haben sie aus ihren Aktentaschen abgegriffene Bibeln mit hunderten von Merkern an der Seite herausgeholt. Der Ältere fängt an, und ich schalte beide Ohren auf Durchzug. Immerhin schaut es vom Gang her so aus, als ob ich mit schwierigen Verhandlungen befasst wäre, und niemand wagt es, meine Morgenruhe zu stören.

Niemand außer Leo. Leo ist unser neuester Mitarbeiter. Der geborene Spezialist, Fachidiot, Elfenbeinturmhocker, so ein richtiger Bytewusler, für den die Welt nur aus Rechnern, Nicht-Rechnern und ein paar Quanteneffekten am Rande besteht.

Der ältere ZJ sagt gerade:

„... und daher sind wir durch Gottes Wort gewarnt. HIER

finden Sie alles. ALLES war schon einmal dagewesen. WIR sind vorbereitet. Denken Sie nur an Sodom und Gomorrha …" als Leo ohne anzuklopfen in mein Büro platzt. Er starrt mich durch seine dicken Brillengläser, Stärke minus 8, aufgeregt an und ruft:

„Mensch, Leisch! Ich habs! Der back-getrackte Viterbi-Beam-Search hat retro-gradiente Tensorschwankungen in GOS verursacht. DESHALB ist die Fusionssimulation explodiert!"

Jetzt erst bemerkt Leo, dass ich nicht allein bin.

„Die Herren sind von der Wachturm-Gesellschaft", stelle ich vor, und die beiden ZJs grinsen wieder freundlich.

„Oh! Hallo", meint Leo und späht kurzsichtig durch die dicken Linsen, „Software oder Hardware?"

Das Grinsen der beiden ZJs wird tendenziell fragend:

„Äh … wie meinen … ?"

„Eher Software. Wir sprachen gerade über Sodom und Gomorrha", sage ich erläuternd.

Leo schaut verständnislos:

„Das neue Micro-Code-Protokoll für den assoziativen Mega-Cache?"

„Nein, nein", schaltet sich der jüngere ZJ ein, „Sodom und Gomorrha. Sie wissen doch: die Städte, die wegen ihrer Sündhaftigkeit mit Feuer und Schwefel ausradiert wurden."

Leo schaut verdutzt:

„Wann soll'n das gewesen sein? Da hätt' ich doch was übers Internet mitbekommen müssen …"

Die beiden ZJs starren ihn an, als ob er geradewegs vom Himmel zu uns ins Büro gestiegen wäre.

„Ja, haben Sie denn noch nie das erste Buch Mose gelesen?" fragt der Ältere fassungslos mit zitternder Stimme. Schweißtropfen hängen ihm in den gesträubten Augenbrauen.

Leo's gefurchte Stirn hellt sich auf:

„Multiple Operations Systems Environment. Klar, kenn ich doch! Ist aber ein alter Hut. Heute benutzt doch jeder schon lange keine GOD-Strukturen mehr ..."

Den beiden ZJs dämmert es, dass hier ein ernsthaftes Kommunikationsproblem vorliegen könnte. Wie kann man jemanden Angst vor dem jüngsten Gericht einjagen, wenn er nicht einmal die einfachsten Grundbegriffe des Buchs der Bücher kennt.

„Aber ... aber die Bibel haben Sie doch schon bestimmt mal gelesen ... nein? Aber davon gehört?" fragt der Ältere hoffnungsvoll.

„Hmm, ja", meint Leo nachdenklich. „Im alten NextStep war immer so eine Datei 'Bibel.txt' mit dabei. Die haben wir immer für die Performance-Benchmark mit spell verwendet ..."

„Was??"

„Naja, wir haben die Textdatei 'Bibel.txt' dem Speller vorgeworfen und dann die Zeit gemessen, bis er alle Fehler darin gefunden hat. Das war 'ne ganz gute Benchmark. Hat meistens so 45 Minuten gedauert ..."

Den beiden ZJs treten die Augen aus den Höhlen.

„Fehler? In der Bibel?!"

„Massenhaft", bestätigt Leo ernsthaft nickend.

Die ZJs geben nicht auf. Zäh sind sie schon, das muss sogar ich zugeben.

„Aber meinen Sie denn nicht, dass Sie sich auf das angekündigte Ende vorbereiten sollten? Wir könnten Ihnen doch zeigen, hier in der ... äh ... Bibel ..."

Leo schaut mich entsetzt an:

„Ende? Wurde mein Kontrakt etwa nich' verlängert?!"

Ich beruhige ihn.

„Na, dann", meint Leo erleichtert, „Sie haben mir

vielleicht einen Schrecken eingejagt ... Da fällt mir ein, ich muss noch den neuen Scanner tunen ..." und weg ist er.

„Aber die ... die Sintflut! Denken Sie doch mal an die Sintflut!" brüllt ihm der Jüngere hinterher.

„Ja?" sage ich ruhig, „was ist damit?"

Die beiden ZJs, etwas aus der Fassung gebracht, aber noch nicht geschlagen, konzentrieren sich wieder auf mich.

„Äh.. ja, die Sintflut oder Sündflut, 1. Buch Moses 6 – 8, da sehen Sie doch, was wir jederzeit wieder gegenwärtig sein müssen, wenn wir weiter so gottlos leben wie bisher ..."

Inzwischen ist es halb zwölf, Zeit fürs Mittagessen, und die Burschen gehen mir allmählich auf den Geist.

„Erstens", sage ich, „kommt 'Sintflut' nicht von 'Sündflut', sondern von 'Sinvluot', was auf althochdeutsch einfach 'große Flut' bedeutet.

Zweitens sind inzwischen die meisten Ihrer Mitmenschen begeisterte Surfer, Taucher, Segler und sonstige Wassersportler, die gegen ein bißchen mehr Wasserfläche bestimmt nichts einzuwenden hätten. Also was soll's?

Drittens weiß ich aus sicherer Quelle – ich habe nämlich erstaunliche Connections – dass in nächster Zeit ganz bestimmt keine Sintflut auf dem Programm steht.

Und viertens geh ich jetzt zum Mittagessen. Aber vorher verrate ich Ihnen noch etwas, womit Sie Ihr nächstes Opfer beeindrucken können. Schlagen Sie mal die Offenbarung Johannes 8, 10–11 auf und lesen Sie vor!"

Der Jüngere gehorcht tatsächlich:

„'Und der dritte Engel blies seine Posaune; da fiel ein großer Stern vom Himmel, der brannte wie eine Fackel und fiel auf den dritten Teil der Ströme und auf die Quellen. Und der Name des Sterns ist Wermut. Und der dritte Teil des Wassers wurde bitter, und viele Menschen starben von dem Wasser, weil es so bitter geworden war.'"

Bastard Assistant from Hell

Die beiden ZJs starren mich erwartungsvoll an.

„Wissen Sie was 'Wermut' auf russisch heißt? Tschernobyl!" sage ich und gehe hinunter in die Cafeteria.

Woche EA

Auf dem Gang krächzt es heiser. Ein schlechtes Zeichen! Wenn Frau Bezelmann ihren Raben Nero mitschleppt, heißt das, dass sie nicht nur mal eben für kleine Mädchen geht. Es heißt, dass sie in offizieller Mission unterwegs ist, am Ende sogar im Auftrag des Chefs. Offizielle Mission – das riecht nach Ärger, oder schlimmer: nach Arbeit.

Im nächsten Moment steht sie auch schon im Türrahmen. Typisch, dass sie bei mir anfängt! In der linken Hand trägt sie einen Teller, DEN Teller. Nero sitzt auf ihrer linken Schulter festgekrallt und betrachtet mich höhnisch aus seinen kleinen gelben Knopfaugen. Jedesmal, wenn mich dieses gerupfte Rabenvieh anstarrt, sehe ich in seinem Blick die unendliche Verachtung der geflügelten Kreatur über uns lächerliche Erdenwürmer.

Dann denke ich ganz schnell an meinen rabensicheren

Kühlschrank zu Hause, damit ich keine Depressionen bekomme.

Frau Bezelmann erläutert mit zusammengepreßten Lippen, dass sie für einen Blumenstrauß sammele; für den Kollegen J., der momentan im Krankenhaus liegt.

Frau Bezelmann betont das Wort 'Blumenstrauß' ungefähr wie 'thalasianisches Höhlenstinktier'. Frau Bezelmann hat für solche läppischen Sentimentalitäten nicht viel übrig, genauer gesagt, überhaupt gar nichts.

Wenn es wenigstens ein Kaktus, eine hübsche Carnivore oder wenigstens eine gescheite Distel gewesen wäre! Das Sekretariat ist inzwischen voll davon; manche schnappen, wenn man zu dicht dran vorbeigeht.

Besonders beliebt bei den Mitarbeitern ist auch der 'Post-Kaktus':

Frau Bezelmann pflegt die Post nicht mehr in die Fächer zu verteilen, sondern piekt sie auf einen riesigen Säulenkaktus in der Ecke des Sekretariats. Je unbeliebter man im Sekretariat ist, desto tiefer im Stachelgewirr muss man seine Post suchen. Fairerweisemuss ich hinzufügen, dass Jodtinktur und Verbandsmaterial immer bereit liegen.

Frau Bezelmann hält mir also DEN Teller hin; ihre andere Hand hält sie hinter dem Rücken verborgen. Die herabgezogenen Mundwinkel irritieren mich; normalerweise ist das ein gefährliches Zeichen.

„Was haben Sie da eigentlich hinter Ihrem Rücken?" frage ich vorsichtig.

Ihre Mundwinkel zucken ganz leicht.

„Etwas, was die Spendenfreudigkeit der Mitarbeiter sichern soll", sagt sie bissig, und Nero krächzt beifällig.

Ich zahle anstandslos meinen Obulus – schließlich weiß ich vom Herumstöbern in ihren Mails, dass Frau Bezelmann seit neuestem Mitglied im feministischen Schützenverein

'Pink Ladykillers' ist. Und im Sekretariat lagen in letzter Zeit öfters Waffenkataloge herum ...

Wenig später kracht es weiter hinten im Korridor – offensichtlich hat ein geiziger Mitarbeiter die Zeichen der Zeit falsch verstanden ...

Kollege J. ist übrigens nicht wegen Blinddarm oder Tonsilektomie bei den Profi-Quacksalbern. Oh nein!

Er erholt sich von einem fast tragisch verlaufenen Lachkrampf!

Vorige Woche hatte der Chef den Kollegen J. gebeten, ein Software-Paket für Windows 95 auf seinem Laptop zu installieren. Der Laptop des Chefs ist der einzige Rechner am LEERstuhl, der unter Windows 95 fährt bzw. vor sich hin torkelt.

Kollege J., von Natur aus gutmütig und hilfsbereit, ist nach vier Tagen am Ende seiner geistigen Kräfte – und die Software läuft immer noch nicht.

Ausgerechnet zu diesem kritischen Zeitpunkt taucht ein Vertreter auf, der uns seine neuen Industrie-PCs anpreisen will. Frau Bezelmann schickt ihn ahnungslos zum Kollegen J. (bei mir versucht sie sowas schon gar nicht mehr; ich lasse die Burschen gar nicht erst in mein Büro!).

Kollege J. schaut sich das Vorführmodell an, dass der Vertreter freundlicherweise gleich mitgebracht hat, und fragt, warum das Ding keinen Reset-Knopf habe.

Daraufhin erläutert ihm der Vertreter treuherzig, dass inzwischen die meisten Anwender ja Windows 95 verwendeten und das sei ja sooo stabil, dass man ja eigentlich auf den Reset-Knopf verzichten könne.

Kollege J. starrt den Mann einen Augenblick lang fassungslos an und dann – ROTFL. Ein geradezu klassischer Fall!

(Falls jemand nicht wissen sollte, was 'ROTFL' bedeutet,

soll er sich erstens schämen und zweitens ist es die Abkür-
zung für 'Rolling on the floor laughing'.)

Als Kollege J. nach drei Stunden und 27 Minuten immer
noch im Zustand ROTFL ist und kaum noch Luft bekommt,
ruft Frau Bezelmann den Notarzt.

Noch bevor dieser eintrifft, kommt mir die rettende Idee,
dem Patienten die Installationsanleitung von Win95 laut
vorzulesen. Schon nach dem ersten Absatz geht Kollege J.'s
lebensbedrohlicher Lachkrampf in einen ebenso
lebensbedrohlichen Weinkrampf mit suizidalen Tendenzen
über. Bevor er jedoch die nächste Steckdose erreichen und
sich selbst defibrillieren kann, kommen zum Glück die
Sanitäter (Sanitöter?) und nehmen ihn hops.

Inzwischen hören wir, dass Kollege J. auf dem Wege der
Besserung ist. Es kam noch einmal zu einem schweren
Rückfall, als die Schwester in der Aufnahmestation J.'s
Personalien mit einem Win95-PC erfassen wollte, der keinen
Reset-Knopf hatte. Aber inzwischen geht es ihm wieder
blendend.

Er liest viel; vor allem über UNIX und veraltete VMS-
Manuals ...

Woche EB

Der Chef meint, ich müsse etwas für meine Hochschul-Karriere tun, und hat mich zu einem Hauptseminar verdonnert.

„Ich ... äh ... ich weiß doch, äh ... Leisch, dass ... nun ja, dass Sie der geborene Hochschullehrer sind ... hrrm ... ja, und ... äh ... dass die ... die ... Dings, na! die Studenten von Ihrer ... äh ... Einführungs-Veranstaltung ... äh ... ja, ganz begeistert sind ..."

Nach meiner letzten Einführungs-Vorlesung hatten sechs Studenten sich freiwillig einer Therapie unterzogen. Wenn man bedenkt, dass nur sieben es überhaupt gewagt hatten zu erscheinen, keine schlechte Quote.

Als ich den Chef frage, über welches Thema ich ein Hauptseminar veranstalten solle, meint er, ich solle mir was Interessantes einfallen lassen.

Die Wahl eines geeigneten Themas kann für den Erfolg

einer LEERveranstaltung entscheidend sein – soviel habe ich schon gelernt. Um mir also allzuviel Stress zu ersparen, kündige ich mein Hauptseminar wie folgt an:

„Performanz-Simulation von API-Switch-Kopplern mit Hilfe 7-dimensionaler nicht-linearer Tensor-Mathematik bei modulierter Heisenbergscher Tunnel-Exuberation (mit praktischen Übungen)"

Trotzdem erscheinen drei (männliche) Studenten zur Vorbesprechung.

„Tres facit collegium", lächele ich grimmig und skizziere den dreien ein Semesterprogramm, dass die sauerstoffarmen Streberjüngelchen noch um fünf Grade blasser werden. Beim nächsten Termin erscheint nur noch einer. Erleichtert kann ich die Veranstaltung wegen 'Mangels an Beteiligung' für dieses Semester absagen.

Bei der Einführungsveranstaltung, da Pflicht für alle Drittsemester, liegt der Fall nicht so einfach. Aber der Chef hat nicht ganz Unrecht: ich finde daran sogar so etwas wie Gefallen (obwohl es natürlich mit anstrengender Arbeit verbunden ist!).

Gleich in der ersten Stunde frage ich, wer von den Anwesenden im letzten Semester durchgefallen ist, also diesmal die letzte Chance hat, das Vordiplom noch zu bestehen. Die Namen derer, die so dumm sind, die Hand zu heben, merke ich mir speziell für die Abschlussprüfung vor.

Dann lasse ich eine Liste herumgehen, in die die Studenten ihre E-Mail-Adressen eintragen sollen, damit sie von mir Unterrichtsmaterial beziehen können. Schließlich sind wir ein sehr fortschrittlicher LEERstuhl.

Außerdem macht es mehr Spaß, User-Mail zu lesen, wenn man das dazugehörige Gesicht kennt.

Danach beginne ich ohne weitere Verzögerung mit dem umfangreichen Stoff. Ich verwende in dieser Vorlesung meine bewährte 'Wechselbad-Didaktik': in den ersten Stunden heize ich den StudentInnen (da wars wieder!) so ein, dass später niemand sagen kann, ich hätte sie nicht gefordert. Den Rest des Semesters verbringe ich mit läppisch-seichten Zahlen-Spielereien, um dann in der Abschlussprüfung wieder voll zuzuschlagen.

Die Tatsache, dass noch nie ein Student die Note 'Sehr gut' erzielt hat, seitdem ich diese Veranstaltung übernommen habe, beweist den durchschlagenden Erfolg meiner Methode.

Die Zeit schreitet voran, und schon nach der ersten akademischen Stunde habe ich die gesamte Schulmathematik als 'banale Trivialitäten' an die Tafel geworfen und so schnell wieder abgewischt, dass niemand die Chance hatte, es mitzuschreiben. Der Angstschweiß steht meinen Hörern schon auf der Stirne, als ich locker sage:

„Soviel zu den mathematischen Grundlagen, die Sie ja sicher schon beherrschen. Der Vollständigkeit halber wiederhole ich in den verbleibenden 40 Minuten noch kurz die Grundlagen der Quantenmechanik, die wir unbedingt brauchen werden."

Zur Abwechslung verwende ich jetzt den Overhead-Projektor, dessen Fresnell-Linse ich so mit Domestos verätzt habe, dass auf der Leinwand kaum noch etwas zu erkennen ist. Außerdem ziehe ich die mit Formeln voll gepackten blassen Folien so schnell durch, dass selbst ein Weltmeister im Schnell-Lesen ernsthafte Schwierigkeiten hätte.

Ein Student wagt es, eine absolut triviale Frage zu stellen. Ich ermahne ihn nachsichtig, seine Fragen für die wirklichen Probleme aufzusparen.

Als ich die Veranstaltung beende, sind sich 95 % der Anwesenden – mich selbst eingerechnet – relativ sicher, das falsche Studienfach gewählt zu haben.

Eine besonders hartnäckige Studentin tritt mir in den Weg, als ich mich endlich in die Cafeteria absetzen will.

Das mit der asymmetrischen Tensormatrix habe sie nicht ganz verstanden. Wieso brauche man dazu einen Lagrange-Operator?

„Ganz einfach", sage ich, „der Lagrange-Operator erleichtert die partielle Ableitung der Eigenwert-Matrix nach den rotierten Laplace-Koeffizienten. Sie können das alles im 'Klöber/Meindl' nachlesen, im Kapitel über rotierte Laplace-Koeffizienten."

Sie bedankt sich beeindruckt und verspricht, dass sie das sicher tun werde.

Auf dem Weg in die Cafeteria überlege ich flüchtig, wie lange sie wohl brauchen wird um festzustellen, dass ein Buch dieser Autoren gar nicht existiert.

Genausowenig wie ein 'rotierter Laplace-Koeffizient'.

Auf alle möglichen Fragen eine Antwort wissen – das ist es, was einen guten Hochschullehrer ausmacht!

Woche EC

Ich sitze in meinem Büro und beobachte zähneknirschend, wie sich der Minutenzeiger auf die volle Stunde
zubewegt. Elf Uhr: Zeit für die Studienberatung.
Widerstrebend lege ich den Hörer auf die Gabel zurück.

Eigentlich hätte das nicht passieren dürfen. Die anderen
haben mich glatt überrumpelt. Letzte Woche beim
Kaffeetrinken sagt der Kollege O. plötzlich mit einem
Seitenblick auf mich:

„Wir müssen ja noch auswürfeln, wer dieses Semester die
Studienberatung macht."

Und bevor ich noch Piep sagen, geschweige denn die
Spezialwürfel aus meinem Büro holen kann, hat er schon ein
paar Würfel herausgezogen.

Eine Zwei und eine Drei! Schon im ersten Durchgang
glatt verloren. Die hämischen Gesichter, das schadenfrohe
Grinsen, Frau Bezelmanns herabgezogene Mundwinkel! So

Bastard Assistant from Hell

was darf einem BAfH nicht passieren! Wo bleibt mein schlechter Ruf?

Wäre ich Klingone, würde ich jetzt sagen, ich wäre entehrt und der Name meiner Familie in den Schmutz gezogen. Und dann würde ich mich im schalltoten Raum einsperren und mit dem Schmerzstock geißeln.

Zum Glück bin ich pragmatischer veranlagt. Zunächst lasse ich meinen speziellen Spell-Checker über sämtliche Textdateien des Kollegen O. laufen. Während ich noch beobachte, wie unzählige Kommata ihren Platz tauschen, klingelt das Telefon.

„Hallo", sage ich.

„Ist dort die Studienberatung für das Fach <zensiert>?" fragt eine schüchterne Stimme.

Ich bestätige, dass dem so sei, und füge mit der freien Hand noch ein paar Dutzend 'vor allem' in O's Texte ein.

„Ähm ... also ... äh – es ist so, dass ... ich ... ich dachte, ... also ich weiß gar nicht, wie ich ... jedenfalls wollte ich mich eigentlich erkundigen ... ähm ..."

Dieser Job ödet mich an!

Um die Sache abzukürzen, sage ich:

„Sie haben gerade Ihr Abitur bestanden und möchten jetzt studieren, wissen aber nicht was. Unser Fach klingt toll, aber Sie wissen überhaupt nichts darüber. Also machen Sie sich Sorgen, ob es die richtige Entscheidung ist, die Sie jetzt treffen müssen, von wegen Berufsaussichten und so. Und dann wissen Sie ja nicht, was in so einem Studium so alles verlangt wird, und ob Sie das überhaupt schaffen können, und ob es Spaß macht. Außerdem sind Sie 18 Jahre alt, haben braune Haare und schwärmen für Pferde. Und am liebsten hätten Sie es, wenn Ihnen jemand diese schwierige Entscheidung abnehmen würde, wie es Ihre Eltern bisher auch immer getan haben."

Ich höre, wie am anderen Ende der Leitung jemand nach Luft schnappt.

„Woher wissen Sie das alles?! Sind Sie Hellseher?" keucht sie.

„Ich mache den Job schon länger", erkläre ich grimmig und injiziere ein paar der neuesten bulgarischen Viren an strategische Stellen in O's Account.

„Aber ... aber mein Alter, meine Haarfarbe ..."

Soll ich ihr jetzt auch noch erklären, was angewandte Statistik ist? Das Ganze dauert schon viel zu lange!

„Wollen Sie nun eine Antwort oder nicht?" sage ich.

„Wwwwworauf??"

„Ob Sie unser Fach studieren sollen", erkläre ich seufzend.

„Ähm ... ok."

„Lassen Sie's", sage ich und lege auf.

Ich hasse diesen Job! Kollege O. wird seine Textdateien nicht wiedererkennen! Sicherheitshalber fahre ich einen zusätzlichen Backup-Zyklus über seinen Account, damit die Änderungen auch auf den Bändern zu finden sind.

Es klopft.

Ein junger schlaksiger Mann mit erstaunlich weit abstehenden Ohren und schmalzigem Haar betritt bewaffnet mit einer Schulmappe mein Büro.

Er sei im ersten Semester und möchte sich gerne beraten lassen. Ich frage geduldig, worum es sich handele.

„Nun, ja", sagt er unsicher, „ich verstehe nicht ganz, was ich alles als Voraussetzung zur Diplomvorprüfung haben muss."

Oh Hölle!

„Aha", sage ich und deute einladend auf den Besuchersessel, „überhaupt kein Problem. Haben Sie was zum Schreiben mit? Gut, also als Zulassungsvoraussetzung zur ersten Diplomvorprüfung (ZVDVPI) brauchen Sie zunächst einmal natürlich den großen Hauptfachschein A1 und drei Nebenfachscheine der Klasse B, wobei Sie beachten müssen, dass jeder von den letzteren mindesten dreieinhalb Semesterwochenstunden abdeckenmuss. Alternativ können Sie auch eine Studienarbeit von mindestens zwei Monaten, aber nur von so genannten fachrelevanten Fächern einbringen; das erspart Ihnen einen B5 Schein, aber nur B5, klar? Die Voraussetzung für die Anerkennung der Studienarbeit sind allerdings entweder fünf bestandene, d. h. mit mindestens Note 4,0 benotete Hausarbeiten im Hauptfachschein, aber nicht in borelanischer Fluidmechanik, oder die Teilnahme am BOD-Praktikum, wobei Sie nur die erste Hälfte erfolgreich absolviert haben müssen. Des weiteren brauchen Sie als ZVDVPI die erfolgreiche Abnahme in einem Klasse V Praktikum – das ist entweder der große Verwaltungs-Management-Schein (VMS) oder das Praktikum der Programmierung, Teil 11 (PDP11) – oder sie bringen zwei Jahre Berufserfahrung aus einem früheren Leben – Verzeihung, ich meine natürlich Studium – ein. Letzteres muss aber vom FB, vom Fachbereichsrat, auf gesonderten Antrag genehmigt worden sein. Sie können sich bei einer etwaigen Ablehnung aber auch direkt an … Stimmt was nicht?"

„Ich … ich glaube, ich schaue mir das nochmal in Ruhe im Vorlesungsverzeichnis an", stottert das Bürschlein.

Warte, so leicht kommst du mir nicht davon! Ich drücke ihn sanft aber entschieden auf den Stuhl zurück und fahre fort:

„Da steht aber bei weitem nicht alles drin, was Sie wissen müssen! Passen Sie auf: statt dem vorhin erwähnten BOD-Praktikum können Sie sich auch einem BOD-Eignungstest unterziehen, nach dessen Bestehen Ihnen das Praktikum erlassen wird. Anstelle des vorgeschriebenen KI-Scheins ist es auch möglich, drei extra B3-Klassen-Scheine zu machen, sogar an anderen Hochschulen in München, wenn Sie den Schriftführer des Vordiplomprüfungsausschusses, kurz SdVDPA, überzeugen können, dass Sie ein Härtefall der Stufe drei sind. Um als Härtefall anerkannt zu werden, genügt ein einfaches, formloses Schreiben an das KuMi, zu deutsch Kultusministerium, und zwar an den Sachbearbeiter Grötzenweiler. Grötzenweiler, auch Gröwei genannt, ist seit Jahren bekannt dafür, dass er die zugrunde liegenden Fakten in den an ihn gerichteten Gesuchen nicht nachprüft.

Schreiben Sie also getrost, dass Sie seit zwei Jahren debil sind; das genügt normalerweise für einen Härtefall der Stufe drei. Andererseits könnte es für Sie auch von Vorteil sein, wenn Sie die SSL (Sonder-Studium-Laufbahn) einschlagen wollen. Aber für eine SSL brauchen Sie mindesten einen Monat Vorlaufzeit, weil die Sekretärin im Dekanat diese Anträge immer ganz unten einordnet (sie verwechselt SSL immer mit 'sichtbarer Slip-Linie'). Ein dezenter Blumenstrauß kann da Wunder wirken, wenn Sie es geschickt anstellen. Das alles müssen Sie unbedingt im Hinterkopf behalten, wenn Sie Ihr erstes PC-Gespräch haben. Wer ist eigentlich Ihr PC?"

„Wwwwas?"

„Ihr 'Persönlicher Coordinationstutor' natürlich."

„Ich ... ich weiß nicht ... ich glaube, ich habe gar keinen ..."

Ich ziehe die Augenbrauen hinauf, soweit ich kann.

„Kein PC-Gespräch bisher? Hm, sagen Sie jetzt nicht, dass Sie gar nicht <zensiert> studieren, sondern <zensiert>?"

Der Bursche schluckt und nickt angestrengt. Beim Schlucken wackeln seine knallroten Ohren.

„Ach so", sage ich und lehne mich weit zurück, „warum haben Sie das nicht gleich gesagt. Dann schaut die Sache wieder ganz anders aus. Passen Sie auf ..."

Aber der Student ist schon auf dem Weg zur Türe.

„Ich ... ich glaube, ichmuss mir das mit dem Studium noch mal genau überlegen ...“

Ich nicke ernsthaft mit dem Kopf.

„Tun Sie das! Nur nichts überstürzen! Und wenn Sie noch irgendwelche Detailfragen zum ZVDVPI haben oder einen PC brauchen, dann wenden Sie sich vertrauensvoll wieder an mich ...“

Der Bursche wird schlagartig grün im Gesicht und stürzt hinaus – in Richtung Toilette. Soweit ich das hören kann, schafft er es nicht mehr rechtzeitig.

'BOD' steht übrigens für 'Blöd oder Doof'.

Anmerkung der Redaktion:
Falls Sie meinen, in obig geschilderter Situation eigene oder aus dritter Hand berichtete tatsächlich ereignete Erlebnisse wiederzuerkennen oder glauben, dass Sie einen ziemlich ähnlichen Text in Ihrer Studienordnung gelesen haben, so ist das vom Autor beabsichtigt, und eventuell sollten Sie mal mit Ihrer Mutter darüber reden (oder auch nicht!).

Woche ED

Ich mache meinen üblichen Rundgang durch die Labors und bemerke 3 (in Worten DREI) Workstations, die entgegen meiner ausdrücklichen Anordnung nicht am unterbrechungsfreien Stromkreis angeschlossen sind. Das verdrießt mich, weil ich (im Gegensatz zur Haustechnik) das normale Stromnetz nicht beeinflussen kann. Den unterbrechungsfreien Stromkreis schon, weil er von einer speziellen Überwachungselektronik kontrolliert wird, die zufälligerweise über eine serielle Schnittstelle mit meiner Sun gekoppelt ist.

Da ich nur ungern die Kontrolle aus der Hand gebe, beschließe ich, unseren unbotmäßigen Mitarbeitern den Nutzen des unterbrechungsfreien Stromnetzes ein für allemal deutlich zu machen. Ich öffne die Kaffeemaschine und schließe die Heizwendel mit einem hauchdünnen Eisendrähtchen kurz. Das nächste Mal, wenn jemand die

Kaffeemaschine ansteckt, fliegt natürlich die Sicherung und die unbotmäßigen drei Workstations verenden wegen akuten Elektronenmangels. Und weil der Kurzschluss den dünnen Eisendraht vollständig verdampft, bleibt keinerlei Spur zurück. Das perfekte Verbrechen!

Kaum bin ich zurück in meinem Büro – ich durchsuche gerade die User-Mail nach interessanten Themen – klopft es zaghaft an meine Tür. Da ich pro forma noch Sprechstunde habe, hole ich das WW (Working Window) auf den Bildschirm und rufe: „Herein!"

Die Antwort ist ein Geräusch irgendwo zwischen Luftschutzsirene und Heulboje, das schlagartig um 30 dB zunimmt, als sich die Türe öffnet.

Im Türrahmen steht eine nicht unhübsche, aber mir unbekannte Studentin und lächelt mich entschuldigend-freundlich an. In ihren Armen, fest umklammert – wahrscheinlich damit es nicht entkommt – hält sie ein zuckendes Stoffbündel, in dem sich offenhörlich die Quelle des unnachahmlichen Nerven zerreibenden Geräuschs befindet: ein ziemlich rotgesichtiges und ganz offensichtlich schlecht gelauntes Baby.

„Sie mag es nicht, wenn man sie aus ihrem Buggy hebt", ruft die Studentin mir erklärend über dem ohrenbetäuben-den Lärm zu. Ich kann sie kaum verstehen.

Beim Versuch, das wild um sich schlagende Baby in seinem Stoffbündel zu halten, dreht sie es zufällig so, dass sein Blick auf mich fällt. Zwei große dunkelblaue Augen starren mich an und – schlagartig verstummt der Lärm. Das Baby lacht plötzlich.

„Gott sei Dank", atmet die junge Mutter auf, „sie mag Sie. Wissen Sie, ich habe gleich ein Referat zu halten und ich kann sie schlecht mit in den Seminarraum nehmen. Daher habe ich gedacht, dass Sie … Sie sind ja sowieso während

Ihrer Sprechstunde hier, und da dachte ich … Normalerweise bitte ich Frau Bezelmann, auf sie aufzupassen, aber ich kann sie gerade nicht finden … Sie heißt übrigens Pia. Es wird keine halbe Stunde dauern, das verspreche ich, vielleicht 40 Minuten, allerhöchstens 50. Ich bin dann sofort wieder da. Am besten lassen Sie sie die ganze Zeit in ihrem Buggy sitzen, da fühlt sie sich wohl und …"

Während das alles aus dem Munde der Studentin hervorsprudelt, hat sie geschickt eine Art Kleinkinderwagen auf autonom lenkbaren Zwillingsreifen in mein Büro bugsiert und das blauäugige Baby namens Pia hineingeschnallt.

„… und ich bin sicher, dass sie ganz brav sein wird. Für den Notfall steckt hier hinten eine Flasche mit Tee – sie können ihn ihr ruhig ungewärmt geben – und an der Stange hier hängt ihr Dutsi, den verlangt sie manchmal, aber wundern Sie sich nicht, wenn sie ihn verkehrt herum hineinsteckt … Sie wissen ja gar nicht was Sie mir für einen Gefallen tun …"

Ich muss zugeben, dass ich das bis vor ein paar Sekunden wirklich nicht wusste.

„… das Referat ist sehr wichtig für mich; ich brauche unbedingt diesen Schein … Oh, mein Gott! Ich bin schon viel zu spät dran! Also bis gleich dann …"

„Aber …", sage ich – aber sie ist schon weg.

Ich starre die geschlossene Türe an. Das sollte eigentlich ein ruhiger Tag werden. Ich wollte in aller Ruhe die User-Mail durchschauen, in ein paar Personalakten herumstöbern und ein, zwei Beschwerdebriefe an die RkfH verfassen. Und jetzt dies!

Ich schaue das blauäugige Baby an. Es hat die ganze rechte Hand bis zum Unterarm in den Mund gesteckt und schaut mit seinen dunkelblauen Augen ernsthaft zurück.

„Pia?" sage ich versuchsweise.

Es lacht. Es lacht und antwortet etwas, was ungefähr wie „Gigjigjikaikaioooh!" klingt.

Aus dem Gesichtsausdruck schließe ich, das es etwas Fröhliches sein muss, ansonsten verstehe ich kein Wort.

Was soll ich jetzt machen? Der 'Leitfaden für den Bastard X from Hell' hat für diesen Fall keine Eintragung vorgesehen.

Während ich nachdenke, hat das Baby – Pia, wie ich es im Geiste schon nenne – sich eine Messstrippe geangelt und den Bananenstecker in den Mund gestopft. Die rote Gummiisolierung scheint ihr zu schmecken, denn sie beginnt, die meterlange Strippe mit erstaunlichem Appetit in den großen Mund zu schieben.

Ich habe die vage Idee, dass das keine adäquate Beschäftigung für Damen in ihrem Alter ist, und gehe hinüber, um Pia die Strippe abzunehmen.

In diesem Moment läutet das Telefon. Mit der einen Hand hebe ich ab, mit der anderen ziehe ich vorsichtig am Ende der Messstrippe.

„Ja?" sage ich.

Es ist die RkfH. Sie möchten bezüglich meines Beschwerdebriefes von vor sieben Monaten einige Fragen klären. Pia hat sich inzwischen in den Stecker verbissen und möchte ausprobieren, ob ich sie daran aus dem Kleinkinderwagen auf autonom lenkbaren Zwillingsreifen heben kann.

Währenddessen verhandele ich über meine Spesenabrechnung von Honolulu. Aber ich bin nicht ganz bei der Sache, was auch der RkfH auffällt.

„Stimmt etwas nicht?" fragen sie irritiert.

„Nein, alles in Ordnung", versichere ich. „Moment … ah! Jetzt hab' ich dich …"

In diesem Moment verlässt der Bananenstecker mit deutlich vernehmbarem Ploppen den Babymund. Pia bedauert, dass das herrliche Spiel schon zu Ende ist, und schaltet ihre Luftschutzsirene ein.

„Hören Sie, wenn ich lieber später nochmal anrufen soll ...", schlägt die RkfH vage vor.

Ich versichere schreiend, dass alles in Ordnung sei.

„Das sind die Handwerker auf dem Dach, verstehen Sie? Die machen einen Höllenlärm, wenn sie die Verkleidungsbleche aufsägen ..."

Ehrlich gesagt, glaube ich nicht, dass irgendein Handwerker so etwas zustande bringt, aber die RkfH akzeptiert die Erklärung. Trotzdem meinen sie, dass ich besser wieder anrufen solle, wenn sich der Lärm etwas gelegt hat.

Erleichtert ziehe ich den Stecker des Telefons aus der Wand. Dann denke ich scharf nach, wie das Problem zu lösen sei.

Nach dem Bundes-Immissionsschutz-Gesetz, Verordnung über Lärmschutz am Arbeitsplatz, darf man sich einem Lärmpegel von über 100 dB maximal 10 Minuten am Tag aussetzen.

Ich schätze, der Lärmpegel in meinem Büro beträgt in den Spitzen zur Zeit etwa 115 dB. Ich muss also schleunigst etwas unternehmen!

In der Werkstatt leihe ich mir ein paar Lärmschützer, genannt 'Rabbit Ears' aus und eile zurück zu meinem Büro. Vor der geschlossenen Türe steht Marianne und lauscht mit schief gelegtem Kopf.

„Was ist das für ein infernalischer Krach, der da aus Ihrem Büro kommt? Hören Sie eine klingonische Oper?" fragt sie. „Das klingt ja fast wie ..."

Ich erkläre hastig, dass die Lager in meiner Festplatte dringend geschmiert werden müssen, und frage, ob sie nicht schon längst Aufsicht im Mikroprozessor-Praktikum halten müsse.

Wieder im Büro, schließe ich als erstes die Türe hinter mir ab. Wenn jemand erfährt, dass ich auf ein blauäugiges Studenten-Baby aufgepasst habe, verliere ich meinen schlechten Ruf!

Mit den Rabbit Ears ist der Lärm unterhalb der Schmerzgrenze, und ich kann weitere Schritte unternehmen. Was mache ich sonst, wenn ich bei einem Problem mit der Verwaltung nicht weiterkomme? Richtig! Erpressung oder Bestechung!

Da ich mit der Erpressung von Babys wenig Erfahrung habe, suche ich zunächst nach der Teeflasche für Notfälle. Nur anhand des Gummisaugers kann ich messerscharf schließen, dass es sich bei dem merkwürdig geformten durchsichtigen Objekt mit grell rotem Inhalt um die Teeflasche handeln muss. In meiner Erinnerung sehen Babyflaschen ganz anders aus. Egal!

Ich zeige Pia die Teeflasche und erkläre ihr langsam und deutlich, dass sie sofort Tee bekomme, wenn sie mit dem infernalischen Lärm aufhöre. Keine Wirkung. Der Lärm geht weiter.

Vielleicht funktioniert das bei Babys anders als bei Verwaltungsangestellten, vielleicht muss man das Bestechungsgut zuerst aushändigen, bevor man die Ware erhält.

Ich halte Pia, die mittlerweile bläulich angelaufen ist, vorsichtig die Flasche in Reichweite. Ein perfekt gezielter Handkantenschlag befördert das Bestechungsgut auf meinen Schreibtisch. Dort prallt das zum Glück unzerbrechliche Ding an meinem Display ab.

Leider löst sich der Gummisauger und die grell rote Flüssigkeit ergießt sich in mein Keyboard. Auf dem Display zuckt es, und es erscheinen einige Seiten Hieroglyphen, bevor meine Workstation das Handtuch wirft und einen Notfall-Shutdown einleitet.

Als letzten Ausweg halte ich Pia ihr 'Dutzi' vors Gesicht. Sie greift danach, einige gewaltige Schluck-Schluchzer, die Sirene läuft langsam aus. Ich atme auf.

Ich beseitige gerade den teuflisch klebrigen Tee von meinem Schreibtisch, als es klopft.

„Äh ... hrrm ... Leisch? Sind Sie da ... äh ... drin?"

Der Chef! Ausgerechnet jetzt!

Ich öffne die Türe einen Spalt und schlüpfe hinaus.

„Ah ... äh ... was wollte ich noch ... Ach, ja! Ich wollte Sie ... hm ... über den ... den ... Dings ... den ... äh ... Stand im SCHWAFEL Projekt fragen. Ist da noch ... ähm ... Geld übrig?"

„Ich hole schnell die Akte", sage ich und will wieder durch den Türspalt. Der Chef schaut mich verwundert an.

„Ich ... ich habe gerade Besuch", sage ich vage. Der Chef nickt verstehend. In dem Moment, als ich die Türe offen habe, entscheidet Pia, dass ihr Dutzi an die Qualitäten einer Messstrippe nicht herankommt und schaltet ihre Luftschutzsirene probeweise auf halbe Kraft. Der Chef reißt die Augen auf.

„Aber ... aber das ist doch ... das ist doch ein ... Dings ... ein ... äh ... Baby?"

Da es wenig Sinn hat, es weiter zu leugnen, öffne ich die Türe ganz und rolle den Kleinkinderwagen auf autonom lenkbaren Zwillingsreifen etwas hin und her, damit das Geheule auf einen erträglichen Pegel absinkt.

„Oh", sagt der Chef und bekommt den typischen großväterlichen Glanz in den Augen. „Ich wusste gar nicht, dass ... dass Sie ein äh ... Baby haben ... "

„Das habe ich auch nicht", beeile ich mich zu versichern.

„Aber ... aber das ist doch ein Baby."

„Ja, natürlich", gebe ich notgedrungen zu. Zu allem Überfluss tauchen jetzt Kollege O. und Marianne im Flur auf.

„Nein, wie süß!" ruft Marianne und späht dem Chef über die Schulter, der in die Hocke gegangen ist und etwas wie:

„... äh ... heitetei ... hrrm ... ähm ... heiteiteitei ... äh ..." von sich gibt.

„Ich wusste ja gar nicht ...", murmelt Kollege O. verblüfft und schüttelt mir aus irgendeinem Grunde krampfhaft die Hand. Wie sollte er auch. Ich wusste es ja bis vor ein paar Minuten auch nicht.

„Wie aus ... äh ... aus dem Gesicht ... hrrm ... Gesicht geschnitten ..." kommt es vom Chef.

Ein fürchterlicher Verdacht steigt in mir auf.

„Wie heißt den der Kleine?" fragt Marianne.

„Die Kleine.", sage ich erschöpft. „Sie heißt Pia."

Marianne beteuert, dass das ein ganz süßer Name sei für ein Baby. Drei Studentinnen gesellen sich zu der Versammlung in meinem Büro.

Während immer mehr Leute hereinströmen, versuche ich vergeblich zu erläutern, wie ich zu dem Baby gekommen bin. Komischerweise scheint niemand auf meine Worte zu achten.

„Ja, ja", sagen sie und haben nur Augen für Pia.

Pia hat inzwischen den halben Feueralarm eingestellt und schaut mit großen Augen in die vielen fremden Gesichter. Die Mundwinkel verziehen sich nach unten und sie beginnt zu weinen, was große Bestürzung unter den Anwesenden auslöst.

Marianne befreit sie aus dem Kleinkinderwagen auf autonom lenkbaren Zwillingsreifen und nimmt sie auf den Arm, was das Weinen noch mehr verstärkt. Ratlos blickt Marianne sich um und ihr Blick fällt auf mich.

„Nehmen Sie sie", sagt sie, „dann beruhigt sie sich sicher wieder."

„Das bezweifle ich", sage ich bitter eingedenk der vergangenen Stunde. Aber der soziale Druck der Versammlung ist zu groß: ich muss Pia auf den Arm nehmen. Sofort packt sie mit erstaunlicher Kraft mein linkes Ohrläppchen und versucht es abzuschrauben. Gleichzeitig sabbert etwas Warmes in meinen Kragen. Pia gluckst fröhlich.

Alle Anwesenden lächeln gerührt und nicken sich bestätigend zu. Es ist ein Albtraum!

Als die Studentin eine Stunde später als angekündigt Pia abholen kommt, habe ich mich soweit wieder gefangen, dass ich sogar schon die versaute Tastatur auswechseln kann.

„War sie brav?" erkundigt sich die Mutter mehr bei Pia als bei mir.

„Wie ein Engel", erkläre ich sarkastisch und überblicke meinen versauten Schreibtisch.

Die junge Mutter bedankt sich enthusiastisch und steuert den Kleinkinderwagen auf autonom lenkbaren Zwillingsreifen zur Türe hinaus.

„Moment noch", rufe ich ihr nach.

„Wenn Sie noch mal unbedingt einen Schein brauchen, dann sagen Sie es einfach, ok? Ich stelle Ihnen jeden, JEDEN Schein aus, den Sie möchten, klar?!"

Woche EE

Ich sitze friedlich in meinem Büro und versuche, den neuesten Rechner der RkfH ('Reisekostenstelle from Heaven') zu knacken. Es ist ein früher Donnerstagmorgen, und plötzlich fällt mir auf, dass wir schon mindestens seit den Sommerferien kein einziges Donnerstagslotto mehr veranstaltet haben.

Bother!

Dabei ist jetzt, wo die ganzen Studenten endlich von ihren Weltreisen zurück sind, die beste Zeit dafür!

Also gehe ich zu unserem Materialschrank neben dem Kopierer und begutachte den üblichen Stapel Kopiererfolien, die dort für die Mitarbeiter und Studenten bereit liegen. Sorgfältig füge ich eine nicht kopierfähige Folie ins untere Drittel des Stapels ein.

(Eingeschobene Klammer auf!)

Heutzutage gibt es kaum noch 'normale' Folien im

Handel; praktisch alle sind kopierfähig. Zum Glück hat sich der BAfH schon 1989, als wir das erste Mal das Vergnügen hatten, Donnerstagslotto zu spielen, mit einem ausreichenden Vorrat versehen.

(Eingeschobene Klammer wieder zu!)

Die Spielregeln zum Donnerstagslotto sind ganz einfach: man wartet einfach den ganzen Donnerstag über, bis jemand die gewisse Folie in den Kopierer steckt und die Heizwalzen verbruzzelt. Dann kommen alle übrigen Mitarbeiter und Studenten im Gang zusammen und beobachten mit Genugtuung, wie Frau Bezelmann dem Unglücklichen den Kopf abreißt.

Und jeder freut sich, dass es nicht ihn erwischt hat!

Außer dem besagten Einen, natürlich! Aber bei jedem Spielmuss es Verlierer geben ...

(Man beachte immerhin, dass es beim Donnerstagslotto viel mehr Gewinner als Verlierer gibt; die staatliche Lotteriegesellschaft könnte noch vom BAfH lernen!)

Während ich auf die 'Ziehung' warte, beschäftige ich mich mit Doro, der strohdoofen Hausmeisterdogge.

Anfangs hatten wir ja eine richtige Beziehungskrise – vor allem konnte Doro nie meine Begeisterung für 'High-Tech' teilen – aber inzwischen verstehen wir uns prächtig.

Ich stopfe mir die Taschen mit Schmackos voll und führe Doro vor meine geschlossene Bürotüre. Die Schutzschilde (mein bewährtes rotes Pappschild 'Nicht eintreten – Versuch läuft!') sind im Moment nicht hochgefahren. Doro hockt sich auf ihren Schinken in den Flur und beobachtet mich aufmerksam, wie ich mich der Türe nähere und anklopfe.

Nichts passiert. Zur Belohnung bekommt Doro ein Schmacko.

Dann fahre ich die Schutzschilde hoch (sprich: drehe das Schild um) und schließe die Tür von außen. Wieder nähere

Bastard Assistant from Hell

ich mich meiner Bürotüre. Doro beginnt leise zu winseln. Als ich noch einen Meter von der Türe entfernt bin, geht das Winseln in drohendes Knurren über. Es klingt etwa so, wie wenn ein Space-Shuttle startet. Als ich die Hand hebe und so tue, als ob ich anklopfen wollte, richtet sich Doro zu voller Kalbsgröße auf und bellt einmal warnend. Die Fensterscheiben am Ende des Flures klirren leise nach. Zur Belohnung bekommt Doro zwei Schmackos.

Beruhigt lasse ich Doro auf ihrem Posten und fahre in die Stadt, um mir ein paar neue StarTrek-Videos zu besorgen. Die alten Schinken in unserem Archiv öden mich langsam an, und irgendwie muss man ja die Zeit bis zum Feierabend rumbringen.

Als ich nach noch nicht mal drei Stunden zurückkomme, sitzt Doro noch genauso da wie vorher. In ihren Lefzen hängen Reste von Nylon-Strumpfhosen und Fetzen von Jeans-Stoff. Ich gebe Doro noch zwei Schmackos.

Gerade noch rechtzeitig komme ich zur Siegerehrung im Donnerstagslotto. Heute hat ein katholischer Theologe das große Los gezogen. Geschieht ihm recht! Was hat er hier an unserem Kopierer zu suchen? Keine vier Straßen weiter liegt der nächste Copyshop. Der Candidatus Gottesanbeter lächelt schmerzlich, während Frau Bezelmann ihm schonungslos die Leviten liest. Manchmal frage ich mich, wie diese Burschen es schaffen, in jeder Situation den Märtyrer herauszukehren.

Zwei Stunden später – ich schiebe gerade das nächste Video in den Apparat – rumpelt es störend vor meiner Türe. Bei dem Lärm kann sich kein Mensch konzentrieren, also schaue ich nach, wer es wagt, mich bei der Arbeit zu stören. Ich erblicke zwei Blaumänner, die einen nagelneuen Kopierer auspacken. Direkt vor meiner Bürotüre!

Auf meine Erkundigung, was das bitteschön werden solle, steht Frau Bezelmann wie aus dem Nichts materialisiert neben mir und informiert mich, dass es sich um den Ersatzkopierer für unseren 'Reparaturfall' handele. Der Blick, den sie mir zuwirft, spricht Bände.

„Und warum stellen Sie den ausgerechnet vor meine Türe und nicht dahin, wo der andere stand?" frage ich ungehalten. Ich weiß nämlich schon, wie das ist: das dauernde Geräusch vom Kopierer, Gekicher und Gekreische, und alle drei Minuten klopft jemand an meine Türe, weil das Papier verkehrt herum drin ist oder weil man nicht weiß, wo die Vorlage hineinkommt.

Man belehrt mich, dass der andere Kopierer ja noch an seinem Platz sei und sonst kein Ort mit Steckdose auf dem Gang zur Verfügung stehe.

Als ich sehe, um welche Steckdose es sich handelt, verzichte ich auf weitere Proteste, ziehe mich nur vorsichtshalber in mein Büro zurück und verrücke den Bürosessel so, dass ich freien Blick auf den Gang habe.

Wenn mich nicht alles täuscht, handelt es sich um die gewisse Steckdose B46, die nach einer routinemäßigen 'Überprüfung' durch die Haustechnik zur sofortigen Versetzung einer unserer Putzfrauen geführt hat. Auf Wunsch der Putzfrau übrigens; der Staubsauger ging auch dabei drauf.

Gerüchte, dass ich irgendwie in die Sache verwickelt gewesen sei, sind leider niemals verstummt, obwohl jedem, der unsere Haustechnik kennt, klar sein müsste, dass diese auf meine Mithilfe in jeder Hinsicht verzichten kann.

Interessiert beobachte ich, wie die beiden Techniker den nagelneuen Kopierer anschließen und einschalten. Vorerst scheint alles zu funktionieren. Nach ein paar Probedurchläufen holt der Haupt-Techniker Frau Bezelmann, die auch gleich ein paar der neuen Features ausprobiert.

Der Haupt-Techniker redet wie ein BMW-Verkäufer:

„... und dann gibt es bei diesem Modell auch noch die neue Super-Power-Option. Sehen Sie, wenn Sie nur von einer Vorlage kopieren, verdoppelt sich die Geschwindigkeit. Sehen Sie her ..."

Er drückt einen Knopf und der Kopierer reagiert erwartungsgemäß mit Super-Power: Es gibt einen hellen Blitz und eine Serie trockener Explosionen, etwa wie wenn man das Magazin einer Kalaschnikow leer schießt. Bläuliche Stichflammen schießen aus allen Lüftungsschlitzen des Kopierers und drohen, Frau Bezelmanns graue Kaschmir-Jacke anzusengen.

Ich halte den Augenblick für gekommen, in das Geschehen einzugreifen. Mit einen Knopfdruck löse ich den in meinem Bürosessel integrierten Feuerlöscher aus, der zwar eigentlich nicht für diesen Zweck vorgesehen ist, aber auch nicht schaden kann. Leider verfehle ich zuerst den Kopierer und verpasse dem Techniker und Frau Bezelmann eine volle Breitseite.

Nach einer leichten Korrektur nach links gelingt es mir, den fortschreitend explodierenden Kopierer einzuschäumen. Das Feuerwerk erlischt; auf dem Gang sieht es aus wie nach einer erfolgreichen Notlandung mit Schaumteppich. Frau Bezelmann und der eine Blaumann erheben sich wie zwei missglückte Schneemänner aus der Schaummasse. Der andere Techniker hat sich schlauerweise beim ersten Knall in Sicherheit gebracht.

Seit die Hausmeister aus Versehen 50 Liter Kloreiniger in die Befeuchter der Klimaanlage gekippt hatten, haben wir keinen solchen Spaß mehr gehabt!

• • • • • • • • • • •
Woche EF
• • • • • • • • • • •

Der Chef hat endlich seine Zustimmung zur Netzerweiterung in den ersten Stock gegeben. Als offizielle Begründung gegenüber dem Haushaltsausschuss hatte ich geschrieben:

> *'Steigerung des synergetischen Effekts in Wissenschaft und Lehre durch Vernetzung räumlich getrennter, aber thematisch interdisziplinär arbeitender Gruppen'.*

In Wirklichkeit kann ich jetzt endlich meine Bestellungen per Computer an die Cafeteria geben, die sich auch zufällig im ersten Stock befindet. Schließlich ist es in der heutigen Sparwelle nicht mehr zu verantworten, dass hoch dotierte Beamte (wie ich) ihre kostbare Zeit in der Schlange vor der Cafeteria-Kasse vergeuden.

Ich rufe also beim Leiter der Haustechnik an und erkläre

Bastard Assistant from Hell

ihm die Situation: So und so, das Ethernetkabelmuss zuerst durch die Decke, dann durch die Räume der katholischen Theologen geführt werden, und dann muss noch eine Wand durchbohrt werden.

Obwohl die Zentralwerkstatt bis 2029 ausgebucht ist, zeigt sich der Leiter erstaunlich kooperativ. Vielleicht ist ihm die Geschichte mit der überfluteten Tiefgarage noch in Erinnerung …

„Gar kein Problem", sagt er, „das machen wir ganz unbürokratisch. Ich schicke Ihnen 'nen Maurer rüber, der die Löcher bohrt."

Schon am nächsten Tag steht tatsächlich ein Individuum im Blaumann und mit mauerbrechender Feuerkraft ausgestattet vor meiner Türe. Ich zeige ihm die entsprechende Stelle, und er fängt unverzüglich an, mit seiner Hilti den Fußboden zu bearbeiten. Die Lärmentwicklung ist beachtlich. Ich schaue auf die Uhr und beginne zu zählen.

Schon nach siebzehn Sekunden ist der erste katholische Theologe da und beschwert sich empört über den Krach.

„Man versteht ja sein eigenes Wort nicht mehr in der Vorlesung", schimpft er, hochrot im Gesicht.

Ich bemerke, dass ihm ein wenig mehr Demut vor den unerforschlichen göttlichen Entscheidungen besser zu Gesicht stünde. Dann empfehle ich ihm, doch in der nächsten halben Stunde mit den Studenten zu meditieren; da bräuchte er seine Stimme nicht so zu strapazieren.

Inzwischen ist die Hilti durch die Decke, aber irgendwie riecht es merkwürdig aus dem Loch. Genauer gesagt, es stinkt wie die Pest. Ich mache den Maurer darauf aufmerksam, und er beugt sein Riechorgan dicht über sein Werk. In diesem Moment schießt eine grau-trübe Fontäne aus dem Bohrloch und ihm mitten ins Gesicht; ein intensiver

Geruch nach Kloake verbreitet sich; aus der benachbarten Damentoilette hören wir schwach die Spülung rauschen.

„Sakradi", meint der Maurer unbeeindruckt und trocknet sich mit dem Taschentuch ab, „ des muaß i nacha wieda zuamacha ... "

Er probiert es noch einmal; diesmal dreißig Zentimeter weiter rechts.

Aber da kommt er nicht so leicht durch wie vorher in die Abwasserröhre.

Er bohrt und bohrt und setzt sich schließlich selbst auf die röhrende Hilti. Nach weiteren zehn Nerven aufreibenden Minuten geht ein Aufatmen durchs Institut: er ist durch.

Wir gehen ein Stockwerk hinunter zu den katholischen Theologen. Etwa ein Quadratmeter der Stahlbetondecke liegt abgesprengt im Raum verteilt; ein dicker Stahlträger ragt schräg aus der malträtierten Decke in den Raum, und eine traurig flackernde Neonlampe hängt nur noch an ihrem Anschlussdraht und dreht sich langsam um sich selbst.

„Hoppala", meint der Meister und trifft mit analytischer Sicherheit sofort den kritischen Punkt der Situation:

„Moana Se, da kimmt oft wer eini?"

Der Raum, ein Zeitungs-Archiv, sieht allerdings nicht so aus, als ob er häufig frequentiert würde.

„Guad! Des mach i moagn wieda zu. Jetz machma no schnell de andern Löcha!"

Wir gehen in unseren Raum hinüber, und der Meister beklopft prüfend die fragliche Wand.

„Dees is ja nur a Rigips ... "

Er holt ein Schweizer Taschenmesser heraus und stößt die Klinge brutal in die jungfräulich weiße Wand. Schon nach wenigen Zentimetern trifft er auf Beton. Er probiert es noch dreimal links und viermal rechts davon; im siebten Loch bricht die Klinge ab. Die Wand sieht aus, wie nach einem Überraschungsangriff von Al Capones Bande.

Ich frage den Meister, ob er nicht ständig für unser Institut arbeiten möchte, aber er lehnt dankend ab. Wahrscheinlich zu wenig Wände.

Woche F0

Gegen Mittag beginnt es heftig zu schneien, und schon bald ist der Platz unter meinem Fenster von einer dicken Schneedecke eingehüllt.

Als ich sehe, dass der leitende Hausmeister, der Oberhausmeister und der Hilfshausmeister den Schneepflug aus der Garage holen, gehe ich ins Labor, um die Videokamera in Stellung zu bringen. Wie üblich streiten die drei darum, wer als erster ihr Lieblingsspielzeug besteigen darf. Sodann schreitet der Oberhausmeister sorgfältig den ganzen Platz ab und teilt ihn auf diese Weise in einen großen, einen mittleren und einen kleinen Abschnitt; beim Schneepflügen muss es gerecht zugehen, da verstehen unsere Hausmeister keinen Spaß.

Der leitende Hausmeister besteigt als erster den kleinen Traktor mit der riesigen Räumschaufel und drückt den Starter.

Das Ding macht einen gewaltigen Satz nach vorne und beschleunigt. Es ist erstaunlich, was man mit ein paar simplen Eingriffen an Kupplung und Getriebe alles erreichen kann!

Der leitende Hausmeister schreit und versucht verzweifelt, sich im Sattel zu halten. Der Traktor bockt und schlingert und malt große Schleifen in den jungfräulichen Schnee. In letzter Sekunde gelingt es dem tapferen Piloten, einem Betonpfeiler auszuweichen. Der Oberhausmeister und der Hilfshausmeister rennen gestikulierend neben dem durchgegangenen Traktor her. Mit einem plötzlichen Schlenker erwischt der Traktor beinahe den Hilfshausmeister, der sich nur mit einem verzweifelten Sprung in ein schneegefülltes Blumenbeet retten kann.

Schließlich gelingt es dem leitenden Hausmeister abzuspringen, und der Traktor fährt allein weiter. Das Lenkrad scheint eingeschlagen zu sein, denn er fährt jetzt immer eng im Kreis herum. Funken sprühen bedrohlich unter der Räumschaufel.

Die drei Hausmeister beraten sich in sicherer Entfernung. Der leitende Hausmeister gibt jetzt anscheinend den Befehl, den herrenlosen Traktor einzufangen. Der Oberhausmeister gibt den Befehl an den Hilfshausmeister weiter. Nach zwei missglückten Versuchen gelingt es diesem tatsächlich, im vollen Galopp neben dem Schneepflug herzulaufen und die Benzinzufuhr abzustellen, während seine beiden Vorgesetzten ihn aus sicherer Entfernung anfeuern.

Ich spule das Band zurück und schicke es an 'Pleiten, Pech und Pannen'. Wieder ein erfolgreicher wissenschaftlicher Arbeitstag!

Woche FA

Im Workstation-Cluster ist ganz schön Betrieb: 24 Benutzer tun so, als ob sie wissenschaftlich arbeiten würden. Alle Netzsegmente funktionieren, und im PC-Labor klickern die Keyboards der Studenten um die Wette. Und alles läuft wie geschmiert!

Ich starte eine Handvoll Jobs mit hoher Priorität, die eine Faktorenanalyse über sämtliche Postleitzahlen Deutschlands (mit Neuen Bundesländern!) durchführen, und verteile sie auf die am meisten belasteten Workstations. Dann verhänge ich einen nicht angekündigten Wartungszyklus für das Subsegment mit den meisten Rechnern, lösche sämtliche Usermail von heute (NACHDEM ich sie oberflächlich durchgeschaut habe) und vertausche zyklisch alle Drucker-Queues.

Nur damit sich die Mitarbeiter nicht dran gewöhnen, dass immer alles so glatt läuft!

Sicherheitshalber verlege ich noch die Hardware-Sprechstunde auf den 30.02. Dann hänge ich ein Schild an meine Tür: 'Bin in der Vorlesung' und gehe hinunter zu den katholischen Theologen. Schließlich habe ich mir die ganze letzte Nacht mit 'Monkey Island' um die Ohren geschlagen und brauche jetzt dringend Ruhe.

Ich wähle das Proseminar von Pater Falus und setze mich, ohne weiter aufzufallen, unter die anderen schlafenden Studenten in die vorletzte Reihe.

Mein Nachbar schnurchelt leise vor sich hin. Die eintönige, salbungsvolle Stimme des Paters lullt mich sanft in den Schlaf:

„... man die Schöpfungstat Gottes nach der Analogie der immanenten Tätigkeit des endlichen Seienden verstehen, dann müsste man − so scheint es zumindest − zu einer pantheistischen Auffassung des absoluten Seins kommen, nach der das Absolute sich selbst entfaltend die Welt hervorbringt. Die Welt wäre dann eine notwendige Emanation des göttlichen Wesens, eine Art 'natura naturata' (um die Terminologie Spinozas zu gebrauchen), ein Mittel also, durch das das Absolute erst zu sich kommt ...“

Als ich eineinhalb Stunden später wieder zu mir komme, ist Pater Falus zum Kirchenrecht übergegangen:

„... Zölibat ist durch die zwei folgenden Rechtssätze geordnet:

Erstens: Der Kleriker darf nicht heiraten; der Versuch macht irregulär und bewirkt Exkommunikation.“

Mittlerweile sind alle Theologiestudenten um mich herum hellwach, rutschen unbehaglich auf ihren Stühlen herum und grinsen so dämlich wie pubertierende Zehntklässler im Aufklärungsunterricht.

Pater Falus doziert weiter:

„Zweitens: Der Verheiratete darf nicht geweiht werden. Dispens wird nur gewährt, wenn die Frau in ein Kloster eintritt ...“

Nervöses Gekicher weiter vorne.

„... die Fortsetzung der Ehe ist auch dem mit Dispens Geweihtem verboten, jedoch kann auch von diesem Verbot Dispens gewährt werden.“

Damit ist für den guten Pater das peinliche Thema abgeschlossen, und er greift erleichtert zum nächsten Manuskript. Ich hebe meinen Arm. Pater Falus äugt irritiert über den Rand seiner Lesebrille.

„Ja? Sie haben eine Frage?“

„Ja“, sage ich, „ich bin mir nicht ganz sicher, ob ich das richtig verstanden habe. Schließlich ist das ja für die Zukunft nicht ganz unwichtig ...“

Wieder unterdrücktes Gekicher.

„Ich kann also ruhig heiraten, muss mich aber dann vor der Weihe zum Priester um einen Dispens des heiligen Stuhls bemühen, den ich nur bekomme, wenn meine Frau in ein Kloster eintritt?“

Pater Falus hüstelt peinlich berührt.

„Nun. Theoretisch mag das so ...“

„Ich kann aber weiterhin mit meiner Frau Beischlaf pflegen, wenn ich zusätzlich einen Dispens zur Fortsetzung der Ehe erhalte“, fahre ich ungerührt fort.

Beim Wort 'Beischlaf' überzieht sich Gesicht und Tonsur des Paters mit kirchlichem Purpur. Weiter hinten lacht jemand unterdrückt.

„Äh ... nun ja. Im kanonischen Recht ...“

„Ich meine, wie mache ich das denn so rein praktisch? Gehe ich am Abend mit dem Dispens zur Mutter Oberin und sage, dass ich die Absicht habe, diese Nacht meiner eigenen Frau, die ja inzwischen Nonne geworden ist, geschlechtlich beizuwohnen? Was sagen denn da die anderen Nonnen dazu?"

Unruhe im Auditorium. Die Studenten rings um mich her beginnen, unauffällig von mir abzurücken.

Wehe, weiche! Der Böse, der unbequeme Fragen stellt, ist unter uns!

Dem armen Pater steht der Schweiß auf der Stirne.

„Ich … ich denke, wir sollten das … dieses Thema nach der Stunde privat besprechen", stottert er.

Fast tut er mir leid; also lasse ich ihn vom Haken und sage nichts mehr.

Wenn der gute Pater wüsste, wie oft in den Mailboxen seiner Studenten von Sex und anderen pikanten Themen die Rede ist. Irgendwo müssen die armen Jungs ja ihren sexuellen Frustrationen ein Ventil schaffen. Und wenn man weiß, dass nach der Weihe nix mehr los sein darf, schlägt man natürlich vorher noch ein wenig auf Vorrat über die Stränge!

Auf dem Weg zurück in mein Büro begegnet mir ein Traum von Mädchen und lächelt mich so schelmisch an, dass meine Wirbel Polka tanzen.

Gut, dass ich für die Konkurrenz arbeite!

Woche FB

Ich rufe die Cluster-Übersicht aufs Display und betrachte mit Befriedigung die vielen kleinen bunten Balken, die alle fleißige CPUs in unserem Netz repräsentieren. Dann leite ich genüsslich einen totalen Shutdown aller Maschinen ein, und ein bunter Balken nach dem anderen wird schwarz.

Heute ist Umzugstag! Umzug bedeutet Chaos! Ich liebe das Chaos!

Nicht, dass wir tatsächlich in ein neues Gebäude ziehen würden! Oh nein! Schließlich hat die Uni ja bekanntlich kein Geld, und das böse, böse KuMi (Kultusministerium) gibt uns erst recht keines!

Nein, es wurde beschlossen, dass wir hausintern umziehen, damit wenigstens ein Bruchteil der von uns irgendwann in den Siebzigerjahren beantragten Zusatzflächen endlich Realität annimmt. Konkret heißt das, dass wir zwölf neue

Räume im Stockwerk unter uns bekommen, aber zehn Räume auf unserem Stockwerk wieder abgeben müssen. Der Reingewinn ist, na … ?

Genau: 2 (in Worten: ZWEI) ganze Räume mehr – und ein Haufen Treppenlauferei!

(Eingeschobene Klammer auf!)

Wer glaubt, dies sei triviale Arithmetik, der irrt gewaltig! Aber holla!

Der BAfH hat es schon erlebt, dass in besonders hitzigen Raumplanungssitzungen sogar mit 'virtuellen Räumen' gerechnet wurde!

Ein 'virtueller Raum' ist im Gegensatz zum 'realen Raum' ein Raum der zwar nicht existiert, aber zum Ausgleichen von verschiedenen Instituts-Raum-Bilanzen verwendet werden kann. (Bleibt am Ende der Rechnung ein Rest virtueller Raum übrig, hat man einen Fehler gemacht oder jemand hat die Bilanz gefälscht!)

Auch über 'imaginäre Räume' wurde schon zäh verhandelt. Ein 'imaginärer Raum' ist ganz einfach die Wurzel aus einem negativen Raum. (Wobei nachher niemand mehr so genau sagen konnte, wie es überhaupt zu einem negativen Raum in der Bilanz kommen konnte. Die Kollegen von der theoretischen Physik behaupteten später zwar, es handelte sich möglicherweise um eine räumliche Quantenfluktuation, so ähnlich wie ja auch Elektronen und Positronen jederzeit spontan entstehen und wieder verschwinden können. Nur: die entsprechenden positiven Pendants sind nirgendwo wieder aufgetaucht (böse Zungen behaupten noch heute, dass die Physiker sie einfach geklaut haben!).)

(Eingeschobene Klammer wieder zu!)

An einer Universität, wo jeder halbe Quadratmeter Boden – vergleichbar den Grabenkämpfen des ersten Weltkriegs – heiß umkämpft wird, sind zwei Räume netto mehr ein beachtlicher Etappensieg, der nur durch zähes, jahrelanges Verhandeln mit der Uni-Verwaltung erreicht werden kann.

Es klopft an meiner Türe, obwohl die Schutzschilde oben sind. Folglich kann es nur der Chef persönlich sein.

„Guten ... ähm ... Morgen, Herr Leisch. Äh ... mein Rechner ist ... hm ... ganz plötzlich ... ja ... der Bildschirm wurde plötzlich dunkel ..."

Ich erinnere den Chef daran, dass wir heute umziehen und daher das gesamte Netz heruntergefahren wird.

„Ah ... ja richtig. Äh ... wo ... ?"

Ich drücke dem Chef seinen Laufplan in die Hand, den ich vorsorglich schon bereitgelegt hatte.

„Hier ist alles genau festgelegt", erläutere ich, „Sie können genau sehen, wohin Ihre Möbel nacheinander transportiert werden müssen."

Der Chef studiert mit hochgeschobener Brille den Plan.

„Hmm ... ja. Merkwürdig. Ich ... ähm ... dachte, wir hätten ... äh ... nur zwölf Räume dazubekommen und ... ähm ... müßten zehn wieder abgeben ..."

Ich bestätige, dass dem so sei.

„Äh ... ja, aber ... hm ... soweit ich das hier ... äh ... sehe, müssen insgesamt 17 Räume 23mal umgezogen werden. Mein Büro ... ähm ... sogar dreimal ... ?"

„Das liegt daran, dass wir keine Räume zum Zwischenlagern der Möbel haben und außerdem komplizierte Netzbeziehungen zwischen den einzelnen Maschinen bestehen", erkläre ich geduldig. „Zum Beispielmuss der Router B zuerst einmal von Raum 345 nach 265 und dort wieder in Betrieb genommen werden. Dann können die Räume 332, 333 und 334 nach 214, 215 und 219 umgeräumt werden, weil erst dadurch das Subclusternetz Alpha umziehen kann. Dannmuss der Router B wieder zurück nach ..."

„Gut, gut", unterbricht mich der Chef hastig. „Das … äh … mag ja alles so sein. Aber … wenn ich das hier … äh … richtig verstehe, dann sind meine Möbel zum Schluss … hm … wieder im selben Raum?"

„Der Plan ist das Ergebnis einer Computersimulation mit SIMLINK", sage ich milde, um die Diskussion zu beenden.

„Ach so!" freut sich der Chef, und seine Stirn glättet sich schlagartig. „SIMLINK, was? Na, dann … äh … hat das ja sicher … sicher seine … äh … Richtigkeit, nicht?"

Dass ich die Randbedingungen für unseren automatisierten Problemlöser SIMLINK etwas eigenwillig gestaltet habe, muss ich ja nicht extra erwähnen. Nach der ersten Lösung, die unser neuestes KI-System ausgespuckt hatte, wären nur 13 Transporte nötig gewesen! Eine solche Lösung nimmt einem keiner ab! Viel zu einfach!

Ein Umzug hat chaotisch zu sein! Dafür sorge ich!

Ich rufe die Haustechnik an und gebe die letzten Anweisungen:

„Passen Sie auf: Das Backbone-Kabel, 3. Segment muss durch die Räume 217, 218 und bis nach 222 und von dort durch die Decke nach 322 verlegt werden …"

„Aber dann führt das Kabel ja durch die Cafeteria … ?"

Warum müssen die Leute immer mitdenken! Sollen sie das Denken doch mir überlassen! Erwähnte ich schon mal, dass ich in Zukunft Bestellungen per Netzwerk an die Cafeteria geben wollte? Na, also!

Und jetzt kommt irgendein dahergelaufener Installateur und stellt meine Planung in Frage!

„Nach unserer Computersimulation ist das der günstigste Weg", sage ich.

Der Mann von der Haustechnik ist nicht so leicht zu überzeugen wie der Chef:

„Also, ich denke aber …"

„Sie haben aber gar keine Zeit mehr zum Denken", sage ich milde.

„Häh?!"

„Sie sollten lieber Ihre Zeit nutzen und noch einmal die Feuermelder und Rauchsensoren in der Tiefgarage überprüfen. Nur damit es nicht zu plötzlichen FEHLFUNKTIONEN kommt ..."

„Fehlfunktionen? In der Tiefgarage? Oh ..."

MEMORY KICKED IN!

„Oh! Ja, Sie haben sicher recht. Ich sollte mich nochmal um die ... hmm ... Feuermelder kümmern ... Ja, dann ... äh ... ist ja wohl alles klar ..."

Anscheinend ist ihm gerade noch rechtzeitig wieder eingefallen, dass er es mit dem BAfH persönlich zu tun hat.

Ich mache mir eine kleine Vormerkung im elektronischen Kalender, dass ich meine kleinen Feuerübungen in der Tiefgarage in Zukunft etwas häufiger durchführen werde!

Kollege W. stürmt in mein Büro; auf seinen Wangen zeichnen sich rote Flecken ab, und sein Atem geht heftig.

„Wo ist die BS2000 hingekommen?" schreit er mit überschnappender Stimme. Ich werfe einen Blick auf meinen Plan.

„Liegt bereits sicher verwahrt im Container PL-X1", sage ich.

„Oh ... ah! Äh ... gut. Und wo steht dieser Container im Moment?"

„Im Rohstoff-Sammelhof."

Zehn, neun, acht, sieben, sechs, ...

„WAS???"

„Die uralte Kiste fiel ja schon beim Tragen auseinander. Mein Lieber, es gibt auch für Maschinen gewisse Lebenserwartungen. Alles, was darüber hinausgeht, ist doch nur Maschinen-Quälerei. Wollen Sie, dass uns der Maschinenschutzbund verklagt?"

„Wir waren 17 Jahre zusammen!" Kollege W. ist den Tränen nahe. „Aber ... aber womit soll ich denn jetzt ... ?"

„Sie bekommen eine wunderhübsche junge knackige Workstation mit 170 Megahertz", sage ich. „Ein Baby, das Ihnen schon nach ein paar Tagen schlaflose Nächte bereiten wird. Reißen Sie sich zusammen, Mann!
Sie sind doch wirklich noch nicht zu alt für eine neue Beziehung!" Kollege W. zieht einen Schmollmund:

„Die Neue kann bestimmt kein Fortran und PL", sagt er trotzig.

„Aber natürlich kann sie das. Sie kommt mit den besten Präferenzen", sage ich schmeichelnd und gucke wieder auf den Plan. „Sie wartet schon auf Sie, im Raum 233. Vielleicht sollten Sie gleich mal hingehen und Ihr Jungfern-Programm starten."

Kollege W. zieht grollend ab. Ich logge mich auf seinem neuen 'Baby' ein und starte das Programm FREUDIANER-7. Das wird ihm helfen, darüber hinwegzukommen.

Warum haben wir eigentlich keinen Seelen-Klempner am Institut?

Woche FC

Kollege O. ist dienstlich auf den Komoren – und ich darf ihn im „Praktikum für applikationsorientierte Programmierung", kurz PRAPPRO, vertreten.

Ich mache gute Miene zum bösen Spiel und marschiere am Dienstagmorgen zu nachtschlafender Zeit hinüber in den CIP-Pool, wo bereits zwanzig Studenten (tatsächlich nur männliche!) im PRAPPRO meiner LEERweisheit harren.

„Meine Herren", sage ich, „heute vergessen Sie mal alle Theorie und bemühen Ihren gesunden Menschenverstand."

Man grinst unsicher und schielt in die Unterlagen, ob der Punkt

'Gesunder Menschenverstand'

überhaupt im Vorlesungsprogramm steht.

Ich schalte den LEERmonitor aus, gehe nach vorne

und male drei geschlossene Türen nebeneinander auf die Tafel.

„Hier sehen Sie drei geschlossene Türen. Hinter einer befindet sich Hella von Sinnen, hinter einer zweiten Helga Feddersen und hinter der dritten – Michelle Pfeiffer. Sie wissen aber nicht, welche Dame hinter welcher Türe steht – ich dagegen schon. Ihre Aufgabe besteht nun darin, eine der Türen zu öffnen und mit der dahinter befindlichen Dame ... hmm ... einen Abend zu verbringen. Wen würden Sie natürlich am liebsten finden?"

Ich deute auf einen pubertär grinsenden Jüngling in der ersten Reihe.

„Äh ... Michelle Pfeiffer?"

„Richtig! Und wie sind Ihre Chancen?" Ich deute auf seinen Nachbarn.

„Ein Drittel."

„Korrekt. Also etwa 33 zu 66. Jetzt ändern wir die Spielregeln etwas: Sie entscheiden sich zunächst wie vorher für eine der drei Türen, ÖFFNEN SIE ABER NOCH NICHT!

Dann öffne ICH eine der beiden übrigen Türen und zeige Ihnen, dass sich Michelle Pfeiffer dahinter NICHT befindet.

Jetzt haben Sie noch einmal die Wahl, ob Sie bei Ihrer ersten Entscheidung bleiben oder sich für die dritte, noch geschlossene Tür entscheiden. Bringt diese Möglichkeit zur Umentscheidung irgendeinen Vorteil für Sie?"

Zögerndes Kopfschütteln.

„Es ist also egal, ob Sie sich umentscheiden oder ob Sie bei Ihrer ersten Entscheidung bleiben?" frage ich.

Ein Student hebt die Hand.

„Es ist ganz egal", sagt er selbstsicher. „Denn wir wissen ja jetzt sicher, dass hinter den verbleibenden beiden Türen Michelle Pfeiffer und eine ... von den anderen steht. Folglich ist es egal, ob ich mich umentscheide oder nicht. Die

Chancen für einen Treffer bei der zweiten Entscheidung stehen 50 zu 50."

„Ist das auch die Meinung der anderen?" frage ich in die Runde.

Allgemeines Köpfenicken.

„Gut", sage ich. „ICH behaupte jetzt, dass es durchaus einen Unterschied macht. Und zwar behaupte ich, dass Sie bessere Chancen haben, bei Michelle Pfeiffer zu landen, wenn Sie sich IMMER umentscheiden."

Das Studentenvolk glotzt ungläubig.

„Wenn Sie mir nicht glauben, biete ich eine kleine Wette an: Ich setzte jeweils fünf Mark pro Mitspieler auf meine Theorie, und Sie – wenn Sie mitspielen wollen – setzen jeder fünf Mark auf Ihre Theorie. Nachdem wir herausgefunden haben, wer Recht hat, wird der Jackpot auf die Gewinner verteilt."

Ungläubiges Grinsen; die Studenten gucken sich verblüfft an.

Von wegen 'applikationsorientierte Programmierung'! Diese Frischlinge haben noch keinen Dunst vom wirklichen Leben da draußen!

Ich werde dafür sorgen, dass sie zumindest diese Lektion nicht so leicht vergessen!

Der Naseweis von vorhin meldet sich wieder.

„Und wie finden wir heraus, welche Theorie die richtige ist?" will er wissen.

„Sie sind hier in einem Programmierpraktikum für 'applikationsorientierte Programmierung'", antworte ich süffisant lächelnd, „ist Ihnen das schon aufgefallen? Na, also! Dann programmieren Sie jetzt eine Simulation beider Theorien und lassen ein paar zigtausend Experimente durchlaufen. Dann werden wir ja sehen, wer recht hat ..."

Neunzehn von zweiundzwanzig setzen fünf Mark auf die

'fifty/fifty'-Theorie. Die restlichen drei Spielverderber merke ich mir für die Zwischenprüfung vor!

Dann lasse ich die Burschen loshacken. Ich sacke inzwischen das Geld ein und gehe hinüber zum 'Compu 4000', wo ich den neuesten Data-Glove erstehe.

Als ich nach eineinhalb Stunden zurückkomme, sehe ich ringsherum lange Gesichter. Bis auf einen Schmalspur-Programmierer, der einen Bug in seiner Zufallsroutine hatte, haben alle Ergebnisse herausbekommen, die meine Theorie bestätigen.

„Sie sehen also, meine Herren", fasse ich zusammen, „den gesunden Menschenverstand benutzen, heißt in erster Linie, ihm nicht zu trauen.Im Zweifelsfalle lieber ERST simulieren, DANN denken!"

GROSSES
BAfH-WINTERQUIZ

Auf welche Chancen, bei Michelle Pfeiffer zu landen, kommt der BAfH mit seiner Strategie? (Mit Begründung!)

Wer die erste richtige Antwort einsendet, bekommt ein kostenloses Exemplar des neuen Buchs 'ONLINE' zugeschickt, in welchem erstmals die Geschichten des BAfH veröffentlicht wurden.

Wer KEINE oder eine FALSCHE Antwort einsendet, wird dazu verdonnert, sich gefälligst selbst ein Exemplar zu kaufen (schließlich muß ich an meine Tantiemen denken, hähähähä!)!

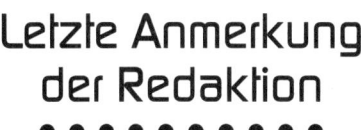

Letzte Anmerkung
der Redaktion

Der vorliegende Text wurde von einem Mann unter ausschließlicher Benutzung von Männern geschrieben und trägt daher deutlich chauvinistische Tendenzen!

Überzeugten EmanzipistInnen empfiehlt die Redaktion, VOR DER LEKTÜRE folgenden Befehl auszuführen:

```
% cat bafh_37|sed 's/Michelle Pfeiffer/David
Hasselhoff/'| \
   > sed 's/Helga Feddersen/Ignaz Kiechle/' | \
   > sed 's/Hella von Sinnen/Peter Gauweiler/' >
bafh_37.emanz
```

Allerletzte Anmerkung des Postmasters

Es versteht sich von selbst, dass bei diesem Preis-ausschreiben nur treue Abonnenten berücksichtigt werden können. D. h. für alle diejenigen, die immer noch nicht auf der 'Bastard Mailing List' stehen und trotzdem mitmachen wollen, gilt:

ERST SUBSCRIBEN, DANN LÖSUNG EINSCHICKEN!

Woche FD

Das Telefon klingelt. Schon wieder! Das ist jetzt das dritte Mal dieses Jahr!

Ausnahmsweise gehe ich ran. Ein User, genauer gesagt eine Userin, ist dran.

„Ähm … meine Workstation gibt komische Töne von sich", sagt sie.

Ich kenne die Stimme nicht. Offensichtlich ein Frischling.

„Tatsächlich", sage ich beeindruckt. „Was denn für Töne? Singt sie klingonische Opern?"

„Nein, nein. Es ist eher so ein … ein tiefes Rumpeln, vermischt mit einem unregelmäßigen Leiern …"

Meiner Meinung nach klingt das ziemlich nach klingonischer Oper!

Ich frage nach dem Host-Namen, und sie sagt ihn mir. Ein ziemlich frischer Frischling!

„Aha", sage ich. „Tiefes Rumpeln, meinen Sie? Schaut mir

Bastard Assistant from Hell

ganz nach einem leichten Virenbefall aus. Lassen Sie denn regelmäßig Viren-Checker drüberlaufen? Zum Beispiel 'Sagrotan', 'Cebion' oder 'Domestos III'."

„Äh … nein. Nicht dass ich wüsste …"

„Vorbeugen ist sehr wichtig", sage ich ernst. „Schauen wir mal, wie es mit dem Immunsystem steht. Geben Sie mal den Befehl 'immun-system' ein."

<klickediklackedi>

„Ähm … 'immun-system not found' meldet er …"

„Not found? Steht da wirklich 'not found'?" Ich lasse meine Stimme dramatisch ansteigen. „Das sieht ja ganz übel aus. Warum haben Sie nicht schon vorher angerufen …"

„Ist das was Ernstes?" flüstert sie eingeschüchtert.

„Ernstes? Hoffen wir, dass es noch nicht zu spät ist. Halten Sie mal den Telefonhörer ganz dicht ans Gehäuse, damit ich eine hypostatisch-akustische Ferndiagnose durchführen kann."

„Ähm … ok", nuschelt sie, und es raschelt im Hörer. „Äh … das Telefon reicht nicht bis zum Rechner …"

„Dann sollten Sie den Rechner eben zum Telefon bringen", sage ich. Dass die Leute auch über keinen Funken logisches Denken verfügen!

„Aber … muss ich dazu nicht vorher ausschalten?"

„NEIN! Wissen Sie nicht, dass man vernetzte Rechner niemals einfach ausschalten darf?! Das ganze homophone Accelerator-Cluster kann desharmonisiert und retrogradient sub-stabil werden – und dann haben wir den Salat!"

„Oh! …"

IMPRESSION MODE ON

„… ok, dann trage ich die Workstation jetzt hierher", sagt sie eingeschüchtert.

Ich starte rasch ein paar rechenintensive Jobs auf ihrem Host, die ständig auf die Platte zugreifen, in der Hoffnung, dass die Platte beim Rübertragen crashed. Aber leider sind die Platten auch nicht mehr das, was sie früher einmal waren: vor noch ein paar Jahren brauchte man so ein Winchester-Laufwerk nur schief anblicken und schon … zupf!

„Hallo?", meldet sie sich wieder. „Da sind so komische gelbe Kabel hinten festgemacht. Die reichen nicht bis zum Telefon …"

„Das ist nur das Ethernet. Ziehen Sie sie einfach ab", sage ich. „Und alle anderen Kabel können Sie auch gleich abziehen. Aber passen Sie auf, dass das Stromkabel drin bleibt! Wir wollen doch nicht, dass Ihre Maschine abstürzt!"

Sie macht es! Ehrlich, manchmal frage ich mich, was Eltern ihren Sprösslingen eigentlich 18 Jahre lang beibringen!

„Der Schirm ist plötzlich dunkel geworden …"

„Das macht nichts", erläutere ich. „Außerdem erleichtert das die hypostatisch-akustische Ferndiagnose, wenn der Schirm nicht mehr stört. Kommt der Hörer jetzt bis ans Gehäuse? Gut. Jetzt halten Sie die Sprechmuschel etwa drei Zentimeter unterhalb der Lüfteröffnung auf der Rückseite fest ans Gehäuse und dann warten Sie, bis es piepst."

„Piepst?"

„Genau."

Sie macht es!!! Ich lege den brummenden Hörer beiseite und gehe erstmal hinunter in die Cafeteria.

Eine Stunde später – die Cafeteria macht leider schon um fünf Uhr zu – nehme ich den Hörer wieder zur Hand sage laut „Piep!".

„Ok", sage ich. „Jetzt ist alles klar!"

Die Userin jammert über Rückenschmerzen und Krämpfe im Unterarm.

„Dafür wissen wir jetzt genau, was Ihrer Maschine fehlt", sage ich tröstend.

„Und? Was ist kaputt?", will sie erschöpft wissen.

„Ja, hmm", sage ich zögernd und klappere mit der Tastatur, „ich weiß nicht, wie ich es Ihnen sagen soll ... Also, die genaue Diagnose heißt: Plattenunwucht infolge sub-akuter MMDHS. Ziemlich selten,muss ich sagen."

Ich warte geduldig auf die nächste Frage.

„Und ... und was ist MMDHS?"

„MMDHS steht für 'Mensch-Maschine-DisHarmonie-Syndrom'. Sagen Sie – jetzt mal ehrlich! – haben Sie Ihre Workstation in letzter Zeit irgendwie ... hmm ... ja, mit negativen Ausdrücken bedacht?"

„Nein, bestimmt nicht!"

„GANZ SICHER NICHT? Auch keine herabmindernden Ausdrücke? 'Blöde Blechschachtel', 'Sch ... Kiste', 'Ziffern-Trottel', 'Verkalkte Rechenmühle', Lahme CPU'? Nichts von alledem? 'Transistor-Grab', 'Kybernetische Schnecke', 'Rostiges Rechenwerk'. Das ist nichts, worüber Sie sich schämen müßten; das kommt in den besten Beziehungen vor. Besser, Sie sagen es mir gleich, dann ist die Behandlung hinterher sehr viel einfacher ... "

Am anderen Ende der Leitung schluchzt es leise.

„NAAA?"

„Letzte Woche habe ich sie mal – aber nur einmal – 'Debiler Rechenschieber' genannt", schnieft sie reumütig durchs Telefon.

„Tststs. 'Rechenschieber' für eine 200 Megahertz Alpha, das ist natürlich hammerhart", sage ich.

„Wir hatten bisher ein so gutes Verhältnis miteinander", heult sie.

„Nanana", beruhige ich, „das kriegen wir schon wieder hin. Ich lösche einfach in sämtlichen Dateien den Begriff Rechenschieber, ok? Jetzt müssen Sie die Maschine nur noch an ihren Platz zurücktragen und die Kabel genau in der umgekehrten Reihenfolge wieder einstecken ... "

„Aber … die weiß ich nicht mehr …"

„Schlecht, sehr schlecht", sage ich sorgenvoll, „dann wird sie Ihnen wahrscheinlich abstürzen. Hoffentlich wird kein traumatisches Erlebnis daraus. Denken Sie bitte in Zukunft immer daran, beim Booten die Hand aufs Gehäuse zu legen. Das MMDHS baut sich durch statische Elektrizität auf, und der Hautkontakt hilft, solche Spannungen abzuleiten."

Sie verspricht es schniefend und legt auf.

Eigentlich sollte ich Honorare verlangen für meine Rechnerseelsorge …

Woche FE

Mißgelaunt reiße ich eine neue Kleenex-Packung auf.
Mein Riechkolben ist schon so wund, dass er im Dunkeln rot leuchtet. In meinem Kopf pocht es im Morsetakt, die Augen wassern, die Ohren sausen und jeder neue Hustenanfall befördert tonnenweise grüngrauen, flockigen Schleim aus meinen strapazierten Lungen.

Mit anderen Worten: Der BAfH hat Grippe!

Die Mitarbeiter umstehen mich mit besorgter Miene.

Der Chef schaut mich an und sagt, ich solle mich schonen.

Frau Bezelmann schaut mich an, zieht die Mundwinkel nach unten und fragt mit blitzenden Augengläsern, ob ich einen selbstgebrauten Spezialtee von ihr annehmen wolle ... Nein, danke!

Marianne schaut mich an und erklärt kategorisch, ich

gehöre ins Bett und nicht ins Büro. Sie zieht erst ab, als ich mich erkundige, ob das ein ernsthaftes Angebot sei.

Schließlich sind alle weg, und ich kann mich endlich in Ruhe meinen wissenschaftlichen, keimgeschwängerten Experimenten widmen.

Zuerst messe ich eine Stunde lang sorgfältig den Abstand zwischen zwei Niesern mit der Stoppuhr. Ich stelle fest, dass ich im Mittel fünfzehn Sekunden früher wieder niesen muss, wenn ich mich nicht sofort nach dem ersten Nieser, sondern nur nach jedem fünften schnäuze. Zwar läuft mir der Rotz ab dem dritten Nieser aus dem Zinken, aber andererseits spare ich auf diese Weise Cleenex-Tücher – und nicht zu knapp! Eine kurze Hochrechnung sagt mir, dass, wenn alle Einwohner Deutschlands so volkswirtschaftlich handeln würden wie ich, durch die eingesparten Kleenex-Tücher siebendreiviertel Durchschnittsrentner (eine von Blüms neuen Erfindungen) ein ganzes Jahr lang finanziert werden könnten. Ich drucke die Rechnung aus und schicke sie ans Bundesarbeitsministerium.

Danach fühle ich mich wohler. Fast will es mir scheinen, als ob ich mir ein wenig Bewegung verschaffen sollte. Ich gehe hinüber in den Versuchsraum 3 und hole eine der großen Spiegelscheiben in mein Büro, wo ich sie sorgfältig gegen die Wand lehne. Dann male ich mit einem (nicht-wasserlöslichen) Folienstift konzentrische Kreis auf den Spiegel und nehme in drei Metern Entfernung Aufstellung.

Eine Stunde später – nach 88 Niesversuchen – treffe ich fast immer in die inneren drei Ringe!

Nach meiner Stoppuhr stehe ich kurz vor dem dritten Nieser seit dem letzten Schnäuzen. Rasch gehe ich hinüber ins Büro des Kollegen O.

„Hallo!" sage ich. „Ich bräuchte ... Hah ... HAAAAAH BROSCH!!!"

Das Timing war absolute Spitze! Winzige Tröpfchen landen zielsicher auf O's Bildschirm, ein paar auch auf seiner Brille. Naja, auf die Entfernung ist die Streuung natürlich größer.

„Gesundheit", meint O. säuerlich.

„Danke! Ich wollte nur gerade sagen, dass ... Hah ... HAAH ..."

O. reicht mir blitzartig ein Tempotaschentuch, das er zufällig auf dem Tisch liegen hat. In meiner Schwäche greife ich ins Leere und das Tüchlein fällt zu Boden. O. bückt sich danach ...

„... HAAAAAH BROSCH!!!"

Genau in O's Nacken!

Kollege O. meint, ich solle doch lieber nach Hause gehen, ich sei doch bestimmt virulent und ich würde noch alle hier anstecken. Ich starre ihn aus tränenden Augen an wie ein Bernhardinerhund und sage:

„Sie beinen, das gönnde ansdeggend dein?!"

Kollege O. hat mich an etwas erinnert. Von wegen 'virulent'. Da war doch irgendwo von einem neuen bulgarischen Virus namens 'Sniffoo' die Rede. Ich wühle hustend in meinen Dateien, bis ich fündig werde. Nachdem ich den Virus sicher auf eine Diskette gepackt habe, gehe ich hinüber ins PC-Labor. Auf dem Weg dorthin packt mich ein erneuter schwerer Hustenanfall, gerade als ich an zwei Blaumännern von der Haustechnik vorbeikomme, die die Neonröhren auswechseln, die ich letztes Wochenende mit dem UV-Laser aus dem Physikpraktikum angebohrt habe.

Der Hustenanfall schüttelt mich dermaßen, dass ich mich nicht mehr auf den Beinen halten kann. Instinktiv greife ich Halt suchend um mich und erwische ausgerechnet die Gesäßtasche des Blaumanns, der, auf seiner Trittleiter balancierend, gerade eine neue Leuchtstoffröhre einsetzen will. Das erweist sich als unglücklich; ich hätte lieber nach der Leiter greifen sollen. Aber wenn man schier blind ist vor würgendem Husten ...

Ein Ruck – und ich falle, trotzdem ich mich mit aller Macht festklammere. Eine Gruppe Studentinnen hinter mir kreischt erfreut auf.

Der Blaumann fühlt die plötzliche Kühle um seine Lenden und greift instinktiv nach seinen rutschenden Blaubeinkleidern. Dummerweise vergisst er dabei seine erste Pflicht, nämlich die Leuchstoffröhre. Mit traumwandlerischer Sicherheit fang ich die stürzende Röhre mit der linken Hand auf. Aber im letzten Moment entglitscht mir das glatte Ding wieder, segelt weiter und fällt ausgerechnet auf einen Karton mit zwölf frischen Röhren, der abseits am Boden liegt. Es gibt ein schwaches Geräusch, das entfernt an gläserne Glöckchen am festlich geschmückten Christbaum erinnert.

Pech. Kann man wirklich sagen. Großes Pech!

Die Haustechnik tobt. Aber ich bin viel zu angeschlagen, als dass mich so etwas heute noch aufregen könnte.

Im PC-Labor schleppe ich mich von Rechner zu Rechner, murmele schniefend etwas von:

„... Wedriebsisdemgondrolle ..." und schiebe überall kurz die virulente Disk in den Schlitz. Dabei gelingt es mir, mit zehn Niesern noch sieben Displays zu treffen, bevor ich meine Runde beende.

Kaum etwas ist heilsamer bei Erkältungen als Inhalieren. Also hole ich Frau Bezelmanns Espresso-Maschine und lasse den Dampfhahn dauerzischen, während ich fleißig mit Odol versetztes Wasser nachgieße. Kurz darauf ist mein Büro in dichte Dampfschwaden gehüllt, und die Displays beschlagen sich.

Thermodynamik hat mich schon immer fasziniert. Interessiert beobachte ich, wie auch an den Fensterscheiben,

an den Möbelflächen, ja sogar auf dem glatten Linoleum-
boden auf dem Flur Wasser kondensiert.

Ein UPS-Mann in kackbrauner Uniform eilt mit einem
mittelgroßen Paket, auf dem 'Vorsicht Glas!' steht, an meiner
Bürotüre vorbei, gleitet aus und knallt auf den Boden. Wieder
ist das anheimelnde Bimmeln der Weihnachtsglöckchen zu
hören. Diesmal allerdings nur ganz schwach, durch die
Verpackung gedämpft. Der UPS-Mann flucht
gotteserbärmlich und hofft, dass niemand das Klingeln gehört
hat und dass er schon wieder in seinem lächerlichen
kackbraunen Wagen sitzt, bevor jemand auf die Idee kommt,
das verdammte Paket zu öffnen. So hat halt jeder von uns
seine Probleme!

Ich rufe kurz bei Frau Bezelmann an und weise darauf
hin, dass alle Paketlieferungen immer SOFORT geöffnet
werden müssen.

Plötzlich jaulen draußen auf dem Gang die Feuersirenen
los. Das ist sogar mir neu: Die Feuermelder reagieren nicht
nur auf Rauch, sondern auf auch Dampf! Während es noch
bimmelt und ich mich für den Nachhauseweg anziehe,
nehme ich mir vor, diese neue wissenschaftliche Erkenntnis
für die zukünftigen Experimente in der Tiefgarage zu nutzen.

Im Treppenhaus begegnet mir die Feuerwehrvorhut, zwei
Stufen auf einmal nehmend und mit allen möglichen
Spritzen, Helmen und Äxten bewaffnet. Ich zeige ihnen
höflich den Weg und weise ausdrücklich darauf hin, dass der
Boden im Flur schlüpfrig sein könnte. Kurz darauf höre ich
es scheppern. Warum hört mir eigentlich keiner zu?

Plimmelplimplomplom

NEU: DIE BAfH FRUEHJAHRSDIAET VIROL2000
Jetzt schlank und fit machen für das neue Jahrtausend!
Mit der neuen Diät Virol2000 aus dem Hause BAfH!
Ganze 5 (in Worten: fünf) Kilo weniger in nur einer Woche.
Garantiert!
Und ohne jegliche Anstrengung oder Hungergefühle.
Die Durchführung der neuen BAfH-Diät ist denkbar
einfach:
Sie füllen das gelieferte Virensubstrat in den handlichen
kleinen Zerstäuber
(im Preis inbegriffen!), zerstäuben die klare angenehm
duftende Flüssigkeit großzügig in der Luft und inhalieren.
Wir garantieren, dass Sie bereits am nächsten Tag mit hohem
auszehrenden Fieber für eine Woche im Bett liegen. Absolute
Appetitlosigkeit garantiert!
Nach nur einer Woche, wenn das Fieber abgeklungen ist,
stehen Sie auf Ihrer Waage und werden staunen: 5 Kilo
weniger garantiert, meistens noch mehr!
Vergessen Sie alle Appetitzügler und Hungerdiäten! Der
einzige Weg zu einer schlankeren Figur führt über die neue
BAfH-Diät Virol2000!

Plomplom

Woche FF

Mein Telefon schmachtet mich an: *„Nimm mich! Nimm mich!"*

Das traditionelle Telefonklingeln kommt ja sowieso immer mehr aus der Mode, aber dem üblichen billigen Synthesizer-Gedüdel kann ich nun gar nichts abgewinnen. Deshalb habe ich mein Telefon mit einem Voice-Chip versehen und auf Mariannes Stimme programmiert – im Schlafzimmer-Modus, versteht sich!

„Nimm mich! Nimm mich! Nimm mich!"

Ich sehe am Display, dass es sich um ein internes Gespräch handelt, also schalte ich das neue Video ('Terminator (18)') auf Pause und hebe ab. Es ist Frau Bezelmann.

„Ein Hörr Oberstöötsröt Pickert vom österreichischen Verkehrsministerium möchte Hörrn Doktör Leisch sprechen!"

Frau Bezelmann hält nichts von akademischen Titeln;

daher die affektierte Betonung. Eine solche Haltung trifft allerdings bei den Österreichern auf keinerlei Verständnis. Ich schaue auf die Uhr in meinem Display und schalte den Video ganz ab. Noch nicht mal halb zwölf Uhr und schon wieder Stress!

Herr Oberstaatsrat Pickert begrüßt mich mit wienerischer Jovialität, eben so richtig von mächtigem Oberstaatsrat zu popeligem Doktor, nicht wahr?

Nach einigen einleitenden Begrüßungsfloskeln kommt er schnurstracks zum Kern seines Anrufs:

„Ihr ... äh ... Institut hat doch in unserem Auftrag die Entwicklung der ÖstAuFig übernommen ...“

Ich bestätige freundlich, dass dem so sei. Der Chef hatte über irgendwelche Spezeln im Wiener Innenministerium diesen kleinen Auftrag an Land gezogen und mir aufs Auge gedrückt:

'Entwurf und Herstellung der österreichischen Autobahn-Vignette', kurz ÖstAuFig.

Wie das 'F' da hineingekommen ist, wissen die Götter!

„Ja, also", fährt der österreichische Oberstaatsrat kritisch fort, „wir haben ja jetzt die ersten Muster von Ihnen bekommen, und ich hätte da noch ... hm ... ein paar Fragen ...

Warum gibt es eigentlich nur ein Pickerl für zehn Tage und dann gleich eins für zwei Monate? Wäre ein Monat nicht sinnvoller gewesen?"

„Vielleicht", antworte ich. „Nach unserer Computersimulation sind aber zehn Tage und zwei Monate die absolut ungünstigsten Zeitspannen für ihre Urlauber."

„Aber ...“

„Denn einerseits macht heutzutage niemand mehr nur eine Woche Ferien, andererseits hält es auch niemand zwei Monate in Österreich aus. Sie werden also massenweise die 2-Monats-Vignetten verkaufen und machen einen hübschen

Gewinn, ohne dass die Leute die zwei Monate wirklich ausnutzen können."

Das leuchtet dem Oberstaatsrat natürlich ein.

„Aha. Nun gut. Aber was die Pickerl selber angeht … ähm … in der Spezifikation steht … Moment …

'Trapezförmig, mit dem österreichischen Bundesadler als dominante Graphik (in Silber gehalten) in der Mitte … '

Also, irgendwie sieht mir die Graphik nicht aus wie der österreichische Bundesadler … "

„Finden Sie wirklich?"

Ich hole das Foto aus dem Ordner und betrachte es kritisch. Frau Bezelmann hat im letzten Fasching ihren Raben Nero mit silbernem Haarspray 'verkleidet'. Zum Glück konnte ich ein Foto auftreiben.

„Also, es ist zweifellos ein großer Vogel mit Schnabel und ausgebreiteten Schwingen; er ist ganz in Silber und ich finde, er schaut sehr österreichisch aus. Vielleicht könnte man offiziell verlautbaren, es handele sich um den österreichischen Bundesadler in Art Deco."

„Na schön", meint der Oberstaatsrat, unsicher geworden.

„Lassen wir die Ästhetik mal beiseite. Aber es gibt noch ein viel dringenderes Problem: wir haben eins Ihrer Muster mal hier in meinem Büro an die Scheibe geklebt. Und jetzt geht das Ding nicht mehr weg! Auch nicht mit dem Glasschaber! Der Fensterputzer hat bei dem Versuch, es zu entfernen, sogar die Scheibe zerbrochen … "

Ich blättere in den Spezifikationen:

„Hmm … Abschnitt 4, Punkt 3, zweiter Absatz … haben Sie das auch vorliegen? Gut. Da heißt es nämlich:

'Die Vignette ist so zu gestalten, dass ein zerstörungsfreies Ablösen unmöglich gemacht wird usw.'

Ich würde sagen, wir haben uns ziemlich genau an die Spezifikation gehalten … "

Der Herr Oberstaatsrat sieht das zwar anders, muss aber zugeben, dass nirgendwo spezifiziert wurde, WAS beim Ablösen 'zerstört' werden soll.

„Sie haben ja keine Ahnung, was da an Schadensersatzansprüchen auf uns zukommt!" klagt er.

Ich versuche ihn zu trösten:

„Was kann da schon passieren: ein Jahr hat 365 Tage. Also kann man im Extremfall 36 Vignetten pro Jahr auf die Windschutzscheibe kleben. Da bleibt immer noch genug Platz zum Durchschauen ..."

„Aber ..."

„Oder empfehlen Sie den Leuten doch einfach, sie sollen das Ding von außen auf die Windschutzscheibe kleben. Nach den Ergebnissen unserer Bewitterungsversuche im Materialprüfungsamt löst sich die Vignette nach 400 Stunden Bewitterung mit österreichischem Wetter sowieso von allein ab."

„Was!?"

„So steht's in unserem Zwischenbericht. Seite 345 oder 435 oder so. Interessanterweise löst sich der Bundesadler erst ganz zum Schluss ..."

„Aber ... aber ... wenn man das Pickerl von außen aufklebt, kann man doch gar nicht mehr ablesen; dann sieht man doch nur noch die Rückseite!"

Aha! Ein Logiker, der Herr Oberstaatsrat!

„Spielt das eine Rolle?" kontere ich. „Im Projektlaufplan ÖstAuFig sind keinerlei Gelder für die Kontrolle vorgesehen. Es wurden nämlich nur Gelder für Entwurf, Produktion und Marketing genehmigt ..."

Der österreichische Ober-Pickerl schnappt nach Luft.

„Aber ... Das ist streng geheim! Das dürfen Sie gar nicht wissen! Das wird Konsequenzen haben!" ereifert sich Österreich.

„Nanana! So geheim auch wieder nicht!" sage ich. „Genausowenig wie der wahre Grund, warum der Auftrag ans Ausland vergeben wurde und nicht von einer österreichischen Firma bearbeitet wird ..."

Im Apparat ist für 5 Sekunden Funkstille. Ich warte gespannt.

„Das ... das ... wissen Sie AUCH?!" stottert es schließlich fassungslos durch die Leitung.

BINGO! Ich hätte ja wetten können, dass da noch mehr dahintersteckt!

„Na logo", gebe ich zurück. „Aber machen Sie sich keine Sorgen. Solange Sie die kleinen Lapalien vergessen können, über die wir so nett geplaudert haben, und die Projektgelder weiter ungehindert fließen, sind diese unbedeutenden Hintergrundinformationen bei mir so sicher wie in einem Schließfach der österreichischen Bundesbank."

Herr Oberstaatsrat Pickert schluckt hörbar, ist aber mit allem einverstanden.

Später, als ich in den Zeitungen nach Prospekten für eine verbesserte Video-Projektions-Anlage (= ÖstAuFig-Gelder) krame, stoße ich auf eine kurze Notiz:

'Österreichische Bundesbank beraubt. Täter entwenden sämtliche Wertsachen aus Schließfächern in Wien.'

Ich schätze, der Herr Oberstaatsrat Pickert wird das nicht lustig finden.

Epilog

(*Sie befinden sich jetzt – ohne dass Sie es hier schon merken – in einer Endlosschleife. Wenn so etwas im Internet passiert, spricht man von einer 'bouncing message'. Na, dann viel Spaß beim 'bouncen'.*)

Siehe Vorwort.

Wochen

DIETRICH SCHWANITZ

»Schwanitz kann glänzend schreiben,
geistreich und eloquent, manchmal tiefernst,
meist witzig, böse, sarkastisch.«
Die Zeit

»Ich bin für dieses Buch.
Ich freue mich, daß ich es gelesen habe.«
Marcel Reich-Ranicki

43349

MARK CHILDRESS

»Childress ist ein begnadeter Fabulierer mit
Umblättergarantie, ein wunderbarer
Geschichtenspinner mit einem großen Herz
für seine Figuren.«

stern

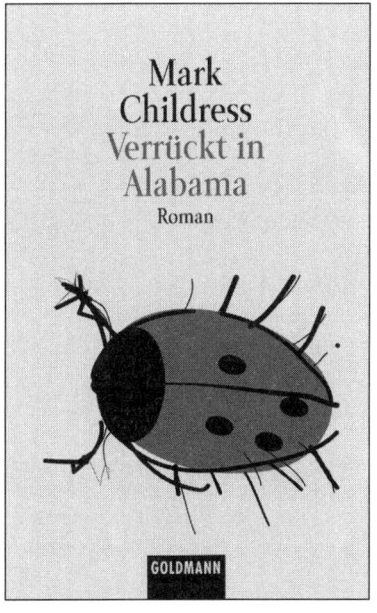

Mark
Childress
Verrückt in
Alabama
Roman

43207